新潮文庫

最後の晩餐の作り方

ジョン・ランチェスター
小梨　直訳

新潮社版

7987

最後の晩餐《ばんさん》の作り方

亡《な》き父をしのんで

目次

そのドイツ人技師がなんとも理屈っぽい困った男でしてね。「この部屋にサイはいない」と私がいくら言っても、認めようとしないのですよ。

――バートランド・ラッセル「オットリン・モレル夫人への手紙」

序、謝辞、および本書の構成について

本書はいわゆる料理書ではない。この断り書きには、しかしながら直ちにもうひとつ断り書きを付して種々の料理法《レシピ》を集めた古くからあるその類《たぐい》の本、たいていは地理的に分類可能な膨大な数にのぼる素材に応じて調理法の記された料理書というものを私が軽蔑《けいべつ》するどころか敬愛してやまないことだけは、明らかにしておかねばならないでしょう。その魅力をひとつ挙げるとするなら、なによりも正確さが重視されている点にあって、これは見事というほかない。単語一語、あるいは指示ひとつ見逃しただけで、疑うことを知らぬ罪なき家庭料理をまさかの屈辱的な大失敗《フィアスコ》が襲うことになる。レシピを開きながらも適当につくり終えてふと見おろすとソテーパンのとなりに刻んだ玉ネギがそのまま訴えかけるように残っていたという経験をお持ちの方、いらっしゃるのでは？　愚兄が最初にそんなとんでもない失敗をやらかしたのは叶《かな》うはずもない恋の相手、哀れな誰だかの気を惹《ひ》こうとしたときのことで「羽をむしった《プラックト》」なるささやかな一語を見落としたのが原因、結果、オーヴンからとりだした雉《きじ》はなるほど、たしかにローストにはちがいないけれども生え揃《そろ》ったままの羽が焼け焦《こ》げて熱々の石棺さながらという見るも無惨《むざん》な状態だった。

正統派の料理書はふつうならばとても同列には論じることのできないおよそ正反対に位置するジャンル――百科事典と告白録、両方の特徴を兼ねそなえています。つまり世界が類別され、明らかにされ、定義づけられ、説明され、アルファベット順に並ぶいっぽうで、料理人の個が剝《む》きだしとなり、奇癖や気まぐれ、こぼれ話やら人生の足跡までもが残らず記されている。そのすべてなくしては成り立たぬひとつの流れが『ラルース料理《ガストロノミック》百科事典』に始まり果ては……いや最後尾になにを持ってくるかは、読者諸賢の想像力にゆだねるといたしましょう。どんな書物で締めくくっていただいてもかまわない。「私、料理書に目がないの――小説みたいに読んじゃうのよ！」とプロヴァンスでの（イギリス人の）隣人（すでに鬼籍の人）がよく口にしていましたが、その類のものなら。

しかるに、いま述べたとおり、本書は世にいう料理書ではありません。作品の原動力としてこれにもっとも多大なる影響を与えたのは判事にして兵士、ヴァイオリン弾きにして語学教師、食通にして哲学者でもあった――同時代に花開いた鬼才サド侯《こう》爵《しゃく》と比肩《ひけん》するも好対照をなすジャン＝アンテルム・ブリア＝サヴァランの手になる十九世紀の料理学的哲学的自伝的著作『美味礼讃《らいさん》』。フランス革命をかろうじて生きのびたブリア＝サヴァランは（「歴史上もっとも驚くべき出来事」と思想家エドマンド・バークは述べている）、ベレー市の市長、また革命政府下においてはパリの破毀院《はきいん》判事をも務めた人物でもあり、その姉妹はまる三か月をベッドで過ごして年に一度の彼の来訪にそなえ力を蓄えておくのが常であった。彼の言葉でもっともよく知られているのはおそらく「どんなものを食べているか言ってみたまえ。君がどんな人であるか言いあててみせよう」というアフォリスムでしょうが、個人的に好きなのは人の一生と食べることについていみじくも語ったこの一節であります――「次のような結論を私は導きだした。快楽の限界は未《いま》だ明らかにされても見極められてもいない」。ブリア＝サヴァランにちなんで名付けられたチーズは一九七〇年代初頭にあいにくと元の製造者から製造権が移って現在はシャンパーニュ地方のチーズ屋《フロマージュリー》で製造されており、多数出回っている複製品を力不足と評して肩を落としている愛好家は少なくありません。インスピレーションはまた、もっと身近なところにあった点も認めなくてはならないでしょう。何年も前から食に関するあなたの考えをぜひまとめてほしいと多くの人に私は請《こ》われてきた。そう、多少大げさにいうなら実にさまざまな口調語調で発せられた「それ、本に書けばいいじゃない」という言葉がいつしか真言《マントラ》さながらの響きを持って、たとえば本格的なカスレ［白いんげん豆の煮込み］の材料について、あるいはヴィクトリア時代におけるハリネズミの粘土釜《ねんどがま》焼きの手法について論じるたびに聞こえるようになったのです。私自身は独自の『美味礼讃』を出版することにはある種の抵抗を持ちつづけていて、それはほかの媒体《メディア》での創作活動にできれば専念したかったからなのですが、ここへ来て考えが変わり、別にのらりくらりと片手間にやるわけではないけれども、いってみれば巨匠の仕事台から出た鉋屑《かんなくず》ていどの作品を世に送りだしたところで別になんの害が生じることもなかろうと判断した次第。

本作品をこうして書きはじめることができたのは——長くないがしろにされてきた案がこのように突如具体化し実現した点については、誰よりもまずうら若き共同制作者ローラ・タヴィストック嬢に感謝せねばなりません。すべてはこのうえなく魅力的かつ説得力ある彼女がここへ来て私の眼の前にあらわれ、その他大勢と同じ思いを抱かざるを得なくなって是非とも仕事にとりかかるようにとの思いをぶつけてくれたおかげ。献辞に彼女の名を記していないとすれば、それは共同制作ということでタヴィストック嬢と私がともに作品に関わっている現時点においては、そのような行為は（彼女の言葉を借りるなら）「まだちょっと早い」ように思われたからであります。

固有名詞および地名は一部手を加え、架空のものとしてあります。たとえばメアリー＝テレザおよびミッターグは実名をもじった仮名で実名と同名というわけではない（そんな言いかたがあるかって？　いまここに誕生したばかり）。サン＝トゥスタッシュはサン＝トゥスタッシュではないし、〈ホテル・スプレンディッド〉も〈ホテル・スプレンディッド〉ではありません。

本書の構成について。創作時間および創作場所そのままに本作品は展開してゆくという趣向であります。夏も盛りを過ぎてから思いたって短い休暇をとり、南へと旅することにしたフランスは読者もやがては気づかれるとおり私の心の（と同時に滞在期間が一年のうちの数か月に及ぶ事実上の）わが家。そこで決心したのは道すがら食べ物について思い浮かんだことを、訪れた土地、身のまわりで起きた出来事のみならず自分の思い出や夢や考えからなにから、ぐつぐつといっしょくたに煮えて風味とエッセンスが混ざり合い美味なるドーブ［蒸し煮］のごときものができあがるよう折に触れて書き留めていこうということだった。願わくはそれが意外な効果を発揮して刻一刻とかたちを変えながらも話は常に現在進行形という展開にならんことを。そうした手法を用いることにしたひとつの結果として、これらの文章をいま認《したた》めている私の、残る本文を語りはじめる前に「序」を書くというやりかたは異例のものであるといえるでしょう。みなさんご存じのとおり、たいていは事後従犯的口調――申し訳なさそうな言い訳がましい語り疲れたような被害妄想的文章で、いわば船が座礁《ざしょう》した理由を調査委員会に呼び出されて弁明する船長のごとく物書きは前書きを書くものと決まっている。

最後に、ひとつ決心したのは、いついかなる場合においてもあたうかぎり料理の献立を主体にして私は私の「食」に対する考えを明らかにしていこうということだった。登場するメニューは四季折々。献立というものは秩序と美と形式とを強く求めずにいられぬ人間の心と深く関わっているように私には思われるのです。つまりは地の底から湧《わ》き起こるがごとき力のなせる業で、いかなる芸術活動においてもこれは同じこと。ひとつのメニューがたとえば文化人類学的に文化を語ることもあれば、心理学的に個に迫るときもあるし、それ自体、伝記にも文化史にも、特殊な語彙《ごい》を集めた用語集にもなりうる。考えだした人間、味わう人間の社会学的、心理学的、生物学的背景はいうに及ばず地理的状況の証《あかし》ともなりうるメニュー。メニューは知識への扉であり、途《みち》であり、インスピレーションであり、道《タオ》であり、秩序だてることであり、形づくることであり、発露、護符、勧告、記憶、夢、慰め、ほのめかし、まぼろし、ごまかし、説伏《せっぷく》、誘惑、祈禱《きとう》、喚起、呪文《じゅもん》でもあり、声をひそめてつぶやくうちに松明《たいまつ》は翳《かげ》り森は黒々とし狼《おおかみ》の遠吠《とおぼ》えはいよいよ高く、敗北を悟った炎が消え入れば、やがてはすべてを覆《おお》いつくす闇《やみ》。

私なら新婚旅行にこのホテルは選ばないでしょう。カモメの鳴き声がオートバイよりもやかましい。

ポーツマス、〈ホテル・スプレンディッド〉にて

タークィン・ウィノット

冬

冬のメニュー
もうひとつの冬のメニュー

冬のメニュー

中国語では「危機《クライシス》」という言葉は「危険」と「機会」という別々の意味をもつ表意文字二字で成り立っている——と好んで口にしたのはかのウィンストン・チャーチルであります。

冬は料理人にとって「脅威と好機」という似たような組み合わせの季節。冬のせいでイギリス人の味覚は虐《しいた》げられ破壊され、過激な甘味酸味嗜《し》好《こう》に走ったその結果が香辛料たっぷりのピクルスにソース、ケチャップという取り合わせなのかもしれない。この問題についてはのちほどくわしく。いや、それよりも冬の恐ろしさは端的にいって、なにからなにまでこってりずくめという点にある。北ヨーロッパ諸国の読者ならばもうおわかりでしょう。重苦しい言葉と消化不良の概念に支配された敵意剝《む》きだしの飽和脂肪酸および確信犯的炭水化物からなるお馴《な》染《じ》み離乳食もどきの世界（なかでも名前を聞いただけでぞっとせずにいられないのがブラウン・ウィンザー・スープだ）。この料理法が頂点を極めたのはイギリスのパブリック・スクールにおいてであり、幸いにして私自身はその手の恐るべき教育は受けずにすんだものの——この子はあまりに繊細で感受性が強すぎると両親が的確な判断をくだし家庭教師を次から次へと雇ってくれたおかげで——監禁生活を送る愚兄を訪ねて「強制収容所《グーラグ》」を何度かのぞいたときのことはいまも記憶に生々しい。

特に鮮明に脳裏に焼きついているのが最後に出かけた冒険旅行《サファリ》です。私は十一歳。兄バーソロミューは十七歳で、これでまた退学処分になったらもうあとがないという、その学校は父にいわせるなら二流の上の下という寄宿学校だった。だから校長を説得してどうにか処分を取り消してもらおうと両親は出向いていったのだと思う。いいや、ではなくて、愚兄がなにかつまらない美術の賞でももらったからだったか。いずれにせよ、そこでわれわれは校内見学《ツアー》なるものに連れていかれたのでした。とりわけ印象深かったのは愚兄がいつも寝ているという寄宿舎。暖房装置はごつい金属製のパイプ一本きりで真っ黒に塗られているのは物理の法則を知らずしてか承知のうえで反証を試みるためか、あるいは部屋をいっそう冷酷無慈悲な空間とするための手のこんだ配慮によるものか。その働きにより室内温度が上昇することは決してなく、バーソロミューと残る十九名の寮生が眼を覚ますといつも窓の内側に分厚い氷がはっているという具合で、ただパイプ自体はとても熱いため、ちょっと触れただけでも大やけどをする。校則で決められた制服の靴下が足首までしかないということは、すなわち体の露出部がパイプに触れる可能性の非常に高いことを意味するわけで結果（バーソロミューの話によると）、表皮の焦《こ》げるにおいが鼻をつくのは学校生活では日常茶飯事とのことだった。

つづいて招待されたのが昼食です。食堂は天井が低く壁は板張りで建築学的にはひとつとして不備があるわけではないのだけれども、そこに十いくつも押しこめられた架台テーブルの、それぞれをとりまく騒々しい男子生徒の数がなにしろ信じがたい。壁にはいまは亡《な》き歴代の校長たちを描いた泥を塗りたくったような劣悪な肖像画がいくつもかけられており、ずらりと並んだその端の最新作一点だけが白貂《しろてん》の毛皮の縁取りのついた文学修士《MA》のガウンをはおったなかなか魅力的なサディストの大きな白黒写真で、ひとつ手前の肖像画は絵描きが悲喜劇的に無能な教条主義的立体派《キュービスト》であったか、ミスター・R・B・フェナー＝クロスウェイ文学修士その人が実際に藤色《ふじいろ》の菱形《ひしがた》を寄せ集めたような消化不良の顔をしていたかのどちらかにちがいない。銅鑼《どら》の音とともに私たちが入っていくと生徒一同起立、淫《みだ》らな睨《ね》めまわすような静けさのなか、整然というにはほど遠いのろくさとした歩きかたで進む学校関係者のあとから、両親と私も長方形の部屋のいちばん奥に真横に一段高く設けられた主賓席へと向かったのでありました。愚兄も恥ずかしそうにあとからついてくる。私は膝《ひざ》のうしろに汗をかいていた。静寂を破ってラテン語で食前の祈りを唱えたのは、ばかでかい典型的アーリア人の体格をした一目見て乱暴者のいじめっ子とわかる先生のお気に入りでした。

そして着席し向かい合った食事、これはダンテも創造を拒むであろう代物《しろもの》だった。私の席は両親の真向かいで、両どなりはぽってり太った寮母に無口なフランス人講師。まず最初に登場したスープは脂《あぶら》のかたまりが逃げも隠れも気おくれもせずに浮いた泥色のソースの舌触りと温度、これがどう頭からふりはらっても人間の肉体のある部分から分泌《ぶんぴつ》される粘液を思い起こさせずにはおかない。次に湯気のたった桶《おけ》のごとき巨大な器がテーブルの中央に置かれ、中身を取り分けるのは懐中時計を身につけた二重《にじゅう》顎《あご》の校長の役目でした。片腕をつっこむようにして彼が杓子《レードル》ですくいあげたそれはほかほかと白い湯気をたてて、さながら寒い朝の馬の落とし物のよう。頭がくらっとして一瞬吐きそうになりましたね。眼の前に置かれてみれば、それはどうやらコテージ・パイのつもりらしく、挽肉《ひきにく》が灰色でジャガイモは薄茶色をしている。「生徒たちはこれを〝謎《なぞ》の肉〟と呼んでるのよ」うれしそうに私に耳打ちする寮母。反対側ではフランス人講師のたじろぐ気配。あとのことは記憶にありません（想像不可能)。なにを話したか後半の食事がどうであったかについては——ローマの下水道設備についての講義中えげつないふるまいをした詩人スウィンバーンについて伝記作家がいみじくも書いているとおり——「歴史の女神はヴェールをかぶらねばならぬ」。

嫌悪《けんお》は恋愛(性愛)に通じるところがある。つまり(ある若い友人の言葉を拝借するなら)「生理的なもの」といってよい。なんであれ好き嫌いを挙げたなら、それは私たちがおのおの肉体を有していて、それがほかの誰のものとも異なる点を主張していることにほかならないとロラン・バルトがどこかに書いていましたが。たわごとですね。嫌悪するということは自分と外界とのあいだに線を引いて自分自身を定義すること。単になにかを好きになる程度では、このように世の中から自分を切り離すことはできません。「美食《グルマンデイズム》とは判断の行為であり、それによって私たちは味のよいものをそうでないものから選り分けているのである」——ブリア＝サヴァラン。なにかを好むということは、それを摂取したいと願う——ひいては、その世界に屈すること。好きになるということは、ささやかながらも心地よいひとつの死を受け入れること。逆に嫌悪は自己とその世界とのあいだに堅固なる壁を築いて対象物をその特質ゆえ、明確に浮かびあがらせる。少しでも嫌悪の情を抱いたなら、それは定義、区別、差別の勝利——生の勝利にほかならないのであります。

愚兄のいたセント・ボトルフ寄宿学校（実名ではない）訪問が私のその後の人生を決定づけたといっても過言ではありません。人間的、美的、料理学的凡庸さにいっぺんに接したことで逆の偉大なる力に目覚めた私の心に当時すでに芽生えつつあった疑念は揺るぎないものとなり、自分には類稀《たぐいまれ》なる芸術的才能がある、周囲とはちがうのだと確信するに至ったのだった。イギリスよりフランス、社会より創作、融和より孤立、安定した自作農的生活より疑念に満ちた異郷での生活、「仔羊《こひつじ》ローストのミント・ソース」より「羊の股肉と四十かけのニンニク《ジゴ・ア・カラント・グース・ダーユ》」。「いってみれば森で道が二手に分かれていて私は、そう私は、あまり人の行かないほうを選んだ——その結果がこの」（つづく言葉に注意）「差ですよ」

人生でそれほど重要なことを、たった一度のシェパーズ・パイにまつわる悪《あ》しき思い出だけで説明してしまうのもなんですが（これまでに何度かシェパーズ・パイとコテージ・パイを比較して前者の中身は牛の挽肉つまり残り肉、後者は羊肉と区別しようとしてきたのだが、どうもうまくいかないのであきらめた。フランスではこのふたつが混同されることはありません）、冬の食事に関して料理人が常に前向きに取り組まねばならないことの重要性については理解していただけたことでしょう。冬こそ絶好の機会と見なして料理人は厨房《ちゅうぼう》に立ち、技を駆使しながら均衡と調和のとれた季節と一体化した料理を披露すべき――深く自然のリズムと同調した自分自身を表現すべきなのであります。味蕾《みらい》をくすぐり、味蕾と戯《たわむ》れ、その目覚めを誘う食卓。例としては次のようなメニューが挙げられるかもしれません。どの一皿も味はある種刺激的で、一年のこの季節、重く沈みがちな舌を呼び起こさずにはおかない。

ブリニのサワークリームとキャヴィア添え
アイリッシュ・シチュー
プディングの女王

この世に数多く実在する小麦粉、卵、牛乳もしくは水の混合物すなわちパンケーキ、ワッフルの類――クレープ、ガレット、スウェーデンのクルムカークル、ソッケシュトゥルーヴル、プレッタル、フィンランドのタッタリブリーニット、北欧諸国で広く食べられているエッグヴォッフラ、イタリアのブリジディーニ、ベルギーのゴーフレット、ポーランドのナレシニク、ヨークシャー・プディング――のなかで私自身がいちばん好きなのはブリニであります。幸せなパンケーキ一家の一員であるブリニの特徴は（薄焼きではなく）厚みがあり、形は（二つ折りや三つ折りにせず）丸いままで、膨《ふく》らませるのに（ベーキングパウダーではなく）イーストを使い、ロシア生まれで、しかもブルターニュ地方のパンケーキのように（ふつうの小麦粉ではなく）そば粉でできている点。そばはイネ科植物ではない。よって穀類ではなく、ということはつまり農業を司《つかさど》る古代ローマの女神ケレスによって護《まも》られているのではないということだ。豊饒《ほうじょう》の女神ケレスの祭では尻尾《しっぽ》に火をつけたキツネたちが大円形競技場《キルクス・マクシムス》に放たれるという聞いただけで妙に心躍る儀式がおこなわれていた。理由は不明。ケレスはギリシャでは女神デメテル、その娘がペルセポネである。エレウシスの秘儀はデメテル崇拝の儀式で、ケレオスの赤ん坊を火にかざすところを見られてしまった彼女が女神としての正体を明らかにせざるをえなかったことに由来するものですが、さすがの女神もどぎまぎして、このときばかりはうまい言い訳を思いつかなかったのでしょう。

ブリニ。そば粉四オンスをふるい、イースト二分の一オンス（ぬるま湯に溶かしておく）と人肌ていどに温めた牛乳四分の一パイントを混ぜ合わせて十五分おく。いっぽうで小麦粉四オンスに牛乳二分の一パイント、卵黄二個分、砂糖と溶かしバター大《おお》匙《さじ》一杯ずつ、塩ひとつまみを加えて別の種をつくり、前の種とよく混ぜ合わせて一時間おく。さらに卵白二個分を泡立てて加える。これでよし。火にかけるのは厚手の鋳鉄のフライパン——古典ギリシャ語ラテン語でいうところのプラケンタで、これが子宮内で胎児を包んでいる羊膜やら胎盤《プラセンタ》と関係がないことはいうまでもないですね。頭に羊膜がついたまま生まれてくるのは（私がそうでしたが）昔から幸運のしるし、その子は洞察力が鋭く溺死《できし》することはないといわれ、その膜をアルコール漬けにしてとっておくと迷信深い船乗りたちに高く売れたものだった。フロイトも頭に羊膜をかぶった状態で生まれているし、彼のお気に入りの小説『デイヴィッド・コパフィールド』の主人公もまたしかり。子供がふたり以上いて、ひとりが羊膜つき、残る兄弟がそうでない場合には運、魅力、能力面において痛ましいほどの差が生じうるもので、羊膜に覆《おお》われて生まれたという事実が激しい嫉妬《しっと》や怒りをもたらしかねないのは、その人物が人間的にも芸術的にも優れていればなおさらです。とはいえ忘れてならないのはそうした感情をぶつけられるのがいくら不愉快だからといって逆にそれを人にぶつけるほど卑《いや》しい人間には、むろん、なりたくないということ。たとえば乳母の部屋をのぞき見るべく木登りをしておきながら、腕を折ったのは五歳の弟に木の上の家《ツリー・ハウス》から突き落とされたからだなどと主張するのは線五本から成る大胆なフィンガーペイントの上に黄色いクレヨンで（「あげるよ、メアリー＝T／きみはぼくだけのもの」という）短くも熱烈な詩をつけて恥ずかしげに渡し、乳母の心をとらえて以来特に彼女に可愛《かわい》がられるようになった弟に対する見下げ果てた復讐《ふくしゅう》行為以外のなにものでもない。

煙が出るまでフライパンを熱したら、種を少しずつすくって落としていく。出来上がりがブリニらしくなるよう量を加減しながら。前述の分量で六人分。表面にぷつぷつと穴があきはじめたら、ひっくりかえす。

焼けたブリニにサワークリームとキャヴィアを添えて供する。サワークリームはいたって単純、これにアドバイスや説明をという人がいたら「お気の毒に」と答えるしかない。チョウザメの卵を洗って塩漬けにしたキャヴィアのほうは、も少し複雑。驚いたことにドイツ人ではなくウィスコンシン生まれの社会学者ソースタイン・ヴェブレン呼ぶところの「価値の稀少《きしょう》性理論」なるものによれば、物の価値は珍しいとされればされるほど上がるもので、それ自体の質の高さや重要性はあまり関係がない。ということはつまり、もしもあのまずいマーマイトがキャヴィアのように手に入りにくいものだったら珍重されるのか？（答えは実験により立証済みですね。海外に暮らすイギリス人移住者のあいだでマーマイトや豆のトマト煮《ベークト・ビーンズ》のような食品が貨幣に代えて使えるほどの貴重品とされているのは周知の事実です。愚兄がかつてフランスのアルル近くに住んでいたさい故郷を懐《なつ》かしむイギリス人客をあてこんで現地に店を開いた元俳優の老人とポーカーをやって稼いだのがチョコレート・ダイジェスティヴ・ビスケット一年分。つづく十二か月間でついた贅肉《ぜいにく》が落ちることは終生ありませんでした）。こうして考えると疑問に思わざるをえないのが、ではキャヴィアは――あからさまにいうなら――真に価値ある食べ物なのかということであります。答える代わりに私としてはチョウザメの奇跡を指摘するしかない。繊細で異国情緒あふれ珍味とされるこの高価な卵の生みの親であるチョウザメは百万年ものあいだほぼ現在の姿を保ちつづけてきた地球上最古の生き物の一種であります。成魚で体長約三・五メートルにも達し、長く突き出た口吻《こうふん》で海底、川底の食物をあさるチョウザメの卵キャヴィアを食べるという行為はつまり、洗練と先祖返りという不思議な取り合わせに身をゆだねることにほかならないのだ。いうまでもなく大枚はたいて。キャヴィアは粒の大きさによって格付けされており、そうした差異が生まれるのは親の体のサイズが種類によりまちまちだからで、いちばん大きいのがベルーガ、次がオシエトラ、つづいてセヴルーガとなる。私のお気に入りは薄汚れた戦艦の色から萎《しぼ》んだヒマワリのそれまで光の加減でさまざまな色合いを見せてくれるオシエトラ・キャヴィア。高級キャヴィアにはたいてい「マロッソル」と表示がしてあって、これは「薄塩」という意味であります。

ヴォルガ産キャヴィアがほどよい塩加減で処理される過程については、よく知られているといえるほど知られているわけではありません。ベテランの鑑定人——毛糸の帽子などをかぶり眼光鋭く長靴には短剣を差した見た眼はおそらく荒削りな男——が卵を一粒口に入れ舌の上で転がす。すると経験と勘が不思議かつ精妙な合体を遂げて眼前のチョウザメの卵にはどのていど塩をすべきか、瞬時にしてわかってしまう。量を誤れば美食学的にも経済的にも大損害、大打撃を引き起こしかねない（これが長靴に短剣の理由）。芸術家が——別に自分のことだけをいっているのではありませんよ——作品の価値をすばやく見抜くことができるのとこれは相通じるところがあって、芸術家の場合は作品と対峙《たいじ》した瞬間にその質がわかるというか、眼にするのと判断するのがほぼ同時というか、いや、ごくわずかだが眼にする前にその価値がわかってしまうというか、量子物理学的パラドックスさながらというか、あるいは夢と同じで展開する物語は非常に複雑、大胆に時空を越え人や事物を断片的に次から次へと取りこんでいくうちに——死んだ親戚《しんせき》がテューバとなり飛行機でアルゼンチンへ飛ぶのが初めての性体験と重なってリボルバーが暴発すると実はそれが鬘《かつら》で——いよいよ恐るべきクライマックスにさしかかる前にロンドン中に響きわたるけたたましいサイレン、じき核戦争が勃発《ぼっぱつ》するぞという場面が気がつくとなんのことはない、ありきたりながらどこまでも安心感漂う家のなかでの出来事で、これにて一件落着というかのように目覚まし時計が威勢よく鳴るか玄関でお気に入りの郵便配達人がポストに入りきらない大きな小包を抱えて立っている、そんな瞬間と似ていなくもないのであります。チェスのプレーヤーがキャヴィアを口にすることがあるけれども、これは消化のよいタンパク質をたっぷりと手軽にすばやく摂取することが可能だからで、キャヴィアがあればなにもびっくりするようなご馳走《ちそう》を手間ひまかけて用意する必要はない。寒いときにうってつけの食べ物。いま乗っているような海峡横断フェリーでは入手不可能ですが、いろいろな意味で旅の合間のピクニックに最適といえるでしょう。しかるにヒースロー空港の第四ターミナルには低俗かつ悪趣味な「キャヴィア・バー」なるものがあって、これはミニチュア版〈ハロッズ〉のすぐ右どなりで営業している。

イースト菌の働きについては、そういえば科学者たちの努力をもってしてもまだ完全に解明されてはいないのだった。思うに、この世にもまだ謎が残されている証拠ですね。未知の領域、未発見のクレバスが世界にはまだ存在するのだ。私にいわせるなら、この一品は穀物の女神デメテルと関係があるせいかないせいか（というのも仏教の教えによれば無関係は逆に非常に高度な関係ともなりうるから）不思議の概念と密接に結びついていて切り離し不可能。イースト菌の持つ魔法の力を奪って発酵を抑えることがどうやってもできないとするなら、それは世の中にまだ詩心の許される領域がひとつふたつは残っているかもしれないということであり、すべて説明し尽くされ謎を奪われ、おもしろみがなくなってしまったかに見える世界だが実はそうでもなさそうだと考えると、ここだけの話うれしくなってくる。「天才」と呼ばれるのは昔から好きではなかった。ふりかえってみれば周囲の人々が私の気持ちを察してその言葉を避けるようになるまでの速かったこと、実に興味深く心惹《こころひ》かれるものがあります。

サワークリームとキャヴィアをたっぷり添えれば前述のレシピ recipe で――この言葉はほんとうは昔風に「レシート receipt」と綴《つづ》るほうが好きなのだが「それじゃ意味が通じないぞ、＊＊ったれ」と指摘されたので――ひとり数枚ずつ、六人分のブリニが前菜として用意できるはずです。前に説明したかもしれませんがね。別にブリニだけで食事をすませてもかまわないが、そうなるとあとはもう針葉樹林帯《タイガ》へくりだして女の自慢話をしながらクマでも撃つしかない。

アイリッシュ・シチューは単純素朴、だからまずいかというと、決してそんなことはありません。私の頭のなか（と胸の内と舌の上）ではこの料理はアイルランド南西部コーク州はスキバリーン育ちの乳母メアリー＝テレザと密接に結びついている。彼女のように揺るぎない存在は子供時代の私には稀で、あとは十歳ごろまで絶えずあちこちを転々とする生活でした。父の仕事の都合で引越が多かったうえ、結婚前舞台に立っていた母が旅好きでひとところにじっとしていられない性格だったせいもある。スーツケースよりもむしろトランクで暮らす生活がお気に入りだった母の手にかかるとわが家はわが家という「思いこみ」をはらんだわが家となり、それはもはや舞台装置、つくりものの安心してくつろげるわが家にほかならず、壁に飾られた高価な絨毯《じゅうたん》やら（漆塗りの中国製の衝立《ついたて》およびオニキスでできた嫌らしいほどに背筋をぴんと伸ばしたひょろ長いエジプトの猫の置物などの）骨董品《こっとうひん》やらが「さあ、お芝居しましょう」と語りかけてくるわけです。思うに、できれば母親も芝居の役柄のひとつとしてとらえたかったのではなかろうか。しかるに時おり登場して観客を楽しませてこそ価値のある端役《はやく》も出番が多すぎては無理があるというか、実験舞台をめざしたつもりが（ビール醸造所の老社長であるリア王の前にコーデリアがローラースケートを履いて登場するようなやつ）気がつけば演し物《だしもの》はアガサ・クリスティの『ねずみとり』のなかの、たとえ冴《さ》えない役でも資金難に陥った演出家のたっての頼みで引き受けた以上は演じつづけるほかない、言い換えるなら落ち目の役者はどんな仕事でも断ることができないし外見が風変わりなら特殊な役柄に甘んじるしかないという感覚で、母は子育てをしていたように私には思えるのです。皮肉屋でいつも心ここにあらず、自己憐憫《れんびん》に浸ってばかりで、そのいわんとするところは、最高に楽しかったあの頃にもう戻れないなら、しかたない、この役で我慢するしかないわね。爪《つめ》を見せてごらんなさいというときもサーカスに連れて行ってくれるときも、さながら医者に告げられた重大な事実を凜《りん》として胸にしまっているがごとく――子供たちには黙っていなくては！　ところが人前に出ると態度が打って変わって母親を演じていることに変わりはないながら、まるで有名に超のつく人気女優がオーストラリアの奥地へ出かけたはいいが（列車がワラビーをはねたか洪水にあったかで脱線し）ちっぽけな集落で立ち往生を余儀なくされ、半分唖然《あぜん》、半分顔を輝かせながらもそこで知ったのは数週間前から練習に練習を重ねてきたという自立精神旺盛《おうせい》な開拓者たちの手になる田舎芝居がなんとその晩、風力発電による照明のもと上演されるという話で演目は『ハムレット』、周囲も（雑誌の切り抜き写真をふりまわしながら慌《あわ》てふためく大ファンがいたため）彼女が大女優だということに気づき、ぜひとも出演して、いやヒロインはあなたしかいないといいだし、彼女はかわいらしく躊躇《ちゅうちょ》し、お願いですからと村人たちはすがりつき、むろん彼女もしまいには引き受けるのだけれども、ただしいちばん目立たない、どうでもいい役ならという条件付き――そうね、たとえば墓掘り人夫なら。というわけで演じたエピソードが何十年かたったのちも当時の共演者の子孫によって語り継がれポーチの揺り椅子《いす》でくつろぎながら彼らの見守るなか日にたった一本の列車がシルエットとなり赤茶けた大地に異様なほど長い影を投げかけつつ砂漠の夕陽を背に走り過ぎてゆく……そんな調子で母親役を演じていた母のもとにあっては、子供もまた傍目《はため》にはいかにも幸せそうな、愛情をたっぷり注がれたこれ以上ないほど恵まれた子供に見えたことでしょう。もしこれを聞いて近ごろの私ではないけれど「無茶苦茶じゃないか」という人がいたら、それはひとつ言い忘れたことがあるからで、母は共演者を歓迎していたし、おまけにどう相手をしようとそれはその人間の自由。役を割り当てられ母の演出する芝居の相手を――二人芝居だろうが三人芝居だろうがブレヒト作だろうがピンター作だろうがイプセン作だろうがストッパード作だろうがアイスキュロス作だろうが――務めなければならなかったのは事実だけれども、感情面でこうあるべきと強《し》いられたことが一度たりともなかったのは母の側がそういうことにはまったくの無関心でかまわずにいてくれたのがなにより大きかった。

そんなわけで旅すること常にそういう状態にあることを母がひとつも厭《いと》わなかったのは、却《かえ》って幸いであったというべきか、というのも父の仕事が各地を転々とすることなくしては成り立たない類《たぐい》の仕事だったからであります。かくして、ひとところに留まることなく過ごした私の幼少期に、種々の通過儀礼は地理的のみならず時間的にも明確な軌跡を描くこととなる。たとえばどこかにぼろぼろになった赤い革表紙のアルバムがあるはずで、そのなかの母と手をつなぎながら写っている一枚を例にとると、カメラに向かう私は得意げな表情を見せまいとしながらも誇らしげに生まれて初めてはいているのが長ズボン。背景にピンぼけのヨットが多数集まっているのを見れば場所がわかるはずなのだが――ワイト島のカウズか？　イタリアのポルトフィーノ？　それともイースト・ルーか？　別の一枚は、ベイズウォーター街にある高窓のついた暖房の効かない一階のフラット（所有者はまだ私です）の外で撮った写真で、私が自分の内に感じていた天職という名の微《かす》かな光を鏡さながら父が外から初めてとらえたのは、このフラットでのことだった。その日の午後に私が描いた水彩画（ガラスの花瓶に生けられた温室栽培のミモザとドライフラワーになったラヴェンダー）を取りあげ、こういったのであります――「おい、この坊主《ぼうず》、才能あるんじゃないか」。これとともにいつも思い出すのが寄せ木細工の床のにおいで、午後ほかになにもすることがないと指でよくそれを剝《は》がして遊んだのは、なにかを壊すのがおもしろかったからというより長方形の一枚一枚をはめこむのに使ってあるねばねばとした樹脂のにおいを嗅《か》ぐと頭がくらくらしていい気持ちになれたからだった。一度剝がした寄せ木はどううまくはめ直しても元通りにはならない。四枚の寄せ木からなる四角形が部屋の四隅に向かってひしゃげた菱形《ひしがた》をつくるよう配されたその模様には、なんらかの解釈法、神秘主義的意味合いが隠されているのではないかと、長いこと眼をそらさずにじっと見つづけていればそのうち答えか手がかりが得られるような気がしたものであります。あるいはパリ六区のアサース通りにあったフラット、これもまた鮮やかに記憶に残っているのは、そこで生まれて初めてペットの死というものを眼《ま》のあたりにしたからで――死んだのは意地の悪い管理人の孫が八月いっぱいノルマンディーの親戚のもとで過ごすというので愚兄が預かり面倒を見ていたハムスターのエルキュル。階下へ知らせに行く父は黒ネクタイ姿だった。

当時からメアリー＝テレザはわが家にいて、最初は乳母として働いていたのが、やがては「ボンヌ」すなわちお手伝いさんとなる。料理は基本的には彼女の仕事ではなかったのですが、コックとして雇われた人間の誰かしら――ドストエフスキーの小説を思わせるがごとく次々とわが家にあらわれては消えていったならず者やら夢想家やら酒飲みやら妄想家やらうすのろやらペテン師やら事情も言い分もまちまちな連中の誰かしら――が不在ということも頻繁になくはなかったので、そんなときは彼女がずんずんとかまわず台所へ入っていったものでした。とはいえ、そうした料理人不在事件の最たるものが起きたときにはメアリー＝テレザはもうわが家の使用人ではなくなっていたわけで、忘れもしない、当時雇われていた反典型的におしゃべりで楽天的でピクルス作りに非凡な才能を発揮したノルウェー人料理人ミッターグがなぜ時間通りにあらわれて大事な夕食会の準備をしなかったかというと、(なんと実は)電車に轢《ひ》かれてしまったからだった。

かかる状況下で——メアリー＝テレザがなにかの儀式に臨むがごとく生き生きとした表情で身にまとうのは、そうした非常事態にそなえ常日頃から手元に置いてある青いフリルのついたエプロンと決まっていて、決然と台所へ向かい、ふたたび姿をあらわした彼女が手にしているのは家族会議でさんざん話し合った結果に基づき教えこまれた料理のどれか——フィッシュ・パイかオムレツかロースト・チキンかステーキ・アンド・キドニー・プディングか、さもなくば、よくつくってくれたのが彼女自身の得意料理《スペシャリテ》、アイリッシュ・シチューでした。というわけで最後に挙げたこの料理のいいにおいは私が少年時代を過ごした数多くの場所をまとめあげるにふさわしいテーマのごときものとなり、その力を借りさえすれば各地がうまく混ざり合い首尾一貫した個性あふれる思い出話——すなわち私の語り——に姿を変えてしまうことを考えると、思うにこれは各種料理に使われるつなぎ、たとえばクリームやバター、小麦粉、葛粉《くずこ》、こねバター《ブール・マニエ》、血、粉末アーモンド(イギリス独特の方法です、ばかにしてはいけない)に似ていなくもないわけで、それがこれから私が説明しようとしているレシピでは二種類あるジャガイモのうちの溶けやすいほう、ということになる。メアリー＝テレザが解雇されてなにより恋しかったのは、この料理のすばらしい香り、風味であったかもしれません。

材料を揃《そろ》えたし。肉のどの部位を使うかについて専門家の意見が分かれる点は認めざるをえないでしょう。暇なときに三種類の資料をひもといてみたところ、「仔羊《こひつじ》の骨付き臑肉《すねにく》または仔羊ローストの残り肉」、「煮込み用仔羊頸肉《くびにく》」、「(肋骨《ろっこつ》に近い)ロースト用仔羊頸肉の塊」とそれぞれ好みがちがっていた。私にいわせるならどの部位でもかまわないわけで、というのもこれは基本的には農民の食べ物だからでありま(歴史的説明。味のことをいっているのではない)。本来ならばふつうの羊肉《マトン》のほうが仔羊《ラム》より風味がよいのだけれども、近ごろではほとんど入手不可能です。ノーフォークの自宅からそう遠くない肉屋で昔は買えたのだが、あいにく主人が死んでしまった。アイリッシュ・シチューに骨付き肉を使うべきか否《いな》かの問題について私にいえるのは、メアリー＝テレザはかならず骨付き肉を使い独特の風味と骨髄から溶け出るゼラチン質のとろりとした感じを大事にしていたということだけであります。仔羊の頸肉または臑肉、できれば骨付きのもの三ポンド。粘質のジャガイモ一ポンド半。これはイギリス国産ならビショップかペントランド・ジャヴェリン。わからなければ店員をつかまえて聞くべし。粉質のジャガイモも一ポンド半。これは溶けて先に述べたような働きをする。イギリス国産ならマリス・パイパーかキング・エドワード。わからなければ聞く。パリ六区のカセット通りとシュヴァリエ通りの角にとてもいい食料品屋があったのだが、いまはもうおそらくないだろう（粘質と粉質ジャガイモのちがいについては、科学的にきっちりと説明がなされているわけではありません。もし迷ったら塩一対水十一の割合で塩水をつくり、落として沈めば粉質）。玉ネギのスライス一ポンド半。好みに応じてオレガノ、ローリエ、タイム、マジョラムを適宜。乾燥ハーブなら合わせて茶《ちゃ》匙《さじ》二杯ほど。塩。まず肉を食べやすく切り、材料がすべて入る大鍋《おおなべ》を用意する。ジャガイモは二種類とも皮をむき、厚めの輪切り。そして次の順に材料を重ねていく——粘質のジャガイモ、玉ネギ、肉、粉質のジャガイモ、玉ネギ、肉。これをくりかえし、最後は残ったジャガイモを厚めにのせる。各材料を重ねるたびに塩をふり、香草《ハーブ》を散らすのを忘れないこと。いうまでもなく、これは先に一度レシピに目を通してからでなければできませんね。いい教訓となったことだろう。肉と野菜の隙間《すきま》から水をひたひたに注ぎ、蓋《ふた》をする。ガス目盛り2のオーヴンに入れて三時間。粉質のジャガイモがちょうどよい具合に溶けたら出来上がり。これで大食漢六人分がまかなえる。考えかたに迷いのない、感動的なレシピであります。

シチューを本質的な特徴で大ざっぱに分けると、最初の段階でなんらかの下ごしらえ——炒《いた》めるなり焼くなり、なんでもいいが——をするかしないか、ということになる。アイリッシュ・シチューは後者の雄。残るメンバーに名を連ねるランカシャー風ホットポットもやはり仔羊とジャガイモのシチューで、アイリッシュ・シチューとちがうのは好みで腎臓《キドニー》を加えてもかまわないことと、イギリス版のこちらは最後に蓋をとって上に焦《こ》げ目をつけることくらいかな。両者が似通っているのはランカシャーとアイルランドが文化的に非常に近い関係にある証拠であり、父がメアリー＝テレザを発見したのも同地方のマンチェスター、「スト中の工場」で働いているところをとっていたが、実際には同僚が妻の出産にそなえ私立探偵を使い身辺調査までして雇ったはいいが想像妊娠とわかって解雇したのを紹介してもらったのだった。下ごしらえしない、という意味ではボイルド・マトン［茹《ゆ》で羊肉］も似たようなもので、これ自体は評価の低いのが残念だけれども、格別にうまいのは由緒正《ゆいしょ》しき薬味類とともに食べたときだし（「それは美食家の憂鬱《ゆううつ》／ケイパー抜きの茹で羊肉《ボイルド・マトン》」——ユーモア詩人のオグデン・ナッシュ）、羊肉、豚肉、牛肉とジャガイモでつくるボリュームたっぷりのドイツ＝アルザス地方料理ベッケオフ、肉に焦げ目をつけず水から煮て最後に生クリームでとろみをつけた体の暖まる仔牛のブランケット、そしてむろんのこと伝統的な二種類のドーブ――プロヴァンス風とアヴィニョン風も忘れてはなりません。フランスでは水からことこと煮込むタイプのこのシチューを総称して実はドーブというのだけれども、語源となる煮込み鍋のドービエールは首が細く中程がまるく脹《ふく》らんでいるところが仏陀《ぶつだ》の腹に似ていなくもない。

もういっぽうのシチューは炒め煮《ソテ》部門もしくは蒸し煮《ブレゼ》部門と名付けてもよいかと思いますが、材料にまず高温で火を通すのは（そこで小麦粉その他を使い）とろみやつなぎのもととするだけでなく、最初の段階で各素材の持ち味をうまく引き出すためもある。ハックルベリー・フィンの言葉を借りるなら――「なんでもかんでもいっしょくたにぶちこめば、ぜんぶが混ざり合って味がぜんたいに染《し》みて、いい具合になる」のですね。断っておきますが、最初に火を通したからといってよくいわれるように「肉汁が封じこめられる」わけではない――そんな現象はひとつも起きていないことが科学的に証明されている（こんがり焦げ目をつけたほうが風味も舌触りもよくなる場合の多いことから生まれた流説でしょう、おそらく）。この類に属するのが、まずは恐れられて当然のイギリスのビーフ・シチュー、それからカルボナード・フラマンド［牛肉のビール煮］、フランスの地方料理ではジブロット［兎《うさぎ》のワイン煮］やマトロート［ウナギの赤ワイン煮］やエストゥファード［牛肉の蒸し煮］、生まれてまもない仔羊と小さな可愛《かわい》らしい春野菜を材料になにやら野蛮な嬰児《えいじ》殺しの風習をにおわせるナヴァラン、唐辛子の練り物アリサを使ったスパイシーな北アフリカのタジーン［仔羊と野菜のシチュー］、ローヌ地方の船乗り料理で寒い日にうってつけのブルファード［マリネ牛肉のアンチョビーとケイパー煮込み］、カマルグ地方のカウボーイたちの大好物ということでその名のついたブッフ・ア・ラ・ガルディアン［牛肉の煮込み牧童風］、もはや有名になりすぎてどの国で出されても驚くに値しない元フランスの家庭料理コッ＝コー＝ヴァン［雄鶏《おんどり》の赤ワイン煮］と元ハンガリーの家庭料理グーラッシュ［牛肉のパプリカ煮込み］、意外なほど手早くできて不意の来客に重宝するビーフ・ストロガノフ、その他フランスにおける煮込み料理各種およびイタリアのラグー《ラグー》［ミートソース］、ストゥファティーノ・アッラ・ロマーナ［ローマ風煮込み］、北イタリアのストゥファート・ディ・マンゾォ［牛肉の煮込み］、誇り高きカタロニア地方のエストファート・デ・ボウ［雄牛の煮込み］。まだまだいくらでも挙げられる。ひとつ注目すべきはフランス貴族たちによる名の残しかたとイギリスのそれとのちがいであって、フランス側はたとえばシャトーブリヤン子爵《ししやく》の牛フィレ肉にベシャメイユ侯爵のベシャメル・ソースという具合ですが、イギリスでいまは亡《な》き発案者が偲《しの》ばれるものといえばカーディガン、長靴《ウエリントン》、サンドイッチ、この三つしか思い浮かばない。

ある専門書をひもとくとこう書いてあります――「少なからず投じられた各素材がまとまってひとつになり、その味の隅々までゆきわたるところにドーブの心があるとするなら、ソテではおのおのが絡《から》み合い、互いの風味や舌触りに嫉妬《しっと》しつつ――それでいてソースという共通のヴェールに包まれ見事に溶け合うようでなければならない」。言い得て妙ですね。聞くところによるとアメリカ合衆国で移民たちの融合した社会を最近では「サラダ・ボウル」と呼んで昔のように「人種のるつぼ」と表現しないのは以前の言葉に独自の文化が失われたような響きがあるかららしい。言い換えるなら昔はソテの意味で使われていた「るつぼ」がここへ来てドーブとみなされるようになったわけであります。

プディングの選択に関しては前の二品より多くの異論反論があるかもしれません。「プディングの女王」は寒い冬にふさわしい料理で見かけは立派だけれども、つくるのは意外に簡単。メアリー＝テレザのアイリッシュ・シチューのあとにはいつもこれが出てきたもので、私が初めて教わって自分でつくったのもこの料理だった。パン粉五オンスにバニラシュガー大匙一杯、バター二オンスとレモンの皮のすりおろし一個分、温めた牛乳一パイントを加え、冷めるまでおく。これに卵黄四個分を混ぜ入れ、脂《あぶら》を塗った浅い器に流して軽く固まるまで焼く。好みのジャム大匙二杯を温めて上にそっと塗る。あなたはイチゴ派それとも黒スグリ派？　まあいい。次に卵白四個分を角が立つまで泡立て、砂糖を加えてさらによく泡立てる。合計四オンスの砂糖を少しずつ加えながら、とてつもなく大きなラジオのダイヤルをまわす要領で手首をきかせつつ泡立てるのがコツです。泡立てた卵白をジャムの上にかぶせ、さらに砂糖少々をふりかけて十五分ほど焼く。このプディングでひとつ残念なのは、こうして書いたり説明するのに所有格「〜の」の重複がどうしても避けられないことで、作家フロベールはこれによく腹を立てたものだった。それはともかくとしてプディングの女王の魅力のひとつ（ほらね！）は魔法のように変身を遂げる卵の特徴ふたつをうまく利用している点にあるといえましょう。まずは空気を送りこまれた卵白のタンパク質の凝固——元の八倍にも「かたく泡立つ」卵白はスフレなどにも利用されている。それから卵黄のタンパク質の凝固、これはカスタードやマヨネーズ、オランデーズ・ソースその他でお馴染《なじ》みですね。フランス料理の伝統的なソース類には敬意をもって接すべきで恐れてはならないということを、常日頃からお忘れなきよう。

私が生まれて初めてプディングの女王をつくったのはパリのアパルトマンの狭苦しい細長いキッチンでのことでした。およそ人間の住居の一室とは思えぬほど横に押しつぶされた窮屈な皿洗い場（ですね、要は）にはその代わりにというか一枚上手のというか、実に見事な収納システムが備わっていて食器や調理器具はすべてそこに収まってしまう。奥には小さな食料貯蔵室があり、メアリー＝テレザが顔を真っ赤にしながらガスボンベを抱えて出てくるさまはあたかも乳搾《ちちしぼ》り女が大型ミルク缶と格闘しているかのようだった。料理前にはかならず新しいガスボンベをといって彼女が譲らなかったのは、前に一度シチューをつくっている最中にガスが切れてボンベを取り換えねばならなくなるという苦い経験をしているからでした。そのさい交換のしかたをどこかでまちがえたらしく、ちょっとした爆発が起きて一時メアリー＝テレザは眉《まゆ》がない状態だった。このキッチンには論理的にどう考えても満杯のはずのガスボンベを空にするのが得意な小悪魔《グレムリン》が棲《す》みついているという話で、その証拠に腕によりをかけた料理の最中にかぎってよくガスがなくなったものです。ボンベを空にするにはただひとことこう口にすればいいのさと父がいつだったか教えてくれた言葉は「クリビヤック［大型パイ］」。

「そろそろお料理を習ってもいいころね」と私の掌《てのひら》に金属製の器具を当てて握らせたメアリー＝テレザといっしょに、泡立てる動作をまずは腕ぜんたいを使って、次にうまく手首だけをきかせてやってみました。このとき初めて経験したのが卵をあいだにして針金と銅製ボウルが擦れ合うこの世のものとも思えぬ心地よい感触で、私にいわせるなら要するにその正反対が（といっても「正反対」の常としてある意味ではどこか全体に似通ってはいるわけですが）爪《つめ》で黒板をひっかいたり発泡スチロールの塊を擦り合わせたときの音ということになる（例外なく示されるこの妙に強烈な反応には進化論的に見てどういう意味があるのか、どなたかご存じないだろうか。遺伝子に書きこまれたなにかの記憶だとしたら――いったいなんの？　鋭い爪をたてて岩山を登る剣歯虎《けんしこ》の足音？　それとも毛むくじゃらのマンモスの群れが臭い息を吐き恐ろしい牙《きば》を剝《む》きながら大移動を開始すべく凍土を蹴《け》りはじめた音か？）。

メアリー＝テレザの犯行が露見してもっとも衝撃を受けたのは、妙なことに、母でした。「妙なことに」というのは、つまり彼女たちの関係にそもそも雇用主と使用人のあいだによく生じる類《たぐい》の摩擦がまったくなかったとは言い切れないうえ、そこに器量よし対十人並みという対立の要素が加わって（宣戦布告もなければ永遠に終止符が打たれることもない、こうした熾烈《しれつ》な争いの例をほかに挙げるとするなら、たとえば才人対凡人、若者対年寄り、ちび対世間一般など）別の角度から見るならばこの反目をもたらしたのはすなわち、どことなくごつごつして毛穴の目立つ卵形の顔をしたメアリー＝テレザの鈍牛を思わせるまぬけな容貌《ようぼう》と比べると母が可憐《かれん》なヒヤシンスのように見えたという事実――母の睫毛《まつげ》は少年のそれのように長く繊細で、その肌の持つ微妙な色合いは、あまりにもたくましく健康的に花開いた田舎育ちのメアリー＝テレザの顔色からすると浮き彫りの陰翳《いんえい》さながらであり、冷たい荒々しさを深く宿した母の美しい瞳《ひとみ》が（母に会うまで「眼光鋭い」という言葉の意味を自分はほんとうには理解していなかったような気がすると賞賛の言葉を漏らした人間はひとりやふたりではありません）際《きわ》だってそう見えたのも、いっぽうのメアリー＝テレザがぎょろりとした出目で愚直そのものの誰がどう見てもとことんこきつかえそうな顔つきをしていたからにほかならない。そこにまたある種の緊張感が加わって——謎《なぞ》めいていてなんとも名付けようがないながら即座に察知せずにはいられない、いわば外国語による議論を耳にしたときのように厳然とそこにありながらも理解不可能な緊張感が女性ふたりのあいだに漂うのは当然のことながら「仲良く」やってはいけない証拠であります。たとえばメアリー＝テレザに指示を与えたり叱責《しっせき》の言葉を並べたてる母のどこかいかにも女性的できびきびした物言いにそれは顕著にあらわれていたし、命令に応じてなにかをするさい気が進まぬことを声には出さず微《かす》かなコウモリの叫びさながら仕草で示すメアリー＝テレザの態度からもまた明らかで、際限なしと思えるほどわがままかつ理不尽でおよそ家政学の基礎というものを知らぬ甘やかされた寝椅子《ねいす》の女主人に対する非難の意味が、その応対のしかたにはこめられていたのだった（少し踏みこんだ説明となったかもしれない)。こうしたすべてと対照的だったのが母にいわせるとひとまとめにして「男子」となる私の父と(ちなみにひとつも男子という感じではない――カメラを向けられてもまるで意識しない人がほとんどという時代ではまだなかったことがよくわかる少年時代のブレザー姿の写真においてさえ)それから私や愚兄に対するメアリー=テレザの接しかたであって、私たちが相手だと気取らず友達のようにふるまうメアリー=テレザの姿は、私たちよりすべてにおいて敏感な母の眼には思うに、どう考えてもいちゃついているようにしか見えなかったのではないでしょうか(トマス・ミドルトン作、悲劇『女よ、女に注意せよ』ほど優れたタイトルがジャンルを問わずほかの芸術作品に見られるだろうか)。このようなすべてが凝縮された(もしくはされていない)会話を細大漏らさず活字にすると――

母「メアリー=テレザ、花瓶のお水を替えてくれるかしら?」

メアリー=テレザ「かしこまりました、奥様」

――といった具合に、やりとりを通して散る心理の火花にはイギリス史の父ベーダが人生になぞらえてみせた「一瞬にして頭上を飛びぬける雀《すずめ》」を思わせるものがある（嫌悪《けんお》の恋愛論）。いずれにせよ、それはともかくとして、母が取り乱すような事件が起きるのですね。四月のある寒い朝、母が鏡台の前に座っていたときのことでした。

「ねえ、あなた、イヤリングを見なかった？」

母がこう呼びかける相手といえば通常は父なのですが、私や愚兄を無意識のうちにそう呼ぶこともないではなく、父の代理というより、たまたまその場に居合わせた男子代表としてともかく返事をせねばとこちらが思うような話しかけかたを母がするのはよくあることだった。父は寝室横の狭い支度部屋で、私や愚兄が日課としている膝小僧《こぞう》を洗ったり髪をとかしたり、ずり落ちた靴下を上げたりといった身支度よりずっと進化した知的なおとなの複雑で謎めいた身支度――（ボウルと水差しを用意してバスルームでお湯の栓をひねり、騒々しい音をたてながらそのふたつを満たしてこぼさぬよう自分の支度部屋へ運ぶのはまるで長編ドラマのように長くややこしい母の身仕舞いの邪魔をせぬためなのですが、そうやって）ひげを剃《そ》ったり、オーデコロンをつけたり、ネクタイを締めたり、髪を撫《な》でつけたり、上着の袖口《そでぐち》に少しだけカフスをのぞかせたり襟《えり》を払ったりを、父はしている最中でした。

問題のイヤリングは二個の大きなエメラルドの、ぐるりはホワイトゴールドという私から見れば控えめにいって悪趣味も甚だしい代物《しろもの》——母が若かりしころに誰だかから贈られたイヤリングで、恋に打ちのめされたその相手はイングランド中部地方の実業家の後裔《こうえい》という話だけれども（「この天気、昔とても好きだった人を思い出すわ」だの「この日いつもこれをつけるのはある人のためなのだけれど、それが誰かは内緒よ」といった曖昧《あいまい》な発言からそれとなく浮かびあがってきたエピソードによるならば）、母がそれを返そうとしても受けとらず、やがて姿を消して外人部隊に志願することとなる。親戚《しんせき》一同がそれを引き留めることができたのはパリでとつぜん彼が倒れたからで（自由市民としては最後になるはずだった食事のなかの）ムール貝にあたったのが原因でした。のちには産業界の発展に尽くした功績でナイトの爵位を授与されるも直後にカリブ海で乗った水上飛行機が墜落して死亡。パリっ子たちの集まる粋《いき》なブラッスリーのウィンドウで艶《つや》と輝きを放つ海産物《シーフード》の山が一部の政治家たちを彷彿《ほうふつ》とさせるのは、見た目は立派でありながらも全幅の信頼を寄せるにはなにか不安なものを感じる点で共通しているからでありましょう。

「どのイヤリング？」

「いいのよ、あなたは。ママンはいま忙しいの」——と、これは私に対して——「エメラルドのよ」

「また、朝っぱらから！」

「別につけようと思ったわけじゃなくて——宝石箱にないのよ」

「宝石箱は探したのか？」

決まり文句的実におざなりなやりとりであることが、父のこの返事から読みとれるのではないでしょうか。

「いまつけるわけがないでしょう。そんなばかな」

件《くだん》のイヤリングがメアリー＝テレザの使っている屋根裏の、昔ながらの狭い女中部屋に置かれたマットレスの下から発見されて誰よりも衝撃を受けたのは、母でした。見つけたのは警官《ジャンダルム》で——父が警察まで呼んだのは、いつまでもしつこい母に疲れ果てて仕返しがしたくなったからという理由も一部にはあって、その言葉を借りるなら母の「ヒステリー」を世間に暴露してやろうという気持ちと「あとは野となれ山となれ《アプレ・モワ・ル・デリュージュ》」的最悪の事態を望む屈服願望がないまぜになっていたのかもしれない（どういう最悪の事態を父が思い描いていたかはわかりませんが、たとえば歯磨きチューブの横とか椅子の下とか、そういったところで問題のエメラルドが見つかり母も自分の非を認めざるをえなくなるとか、もしも盗難事件であったなら犯人はアパートの管理人、第三の人生《ル・トロワジエーム・アージュ》を送るひどく厳《いか》めしいフランス人未亡人で、父にいわせるなら「マダム・デュポンの旦那《だんな》というのは、いったいどういう人だったんだろうな。ああやって生きのびたわけだから少なくとも「妻を毒殺して処刑された」ドクター・クリッペンのような男ではなかったということなんだろうが」となる彼女であったことが判明するとか）。ところが父が考えるよりはるかにフランス人というのは所有物及び金銭に関してうるさいのだった。最初に父から通報を受けたその若い警官は恐ろしく複雑な書類に必要事項を書きこむと、高価な物品が行方不明になったという事実にまちがいなく見るからに慌《あわ》てた様子で翌日私たちのアパートに姿をあらわしたときには、整った顔立ちで礼儀正しく帽子《ケピ》を胸にあて、まるで遅刻を謝る小学生さながらでした。透き通るような白い肌にノルマン系なのか亜麻色の髪をした彼は雰囲気も態度も上品でとても警官とは思えず、ひょっとしたら子爵《ししやく》の末息子かなにかで一、二年巡査を経験したあとは（もともとフランス語であることが決して偶然ではない表現のひとつ、高貴な身分に伴う義務《ノブレス・オブリージュ》を果たすべく）蛙跳《かえると》びで出世し上層の政治機関《アパラート》で魅力あるデスクワークに就く将来が約束されていたのかもしれません。彼はまず客間で母を相手に事情聴取をおこない、そのあいだに母はお茶の用意をさせ、捜索に入る前に兄と私も呼ばれ、母のいる前で話を聞かれたのは最初だけで、あとは別々（だいじょうぶよ、とでもいうようににっこり私たちに微笑《ほほえ》みかけ愛情溢《あふ》れる母親を装《よそお》いつつ母があとずさりしながら出ていくことについては警官とのあいだに暗黙の了解がなされていたようで、場合によってはこれは第三者が不倫のにおいを嗅《か》ぎとらずにはいられない場面であったにちがいありません)。漠然とした家のなかの重苦しさがいや増したのは、盗難の疑い、ということが公に言葉として発せられるや、生き物さながら命を得て歩きだしたかのように感じられたからで——口の端《は》にかけたとたん、マグネシウムではないけれども酸素に触れて瞬時に燃えだしかねないかのごとく。しかるに実際はどういう展開になったかというと、子供たちの前でくりひろげられるおとなのドラマではよくあるとおり、最初のうちはすべてが舞台裏でこっそり進行していて、わかるのはなにかがいつもとちがうぞ、ということくらいでした。それを私が感じはじめたのはメアリー＝テレザと母とともに客間にすわり、愚兄が相変わらずイーゼルに向かって下手な絵を描くかたわらで本——なぜかよく覚えている、『星の王子さま』——を読んでいたときのことで、アパートのあちこちを歩きまわっていた警官はもどってくるなり私たちみなの視線を避け、ちょっといいですか、と母にだけなにか耳打ちをしたのだった。

いまの私の気持ちとしては、とてもほっとしているというところでしょうか(それ以上の感慨はない)。さて、冬の食事についてこうして思いつくままにいろいろと述べてきたものの——ウサギを取りだしてみせたりカーテンをさっと引いてみたり、実はアシスタントの美女は鋸《のこぎり》でまっぷたつにはなっていませんでしたと得意げに披露する手品師の気分で打ち明けるなら——序文で述べたとおり、いまはまだ真夏で休暇旅行は始まったばかり。すべてくわしく説明するなら、口述をおこなっているここはポーツマスからいつもどおり荒れた海をサン＝マロへと向かうフェリーの船上で、正直なところ、このフェリーはいつ乗っても時間が中途半端なので落ち着かない——これがカレーまでならたったの一時間、まずいコーヒーを一杯飲みながらクロスワードをやってデッキを二往復すれば着くし、ニューカッスルからイェーテボリ、あるいはハリッジからブレーマーハーフェンまでなら丸一日かかるから形だけでもそれなりに船旅の気分が味わえるところなのですがね。ただポーツマス—サン＝マロ便にも利点はあって、それはフランスのなかでもいちばん感じのいい、というか、いちばんましな港町に着くということ（という結論は消去法によるもので、ほかの港はというとカレーは言語道断、ブーローニュは連合軍の爆撃を都市計画者が引き継いで仕上げた町だし、ディエップは乗船地のニューヘイヴンが論外、ロスコフはただの漁村、オスタンドはフランスではなくベルギーにあるのが実情です）。魅惑の日本製超小型口述録音機《ディクタフォン》を手に電子レンジで温めたベーコンと完全に凝固しきった卵の並ぶセルフサービスの食堂で休みながら、私はイギリス料理をこきおろし、年配の貴婦人のようにどっしりした姿で通りすぎてゆくパナマ船籍の超大型タンカーをデッキの椅子に座って眺めながらベイズウォーター街の古いフラットについて触れ、ゲームコーナーの人込みをかきわけつつメアリー＝テレザがプディングの女王に添えたのはジャムだったかゼリーだったか頭をかきむしっているうちに（両替所《ビューロー・ド・シャンジュ》の前に放りだされたリュックサックにつまずいて）はたと思い出したのは、まちがいなくジャムで彼女はそれを裏漉《うらご》ししないと気がすまなかったのだけれども、そこまで説明する必要はなかろうと、読者諸賢もすでにお気づきのとおり、判断したしだいであります。多かれ少なかれどこか破壊された部分があるのが記憶というもの——過去に生きられないがゆえに現在に生きているのが私たちであり、それはちょうど読み耽《ふけ》っていた書物からふと目を上げた拍子に想像と夢の華やかな世界から追放されたかのごとき偶感を改めて抱くのと似ていなくもない。海峡横断フェリーの灰皿には吸い殻があふれんばかり、子供たちは吐き戻してばかりで、ここでもまた人は、かつてみなが平和に暮らしていた楽園の入口に立ちはだかる炎の剣を手にした天使の姿を思い浮かべずにはいられないのであります。

夏の海のきらめきが苦にならないのは新しく購入した色の濃いサングラスのおかげ、このブランド名を知らぬ人はまずいないでしょう。今日の微風はこの季節のいつもの風からすると一、二度、温度が低いようだが、特に冷たく感じないのは慣れない新しい鹿狩《しかが》り帽が暖かいからで、それをいま私は耳当てだけ垂らし顎紐《あごひも》は結ばないでかぶっている。少し散歩でもして体をほぐしてきたほうがいいようだと思いつつ甲板で大きく深呼吸をすればどことなくくすぐったいのは、このひげが付けひげだからであります。

もうひとつの冬のメニュー

四季の移り変わり、季節の訪れには、特定の土地を思い起こさせる喚起力がある。その現象がもっとも顕著なのは春で、春といえば青春時代――特に重ね合わせて考えられることの多いのが幼少のみぎりの蕾《つぼみ》から芽生えた性を意識しはじめる思春期でありますが、それとは意識せぬうちに衝動を覚え未熟ななにかが心に突きあげてくるあの感覚と実によく似たかたちで柔らかく風は誘いかけ、豊かな実りを約束すべくのびのびと大胆に自然は姿をあらわしはじめる。命のふたたび燃えあがるこの季節が呼び覚ます記憶、おのずと脹《ふく》らむ連想――去年《ネージュ・ダンタン》の雪よいまいずこの風景。つい最近ある若い女性と話をする機会に恵まれたのですが、彼女の場合、春の訪れとともに決まって思い出すのは学校を終えて帰宅途中にたどった運河沿いの道の夕暮れどき――初夏の気配さえ漂う川面《かわも》の静けさや飛び交う虫、まだ熱を帯びた葦《あし》の茂みなどで（ごく）たまに通りすぎる艀《はしけ》は塗り替えられたばかりの鮮やかなペンキを身にまとい、この土手にあるベンチできっと私は初めての接吻《せっぷん》をするのだわ、と――これが北のダービーでの話だというのだから！

私自身はというと、芳《かぐわ》しい春のにおい――においというより手触りに近く触感すら可能であるような、たしかににおいにはちがいないのだけれども嗅覚《きゆうかく》で察知すべきなにかを越えた、それでいてなにと名付ける域には達しない（たとえば私自身も含め子供によっては空気の分子がブラウン運動によってぶつかりあうチリンチリンという軽やかな微《かす》かな音を耳でとらえることができるものですが、おとなになるにつれ、この能力が失われてしまうのは成長過程で頭蓋骨《ずがいこつ》と鼓膜が厚くなるから――失ったが最後これは取りもどせない取りかえしがつかない、修復も複製も再生も不可能な能力でブラウン運動が聞こえなくなった瞬間にそれはもう喪失しているのであり、未来永劫《えいごう》あとは幻の音、繊細でそれとはわからぬような非現実的な音として聞こえる気がするのはもはや聞こえないそれの記憶のなせる業でしかないのにも似て）――春のにおいもまた命名や定義づけのできる領域にはない。春のにおいが孕《はら》むもの、それは可能性と迫りくるなにかと内在するなにか。復活を予感させる官能的といってもよいほどの、この感覚で私が思い起こす場所といえば南フランス――初めてこの地をひとりで訪れた十八のときのこと。忘れえぬ野生のハーブの（タイムを主体とした）におい、風に吹かれ銀色に光り輝くオリーヴの葉、プラスチックのようにつやつやとしたもぎたてのレモン、縄底のエスパドリーユで踏みしめる家の前の砂利道、掛布一枚で横たわる寝床に大きく迫って見えた月。そして真夏になると一日の始めと終わり――ということはつまり、息苦しいような午後の炎暑の前とあとにひときわ敏感に嗅覚がはたらいて夕闇《ゆうやみ》が迫るとともに、そのにおいをいっそう強く感じるのは人々がまた動きだして忙《せわ》しなさがもどり、酷暑が和らいでどことなく体が軽くなるからだけでなく、その瞬間によみがえるのは陽射《ひざ》しになんらかの形で封じこめられていたものが夕暮れの涼しさにより一気に解き放たれたにおい――木々や、地面に舞い降りた土埃《つちぼこり》や、水のにおい。

冬もまた同様に強く土地と結びついていることから思い起こさずにいられないのが、パリはアサース通りのアパートであります。初雪がふって積もると私はいつも大はしゃぎだった。メアリー＝テレザと愚兄を戸外へ連れだし三人で――乳母と愚兄とともにマフラーおよびミトン、ダッフルコート並びに毛糸の眼出し帽《バラクラヴァ》という完全防備の、幼い私など文字どおり丸く着脹れした状態で――リュクサンブール公園へその冬初の雪だるまをつくりに行くのですね。ふわふわと雪が渦巻くように舞うなか、除雪もされていない街路を積雪に足をとられながらも小走りで駈《か》けぬけ、公園の入口まで達すると兄のバーソロミューは歓声をあげて私の手を放し、嬉々《きき》として大急ぎでつくった雪玉を当たったら死んでしまいそうな勢いで投げるふりをしておきながら実際には軽くふわりとメアリー＝テレザめがけて投げつける。メアリー＝テレザもまた最初はくすくすと笑いながら身をよじっていたのが本気では逃げないものだから雪玉のミサイルはその肩に命中して弾《はじ》ける。

「飛べるよー！」叫んで両腕をいっぱいに広げ、飛行機の翼をまねて左右に揺らし体をかたむけながら走りまわるバーソロミュー。メアリー＝テレザと私が慌《あわ》てて雪玉をつくり、飛行機ごっこに夢中の愚兄めがけて投げつければ、幼い私の投げる雪玉は力不足ながら絶妙のタイミングで命中するのに対しメアリー＝テレザのそれは狙《ねら》いもなにもあったものではなく腕のふりかたも体の向きもぐにゃぐにゃ、たとえ美しく着飾った女性でもひとたび物を投げさせるとああなるのは、いったい全体どうしたわけでありましょう。やがてバーソロミューもひとり精力的にはしゃぐのに疲れ、私たちのところへもどってきて共同作業に加わり三人でつくりはじめるのが、腹と両脚代わりの大きな雪玉のうえに上半身代わりのやや小さな雪玉を配し、さらにひとまわり小さな雪玉を頭にして両眼はリンゴ、鼻はニンジン、ケーキひと切れを真横に押し込んだものが口、使い古しのフライパンが帽子代わりという姿かたちも伝統的な雪だるまです。

「すてきだわ」とメアリー＝テレザは毎年決まっていい、完成した作品の前に三人並んで競走馬のように白く息を弾ませる。そして家路につくころには出がけにやや小降りになりはじめていた雪もすっかりやみ、いつのまにか星空が広がって暗い公園から見あげると頭上を覆《おお》うきらきらと実に幻想的な輝き。「命の息」――命のように必要欠くべからざるもの――という聖書の言葉と出会ったときに私が真っ先に思い浮かべたのはそのときの白い息、夜のパリで家路につきながら吐いた雲のような白い息だった。

冬の食卓を考えるうえでの背景には常にこれがあるので、メニューもまた暗闇、寒気、屋外、疎外《そがい》（ひいてはその意味する恐怖、混乱、狂気）と、光、温《ぬく》もり、屋内、包含（ひいては心地よさ、秩序、安心感、正気）という刺激的な組み合わせにおのずと頼らざるをえない。その意味において冬の食卓は序文で触れているところの護符のごとき不思議な力を献立が有しているという例を示すには恰好《かっこう》の場であり、食すという行為にはほかに儀式的側面――単純明快な勝利の宴《うたげ》から家族の幸福を願うささやかな夕《ゆう》餉《げ》まで、その心情の強弱もまちまちな祝宴としての性格――があるという事実を差し引いたにしても、秩序と無秩序の対立が一定の枠組みを持つ食卓においては根本的に例外なく不可避であるという、その点が冬に鋭く顕著にあらわれいでてくるのは、梟《ふくろう》の鳴き声が死を予告する妖精《バンシー》の泣き声に聞こえたり存在しえないはずの怪物が揺れ動く影にひそんでいるかのごとく至極簡単に思えてしまう季節だからでありましょう。

山羊《やぎ》チーズのサラダ
魚のシチュー
レモン・タルト

山盛り、こてこての煮込み、逆さにしてもこぼれないほど濃いスープ、巨大なプディング、という具合に冬と聞いて即座に連想するものを冬の食卓には並べねばならないと誰でもふつうは考えるようですが、それは誤信というもの。体の温まる食事がしたくなるのは、なるほど当然のことですね。いっぽうでよりすばらしい季節に思いを馳《は》せたくなる——このうえなく闇々《あんあん》としたときだからこそ、直後に訪れるはずの夜明けをいちはやく感じたくなるのもまた事実。このメニューが表現し伝えようとしているのは暖かさ、陽光、それに一年の始まりを告げる解放感であり、たとえていうなら一月にマツユキソウが地面からたくましく無邪気に初々《ういうい》しく顔をのぞかせているのを発見したときのあの気持ち、ということになる。実践においてはサラダの葉っぱの選択に注意を払うことが必要不可欠であります（葉物といえば実にさまざまな種類が冬のさなかでも手に入る昨今の状況は現代性のあかしなのか、それとも時季はずれなだけなのか――一月にレタスと聞いただけでご先祖様なら狼狽《ろうばい》せずにいられまい）。最善の方法は丹念にいい八百屋を探しだし、あとはその言いなりになること。忘れてならないのはかならずレタス数種（コスレタス、ウェッブレタス、ロメインレタス、まるでそれらしくない名の氷山《アイスバーグ》レタスなど）と他の葉菜（トレビス、チコリなど）を混ぜて使うことであります。

さてヴィネグレットを用意。私の好みは、物議をかもして当然のオリーヴ油七対バルサミコ・ヴィネガー一で、これは理想的なドライ・マティーニと同じ割合。後年みずからわが耽美《たんび》期と名付けるに至った二十代前半から中頃にかけての一時期に私が好んでつくったマティーニはジンとヴェルモットつまり〈ビーフィーター〉と〈ノイリー・プラット〉七対一の割合に大きな氷を加えてかき混ぜ、よく冷やしたカクテルグラスに注ぎレモンをひねって添えれば見えない果汁がかすかにふりかかるというものだった。さらに洗練を極めるべくW・H・オーデンより拝借したのが昼食時にヴェルモットとジンを合わせておき（かの偉大なる詩人が用いたのはウオツカですが）、冷凍庫で冷やして水ならば凍ってしまう氷点下でアルコールをとろりとさせ、そのゼリー状のすばらしい舌触りを楽しむという方法であります。氷を使わない、ということはつまりオーデン風マティーニは水で薄まることがいっさいない、結果、一名「銀の弾丸」にふさわしい酒ができあがる。スペインの映画監督ルイス・ブニュエルも自伝で正しいマティーニのつくりかたについて触れていて、光がヴェルモットを通ってジンに当たるようにすればそれでよい、手法的には無原罪懐胎説と同じであると書いている（「処女降誕説」のまちがいでしょう――よくあることだ）。白状するとカトリック色の強烈に滲《にじ》みでたこの手の不信心な表現をおもしろいと思ったことは私自身は一度もありません。

ドライ・マティーニはたしかに無傷でそっと供すべきもの――つまり透明に近いまま、ということで定番の台詞《せりふ》をこれ見よがしに平然とくりかえしてきたのがジェームズ「ステアしないでシェイクして」ボンドでありますが――それに対してヴィネグレットは軽くフォークでかき混ぜるという作業が必要、やがて白っぽく濁ったようになるまではほんの数秒の手間を惜しんではならない。注目に値するのは蒸留酒を意味するスラヴ語「ウオツカ」が水を意味する「ワダ」の愛称形で、語源がフランスの「オー・ド・ヴィー」やスカンジナヴィア地方の「アクアヴィット」、アイルランドの「アスクィバー」（生命の水）と同じである点。先人の知恵というものですね。

皿を用意してレタスやチコリなどを周囲に置く。好みのヴィネグレットをたっぷりとかける。さらに薄切りパンをトーストしたものをひとり一枚ずつ、人数分用意し、山羊チーズをスライスしてのせ、グリルに入れる。チーズが溶け、焦《こ》げ目がつきはじめたところで取りだす。それをサラダの中央に置いて供する。シンプルながら、熱さと冷たさ、新鮮な生野菜と強いにおいを放つタンパク質系の相棒の温もりという取り合わせが実に心地よい一品であります。

チーズはその質が細菌《バクテリア》の活動しだいという哲学的に見て興味深い食品であるといえる。ジェームズ・ジョイスによれば「乳の死骸《しがい》」。死んだミルクに生きたバクテリア。同じようにわざと傷《いた》ませてから食べるものに野禽《やきん》類があって、仕留めてから数日吊《つる》して寝かせておくのは少し腐敗させたほうが肉が柔らかくなり風味が増すからですが、吊した雉《きじ》の食べごろは貯蔵室の床に蛆虫《うじむし》が一匹落ちたとき、という十九世紀の公式見解に全面的に賛成する人はさすがにもういないでしょう。野禽類や肉の場合、細菌活動はぜひ加えたいという程度で必須《ひっす》項目ではありませんが、チーズの場合は必要不可欠――旧約聖書の時代からこれが事実として把握されてきたことは、主を尋問するヨブの次の言葉からも明らかであります――「あなたはわたしを乳のように注ぎ出し、チーズのように固め……」。チーズの熟成は人間が賢くなり成熟するのと似ていなくもない――いずれの場合も、その過程を経るにつれ認識もしくは受容せざるをえないのが、生とは死亡率百パーセントの不治の病――緩慢なる死であるということです。とはいえフランスには素晴らしいチーズ屋がたくさんあるもので、偶然にもそれを指摘する機会に恵まれたのは今日、ついさきほどのことだった（これをいま口述しているのはサン＝マロに着いて投宿した、小さいけれども居心地は悪くないホテルの風呂《ふろ》のなか。電池式のこいつを万が一湯船に落としたら、ひょっとして一巻の終わりか？　気をつけるとしよう）。サント＝バルブ通りを歩いていると前方数メートルの地点に予想外の動きがあったので、身を隠すべく小さな食料品店《エピスリー》に飛びこんだところ、これが並み以上の品揃《しなぞろ》えながらフランスでは典型的という逆説をものともしない店だったのですね。白衣に身を包んだ厳《いか》めしい表情の店主《プロプリエテール》は、たとえば航空機のパイロットやかかりつけの神経外科医がそうだったらこちらも安心して身をまかせる気になるだろうというような熱心さで刃渡り二十センチの包丁を砥石《といし》に当てているところを見ると、どうやら眼前の大理石台に無言で横たわるハムに挑む準備をしているらしい。客は四人いて、こちらはなにしろ慌《あわ》てふためいた状態、買い物籠《かご》をさげたブルジョワのお行儀よさしか眼に入らなかったのですが、店に飛びこんだ私を彼らがふりむいたのはほんの一瞬にすぎなかった（中産階級《ブルジョワ》であることと中流階級《ミドル・クラス》であることは決して同じではないので注意せねばなりません。前者は態度や偏見、先入観、生活様式、政治観までもを内包した言葉。自己満足のありかたというのは国によってまちまちで、いってみればそれは英語の「退屈した《ボアード》」とフランス語の「倦怠《アンニュイ》」の意味が微妙に異なるようなもの。ドイツ語で「孤独を感じる《アインザム》」状態と英語の「寂しい《ロンリー》」もやはり同義ではないし、「居心地のよさ《グムートリヒカイト》」と「快適《コンフィネス》」も区別して考える必要がある)。左手にはアスパラガスから青豆《プチ・ポワ》まで信頼できる銘柄の缶詰が見事に勢揃いしていて、これを眼にするたびに即座に移住の決意をと説得力をもって迫られている気がする味覚の持ち主はひとりやふたりではないでしょう。カウンターのうしろに並ぶハムやソーセージなどの加工品もまた世界新記録並みに種類が豊富——味のいいジャンボン・ア・ラメリケーヌ［アメリカ風ハム］、臑肉《すねにく》を使った美味なる小型ハムのジャンボノー、定評あるヨークハム（本場のヨークではめったに出会えず、どれほど悲しい思いをしたことか）、ショルダーハム、薫製《くんせい》ハム、バイヨンヌ産ハム、パルマ産生ハム、アルデンヌ産ハム、田舎風ハム三種類、ニンニク入りのソシソンすなわちドライソーセージ、手間のかかった腸詰めのアンドゥイユ、アルル産ソシソン、リヨン産ソシソン、スペインの荒くれ者ともいうべき辛いチョリソー二種類、綴《つづ》りのむずかしいカシャンカ［ポーランドの薫製ソーセージ］、アンドゥイユより詰め物を細かく刻んだアンドゥイエット（この区別は重要です）、秘伝のレシピでつくられた繊細な白ブーダン［白身肉の腸詰め］、強烈な黒ブーダン［豚の血の腸詰め］、網脂《あみあぶら》で包んだ贅沢《ぜいたく》なクレピネット［平型腸詰め］、鵞鳥《がちょう》のパテ、鴨《かも》のパテ、子供が描いたようなガンカモ科の鳥とおぼしき絵のシールが貼《は》られた自家製缶詰フォワ・グラのパテ、兎《うさぎ》のテリーヌ、売れ残った姿がどことなく寂しげな頭肉《トリスト》のパテ、野禽獣《ジビエ》のパテ、キッシュおよびガランティーヌ［骨抜き肉の詰め物］各種、野兎のガトー、そしてさまざまなパイやタルト。カウンターの右側は冷蔵ケースで、わざと中が見透かせるよう、客がのぞいてみたくなるよう工夫されたヴェネチアン・ブラインドさながらのプラスチックカバーがかかった奥にはチーズが並んでいる。少なくとも五種類におよぶノルマンの誇りカマンベールは、歴史的混乱のさなかにアイデア商品は生まれることがあるというひとつの例であって、というのもこのチーズはノルマン地方の材料とモーのチーズ製造法による交雑受精の産物、一七九二年に若きゴベール修道士が革命の嵐《あらし》を逃れ伝統的手法をカマンベールの村にもたらした結果生まれたものなのですね。加えてリヴァロ、ポン＝レヴェック、ヌシャテル、あら探しになるかもしれませんが私の眼にはまだ少し芯《しん》が残っているかに見えるブリー、その他いくつも並んだ地元産のチーズをできればもう少し店に残って列挙したかったのですが、どうやら危険は去ったとみて野球帽に軽く手をやり店の主人《エピシエ》に会釈《えしゃく》しつつ即座に退散したところで店の雰囲気はおそらくもとにもどったであろうものの、私が商品をじろじろ眺めまわしていた数秒間は何事かとさぞ不愉快な思いを相手はしていたにちがいありません。

その晩、サン＝マロで食しに出かけたのは魚のスープでありました（「今晩」というべきかもしれない。まだ私は風呂のなか。把握力を誇る右足の親指で器用に栓をひねり、湯を足したところです）。真夏の夕暮れ、黄金色《こがねいろ》の陽光が長い午後の終わりに大きく傾いて潮のにおいを孕《はら》みながら港を染める光景には記憶のなかのコーンウォールを思い起こさせるものがあった。もしかしたら、すべての恋がどこかで初恋に通じているように——といっても、これはその関係をパロディ、倒置、引用、パスティーシュ、配役変更はむろんのこと、卑屈なまでの、まったく同じことのくりかえしという領域にまで広げて考えた場合のことでありますが——人生でどれだけのレストランに行こうと、そのたびに人は生まれて初めて行ったレストランというものをなんらかの形で思い起こさずにはいられないものなのかもしれません。ただし初恋の相手がそのまま初体験の相手になるわけではない——なるとはかぎらないのと同じで、幸いなことに、初めてのレストランも文字通り初めてのレストラン、生まれて初めて公の場で食事をし代金を支払う練習をした体験（たとえば叔母さんを訪ねて北へ行く途中に立ち寄ったどこだかのガソリンスタンドやら、いい子にしていたご褒美《ほうび》に買い物帰りにティーショップに入って食べたスコーンの思い出など）にかぎる必要はなく、それよりもむしろ眼の眩《くら》むような心躍る巨大なレストランという「概念」と初めて遭遇した場所ということになる。糊《のり》のきいたテーブルクロスやナプキン、ずしりと重みのある皿、近衛兵《このえへい》のパレードさながら起立整列したぴかぴかのワイングラス、出陣を待ちきれない戦闘部隊の体で出番を待つ切っ先鋭いナイフやフォーク、調度品のごとく周囲に配された他の客やお仕着せのウェイター、そしてなによりも、人間の欲望を満たすためにつくられた場所についに自分はやって来たのだ、このきらびやかな宮殿の自分は王様なのだという実感。それが、おそらくは人を引きつけてやまない不思議な力の理由なのでしょうが、レストランというのはそもそも比較的新しい存在、西欧社会が徐々に都市化する過程において昔の旅籠《はたご》から進化を遂げ、現代的な外観で華々しく登場したのは比較的最近の十八世紀も終わり近く、ロマン主義の開花により天才の定義が明らかになる少し前のことなのである（その項参照）。会話や自意識のなかには、レストランでしか成り立たない類《たぐい》というのがあって、特にそれが顕著な心理的緊張感ただようカップルが食事をしているのを（ひとりで外食することが多い私などは）よく見かけるのですが、自分たちの親密度もしくは疎遠《そえん》度を探ることが彼らのなによりの目的であることは傍目にも明らかで、文化人類学的法則は誰にも動かせず男女は公の場で分割払いのごとく徐々に別れてゆくしかないということなのでしょうか、それとも同じように悪戦苦闘している仲間がほかにも大勢いるところを見てふたりとも安心したいのか、あたかもすべてのカップルが強制的に集められて男女関係変化の図という一枚の絵をつくりあげるがごとく、そこでは各段階を順にたどることができ、たとえば知り合ったばかりの頃は色目流し目のやたらと多いのが、お馴染《なじ》み無言の食事となると、これはもう仲良く喧嘩《けんか》の絶えない潜伏期間を二十年は経た結果と見てまちがいない。

母がいなければ、こうした諸々《もろもろ》に敏感になることはなかったかもしれません。レストラン初体験という通過儀礼《リット・ド・パサージュ》に私を連れていってくれたのは、母だった。ほかではまずあてにならないところが、そういう機会は決して逃さぬ頼れる判断力の持ち主だったのですね（それまでにも外食をしたことは、むろん、あったのですが、前述のたとえでつづけるなら、どうしてよいかわからず原始人さながら不器用で経験の浅い恋人たちとなんら変わりない状態だった）。場所はパリ。レストラン名〈ラ・クーポール〉。登場人物は母と私とパリっ子たちその他大勢、および熱心に立ち働くウェイター合唱隊。メニューは魚のスープにつづいて、母は名物のキュリ・ダニョー［仔羊《こひつじ》のカレー煮］、幼い私は定番のステーク・フリット［ポテトフライ付きステーキ］、それにレモン・タルトをふたりで半分ずつ（これに関してはわざわざレシピを記すつもりはないので、どこか信頼のおける店でそれに該当するものを買って来られたし）。母の装《よそお》いは背のラインが波形《スカラップ》になった有名デザイナーの手になるたいへんに高価な黒のドレスと、アクセサリーはすでに述べたイヤリングのみ。私自身は実に可愛《かわい》らしい青のセーラー服姿でスカーフの色は白（投げかけられる視線には熱のこもったものが多くて、なにも知らぬ私は射すくめられるがままだったのですが、愉快だったのは後日雑誌をめくっていたらトーマス・マンを虜《とりこ》にし『ヴェニスに死す』の主人公アッシェンバッハの夢《ヴィジョーネ・アモローサ》の恋人のモデルとなった実在の少年の写真というのが掲載されていて――これが木偶《でく》としか形容のしようがないのですね。芸術の人生に勝る例がまたひとつ）。食に目覚め、それを生き甲斐《がい》として、ある特定の生活様式《モードゥス・ヴイヴェンディイ》に浸ることを決めたのは、ひょっとしてそのときであったかもしれませんが、まだ少しスープの残った壺《チュリーン》とルイユ［唐辛子とニンニク入りのプロヴァンス風ソース］のこびりついた皿越しににっこりと微笑《ほほえ》みかけつつ、母はこういったのでした。「ねえ、あなたはきっといつか立派な仕事《シェリ》を成し遂げてよ」

というわけで、こう宣言しても驚かれることはないと思いますが、魚のスープ、魚の煮込みの類すべてに対し、私としては常に多大なる尊敬と愛情の念を抱かずにはいられない。わけても強く支持したいのが基本となる主材料と高貴なるものを融合させた料理法——（魚の煮込みおよびスープ用魚のごく一般的な供給源である）漁師の網の底にひっかかった余り物と稀有《けう》、繊細、洗練を極めた最高の食材、すなわち売り物にならない地中海の雑魚《ざこ》にこのうえなく贅沢な（ポンドあたり金に匹敵するほど高価でときに金を食べているように思えなくもない）サフランを取り合わせたレシピで、もとをたどればそこには田舎農夫たちの料理という確固たる伝統があり、それが証拠にこれはひとつ鍋《なべ》でつくるもの、不思議な魂が宿るかのごとく台所で崇《あが》め奉《たてまつ》られている大事な大事な大鍋を使って料理をするのはヨーロッパの人々にかぎらず、アイルランドはコネマラ地方で自給自足の生活を送る農民からシベリアはオムスクの小作人《ムジーク》まで、世界各地どこの農家でも実は見られる光景であるいっぽう、同じこの料理が枝分かれして出世し、文法でいうなら引喩《いんゆ》という形をとりつつ活躍しているのがレストランで食べるフランス料理、これは母国フランスにおいて高度に発達し表現力ゆたかな言語さながらの複雑さを持つに至ったといっても過言ではありません。早い話が、昔から私はブイヤベースに目がないのだ。食通の王キュルノンスキー曰《いわ》く「偉大な料理は数えきれないほどの世代を経て完成する」。ブイヤベースは贅沢さと実用性、華やかさと現実的側面の両方を兼ねそなえた一品であり、これはそのままマルセイユ人の特徴に置き換えることが可能で、周囲の期待に応《こた》えるかたちでみずからその社会の典型とされる人間を演じようとする姿が顕著に見られる点はほかの港町の住人にも共通するところがあると考えたときにまず思い浮かぶのが、荒っぽさと人情味をみずから意識したナポリ、剽軽《ひょうきん》な涙もろさをみずから意識したリヴァプール、ロマンチストをみずから意識したアレクサンドリアの沖仲士、筋肉隆々で下品で喧嘩っ早い男をみずから意識した昔のニューヨークの港湾労働者もそうですね。この物差しをマルセイユ人にそのままあてはめて形容するなら「現実主義者を名乗るロマンチストをみずから意識した」ということになり、リヴァプール中でいつも誰かしらがリヴァプールっ子らしさ《スカウスネス》を定義したり誉《ほ》めたり讃《たた》えたりしているように思えるのとちょうど同じように、マルセイユでは真の南仏らしさ《メリディヨナリテ》とはなにかという自分たち独自の考えを、強引に並べたてたり整理したり定義したりの一大事業がいつまでたっても終わらないかに見える。ブイヤベースという名前ひとつとっても（これは「ブイール」と「アベセ」を合わせた言葉でつまり「煮て」「減らす」ことを意味するわけですが）、ふんぞりかえって肩をすくめ、型どおり実用一点張りのそっけなさで「だからスープだよ、ほかになにをつくろうってんだい、え？」とでもいっているように聞こえるではありませんか。ブイヤベースは特色あるあの町を生みだした守護神、女神アフロディーテの発明によるものだという言い伝えの背景にしても同断で、いうまでもない、この作り話の背後にある歴史的事実のなかで最初にマルセイユに住みついたフェニキア人を魅了したのは、ほぼ四角形に近く便利なことこのうえない天然の港（その中心にいまも旧港《ヴィユー・ポール》はある）――彼らにより神話と灯台と商才はこの街にもたらされたのだった。言い伝えではアフロディーテがブイヤベースを発明したのは夫のヘーパイストス――冶金《やきん》、工芸を司《つかさど》る火の神で足の悪いヘーパイストスにサフランを大量に飲ませたときのこと、当時は睡眠薬として知られていたこれにより夫が眠ってしまえばもうだいじょうぶとばかりに女神が出かけていって逢《あ》い引きを楽しんだ相手は軍神アレスだった（いつも感じるのですが、このアレスが古代ギリシャの神々のなかではいちばん汗くさくて魅力のない神様だったのではなかろうか）。ギリシャ神話というのは旧約聖書と同じで、この世の人間のすることなすことが実によく描かれているものです。

サフランにまつわるこの民間信仰に科学的根拠があるものかどうか、いまのところ調べはついていないようですが、話変わってこのスパイスは花、学名*Crocus sativus*という花の柱頭すなわち雌しべの先端であります。（手作業で）苦労して摘みとった柱頭四千本でやっと一オンスというサフランの人気はサフラン・ウォルデンの町に名が残されていることからもわかるものの、いまではどうせあそこもただ市が立つだけの退屈な町、珍しくもないスキンヘッドがサイダーをぐい飲みしながら落書きだらけの戦争記念碑前の階段にたむろし、車はどこへ行っても一方通行の制裁を受けるようできていることだろう。私自身はというと、これまでサフラン・ウォルデンをわざわざ訪れようと思ったことは一度もありません。しかるにベイズウォーター街の仮寓《ピエ＝ダ＝テール》からノーフォークのコテージへ向かう途上、少しまわり道すれば立ち寄れないことはない場所にそれはあるわけで、よく思うのですが、イングランドのこの地方の住み心地がいちばんよかったのはローマ帝国に支配されていたころではなかろうか。寛衣《トーガ》姿で清潔な建物が立ち並ぶなか、計画的に配され舗装された公道を気ままに公衆浴場へと向かい、のんびりと湯を浴び、噂話《うわさばなし》に花を咲かせつつ地物のワインをかたむけることのできたローマ系ブリトン人たちが同胞相手に身の危険を感じることは、凜々《りり》しく折り目正しく鎧甲《よろいかぶと》に身をかためたローマ軍勢のおかげでまったくなかったにちがいありません。料理人の眼で見た場合、ひとつサフランで忘れてならないのは、ほんのひとつまみでじゅうぶんだということ――入れすぎると苦くて靴下っぽい味になりかねない。

よく議論の的となるのがブイヤベースを地中海から遠く離れてつくることは可能かという問題で、というのも地中海沿岸の断崖《だんがい》、入江を供給源として昔は素朴だったこの料理に放りこまれる魚の種類は実にさまざま、父はそれを「小さなヒレヒレども《リトル・フィニー・ブライターズ》」

と呼んでいたものだった。私個人の考えでは――これまでに北のどんよりとした空のもと気が滅入《めい》るようなブイヤベースもどきを何度も食した結果からいうと――この料理に旅巡業や完訳版を求めるのは不可能だけれども、基本さえ理解できていれば応用はかなり利《き》く、といったところではないでしょうか。

　磯魚《いそうお》を種々とりまぜて二ポンド。できれば地中海沿岸のどこか桟橋へ出向いていって買い求めたいところですが、交渉相手にと見つけた顔も腕も赤銅色《しゃくどういろ》の父子《おやこ》はまちがいなく切り立った岸壁の入江でじりじりと太陽に灼《や》かれながらひたすら網を引きつづけるという長い一日を終え一刻も早くパスティスを飲《や》りたくてうずうずしているにもかかわらず、即座に話がまとまることもなければ、簡単に値切れるわけでもない。魚は最低五種類は用意すべきで、なかでも当然のことながら必要不可欠なカサゴの、驚くほど醜い容貌《ようぼう》を眼にするたびに思い出すのが昔うちにいたノルウェー人コックのミッターグであります。それにカナガシラ、モンクフィッシュ「アンコウ」、アングラーフィッシュ「アンコウ」、ロット「アンコウ」、ボードロワ「アンコウ」――要は同じことだが、ボードロワはフランス語でロットはプロヴァンス語、これもまた子供には恐ろしい容貌の魚で――さらに一、二尾加えたいベラはレインボウベラ《ジレル》でも粋な婆さん《ヴィエイユ・コケット》なる洒落《しゃれ》た名のついたコケットベラでもかまいませんが、これを生まれて初めて食べたときにもやはり母親がいっしょだった。魚はうろこやヒレ、内臓をとりのぞき、大きいものはぶつ切りにする。プロヴァンス産オリーヴ油をグラス二杯、トマトの水煮を一缶用意。自分で生トマトの皮をむき、種をとりのぞいて、ざく切りにしてもよい。個人的にはトマト缶は現代生活において無条件にありがたい数少ないもののひとつだと思っています（歯科医やコンパクト・ディスクと並んで）。大きくて立派なソースパンを火にかけ、オリーヴ油グラス一杯を熱してニンニクのみじん切りをいためる。トマトとサフランをひとつまみ加え、イギリスでは塩素消毒した元廃棄物にほかならない液体（水ともいう）を六パイント注いで煮立てる。最初にとげとげの魚類を入れ、二杯目のオリーヴ油を足して十五分間沸騰《ふっとう》させ、すべすべした残りの魚も入れて、さらに五分煮る。ぶつ切りや姿煮となった魚をスープ用深皿タイプの大きな皿に盛り、スープは別に供してクルトンとルイユを添える。ルイユについてここでくわしく述べている暇はないようですね。長風呂《ながぶろ》で手の指がしわしわになってきた。

強火で一気に煮立てる魚料理はブイヤベースをおいてまずほかにはないことに注目。これは油と水を乳状にするためで、マルセイユ生まれのこの料理に「油に水」などという表現はない、むりやり融合させてしまうのです。また忘れてならないのがブイヤベースほどたびたび議論の的になる料理もないということで、論争やら意見の相違やら正統派やら異端派やらが持ちあがったり生まれたりするときの争点はなにかというと、まずは前述のような地理的条件のもとでそもそもこの料理は成り立つのかといった根本的問題から、白ワインをグラスに一杯、油水関係に注ぐと味がよくなるだのならないだの、フェンネルは欠かせないだの、いや論外だのといった具合にほかにも意見の分かれる材料を挙げると、オレンジピール、タイム、イカ墨、馬の頭数頭分などなど（私の個人的見解を述べさせてもらうなら最初から順に「イエス」、「ノー」、「イエス」、「ノー」、「いいんじゃない？」、「マルティーグ風ブイヤベース・ノワール［黒いブイヤベース］をつくりたいならイエス」、「ただの冗談」）。料理にも心的エネルギーというか超自然の力《マナ》の備わった類があるようで、だから注目され興味の的となり、論争や議論が巻き起こって信憑性《しんぴょう》が問われることになるのでしょう。芸術家でもよくあることです。ここでもまた断っておきますが、私にかぎった話ではありません。

　条件や禁止事項を守らなければまともなブイヤベースはできないとなると問題なのが家庭でつくる場合で、少なくともトゥーロンからマルセイユへとのびる地中海岸まで車で一時間以上かかる家ではどうしたらよいかということになる。プロヴァンスはヴォークリューズ県にあるわが家からマルセイユまでの所要時間は一時間四十分ですが、天候に恵まれないかぎりリュベロンの曲がりくねった山道を運転するのはむずかしい。ほかの魚のスープ類なら材料やつくりかたでそう波風が立つこともないのでやりやすいと考える人もいるかもしれませんが、私が心惹かれるのは「すぐれたものは困難である」というスピノザの言葉。それはともかくとして、過去にプロヴァンスや（ベイズウォーター街のフラットよりも）ノーフォークの家でよくつくってきた魚のスープを挙げるとするなら、盛り沢山でうれしいトマト味のジェノヴァ風ブッリーダ、ジャガイモをたくさん入れるので経済的なうえ体の温まる（ときには味付けが海水だけという）ブルターニュ地方のコトリヤード、じきくわしく出てくるはずのリンゴ酒《シードル》を使った心和むノルマンディー風マトロート、一度試したら誰でもポルトガル贔屓《びいき》にならずにいられない生きのいいカルデイラーダ［漁師風魚の煮込み］、ありがたいことにそれを温めなおせばできるロウパ・ヴェルハ・デ・ペイシェ［魚のごった煮］、唐辛子とレモングラスが効いて魅力たっぷりながら近ごろ急に（飛行機でたったの数時間！）身近になった国の異国情緒が新鮮で辛いのにどこかすっきりとさわやか、人生万歳といいたくなるタイの魚介スープ、フレンチ・パラドックスでお馴染《なじ》みの赤ワインを使った眼をそむけたくなるくらい男性の一物に似ていまにも首をもたげそうなマトロート［ウナギの煮込み］、なんとも形容しがたいやさしい味が特徴のライト［タラの煮込み］、同じくタラの煮込みながらバスク料理であることが発音不可能な綴《つづ》りでばれてしまうttoro（単語作り《スクラブル》ゲームをバスク語でやると英語では貴重なqやxを使っても たったの一点しか入らないことになるんだろうかと考えて愚兄はよくおもしろがっていたものです）、素朴なギリシャ料理のカカヴィア、同じく魚のスープに卵とレモンを加えたプサロスパ・アヴゴレモノ、ぴりっと辛いソースのルイユとなにを放りこもうが来るもの拒まずが特徴の（ここに羅列した国際色豊かなスープたちのなかではおそらくもっとも応用が効いて、どこででも手軽につくれる）美味なるプロヴァンス風スープ・ド・ポワソン［魚のスープ］、（煮込み用大鍋のことだけれども爆発して私の両親を死にいたらしめた家庭用ガスボイラーの意味もあるショーディエールが語源で）腹持ちのよさと可もなく不可もなくの味の居座っているところがいかにもそれらしい北アメリカのチャウダー、そして繊細なノルウェーの魚のスープ、ベルゲンスク・フィスケスッペは、気の毒なことをしたミッタークがよく大張り切りであたうかぎり新鮮、いや、考えうるかぎり新鮮なタラやムツなどの黒々とした魚を手に入れるために夜明け前から起きてビリングズゲイトの魚市場へ出かけ、買い求めたそれらは父の言葉ではないけれども有能な獣医であればその場で蘇生《そせい》させることができたにちがいありません。実際問題、これがこの土地の魚のスープですといえるものがないのは陰鬱《いんうつ》なるちっぽけなわがイングランドくらいのもので、スコットランドにさえ意外にも食えないほどまずくはないカレン・スキンク［薫製《くんせい》コダラとジャガイモの煮込み］というのがある。なかでもつくりやすくて出来上がりもそれなりに豪華な魚のスープをひとつ挙げるとするなら、それはブーリッドで、やはり思い出深いこの料理と（この場合）結びついているのはヴォークリューズの山奥はサン＝トゥスタッシュの村にある粗末なわが家——いやなに、実際は掘っ立て小屋も同然なのですが、ただ寝室が五部屋にプールまでついていることから隣人たちの一部でよけい私は人気者とならざるをえない。それら寝室の窓にはすべて頼りなげな籐《とう》の枠が取りつけてあり、蚊よけの網が張ってあって、南仏《なんふつ》（のアルルにすでに家を持っていた愚兄）を初めて訪れた十八のときには、似たような蚊よけの網戸を見ると破れたり穴があいていないか虫たちに部屋を侵略される恐れはないか、しつこいほど念入りに調べたものであります。別にこれらの生き物に対して、ありきたりなD・H・ロレンス的恐怖症を抱いていたとか、そういうことではないのですが（あの異様に大きくて毛むくじゃらでいやらしいほどにどこもかしこもよくできたプロヴァンスの蛾《が》が寝ている私の口に飛びこむところを想像しただけで寝心地の悪さに襲われるのは事実）。彼らの大きさときたら——蚊はハエ並み、ハエはスズメバチ並み、蛾《モス》などは翼手竜並みにでかくて、おまけに飛びまわる羽音のしつこくうるさいこと、激突音の派手なことといったら、あの怪物《ビヒモス》（失礼！）の一匹でも部屋に侵入した日には一睡もできず丸めた『ニース・マタン』紙か『ル・プロヴァンサル』紙を手に延々と抜き足差し足の追いかけっこをしなければならないのは確実でしょう。

閑話休題、ブーリッド。このつくりかたを伝授してくれたのはフランス人学生のエティエンヌで、夏休みに交換留学でわが家に滞在していた彼に教わったのがノーフォークの田舎家近辺でも手に入る地物を利用するという方法、ただしオリーヴ油だけは賢明にも彼が本国から持参したものだった。買い求めて用意すべきは分厚い白身魚の切り身で、これを食卓につく人数分――種類はマトウダイ《ジョン・ドーリー》でも(おもしろいことにフランスでサン＝ピエールと呼ばれている由来はなんだか妙に親しみが持てる――と思うのは私だけだろうか?――顔の両側にある黒い斑点《はんてん》、これは漁師の聖ペテロがつかんだ跡なのだとか)、ヒラメの類《たぐい》でもアンコウでも、実際にはなんでもよいわけで、ただ、どうしてもブーリッド・セトワーズ［セート風］として世に認めてもらいたいというときには、アンコウだけでつくらねばなりません(ある村で諍《いさか》いが起きたのは有名な話で、ブーリッド・セトワーズの定義をめぐり姻戚《いんせき》関係にある血の気の多い家族同士がもめにもめ、腹の虫がおさまらなくなって侮蔑《ぶべつ》語が飛びかい、めん棒がふりまわされ、料理書が持ちだされ、自己主張の正当化に相手の意見は断固拒絶の結果、三百年の長きにわたり絶縁状態。つまりは、これがレシピというものなのですね)。魚のアラでスープをとり、いっぽうでアイヨリを用意（レシピはあと、あとで）。このアイヨリには卵黄をひとり一個分ずつ加える。ポロ葱《ねぎ》二本とエシャロット二個を刻んでオリーヴ油で炒《いた》める。魚の切り身を加え、スープを注ぎ、魚に火が通るまで——だいたい十五分くらい——煮る。魚をとりだし、残ったスープを適当に——三分の二ないし三分の一くらいまで——煮詰める。鍋《なべ》を火からおろし、卵黄たっぷりのアイヨリを加え、泡立て器でかきまぜながらふたたび火にかけ、どろりとしたクリームソースをつくる。

プロヴァンス暮らしでは隣人となるピエールとジャン＝リュックの兄弟が初めて訪ねてきたのは、私がブーリッドをつくろうとしていたある夕暮れどきのことでした。どういう連中だった（である）かというと、恐ろしく年老いていて、しわだらけで、猜疑心《さいぎしん》が強く、愚かなようで賢いところは典型的昔ながらの農夫、かつぶっきらぼうで、親切の不意打ちと押し売りが得意で、背はあまり高くない。加えてふたりとも、ほとんど眼が見えないにもかかわらず——厳密にいって誰の視力が誰より劣っているかという問題になると村での意見はさまざまなのですが——狩猟に目がない。ピエール——こちらのほうが兄貴で、色がより黒く、背も少し高く、染《し》みも多く、ひとりで訪ねてくる回数もジャン＝リュックをかなり上まわっている。また僅差《きんさ》で彼のほうが無口。会ってもこちらの顔を決してまともに見ようとしないくせに、相手の視線を避けるその顔にこそこそしたり、すまなそうな様子はなぜか少しも見られないところは、さながら礼儀をわきまえた蛇竜王《バシリスク》のお情けでわれわれ一同みな石に変えられずにすんでいるかのよう。サン＝トゥスタッシュで過ごす数か月のあいだ私のところにしょっちゅう顔を見せる半ば野生化した猫というのが三匹だか四匹いるのですが、いつもはいかにも猫らしく恩着せがましく私を居候《いそうろう》扱いしている彼らがピエール来訪となると決まってどこかへ姿を消してしまうのは、部屋を走り抜けようとした瞬間に蛇神女《ゴルゴン》のごときその力を発揮されて――語源的に真なる意味で――魂消《たまげ》てはたまらないと思っているからでしょう、きっと。さもなくば五感を超えたなにかの力が「あの兄弟の前を下手に横切ると撃ち殺されるぞ」とささやいているか。すでに述べた特徴で兄と外観的に異なるジャン＝リュックのほうは雰囲気も兄とちがってどことなく穏やかに漂う愛想のよさと裏腹なのが、片時も手放さず持ち歩いている散弾銃、長くて恐ろしげで漫画に出てくるらっぱ銃そっくりのそれを、弾をこめるべくふたつに折った状態のまま腕にかけるか――それならまだしも――「担《にな》え銃《つつ》」さながら水平に肩にのせていないことはないものだから、ぎょっとせずにはいられない。ふたりには家族がなく暮らしているのはちっぽけな小屋《カバノン》――わが家から五キロほど離れたところにある羊飼いの小屋で、実はけっこう金持ちの彼らはあたり一帯の大地主、私が所有する少しばかりの土地の向こうまですべて彼らのものなのです。その縄張りに一歩たりとも近づけないのが、狩猟の季節。みなが畏《おそ》れ一目置いているのが、兄弟の食に対する執着心。訪ねてきて、ふたりがなにやら意味ありげに持ちだす話題はまず天気のこと、農作物の価格、ドイツ野郎に一杯食わせたエピソードがひとつふたつ、それから無言で容赦のない鋭い視線がなんであれその晩の食卓にのぼるべく準備されようとしているものに注がれ、同時によく突きだされるのがこれもまたなにやら意味ありげでどことなく恐ろしい手土産——自家製蒸留酒《オー・ド・ヴィー》に浸《つ》け溺死《できし》させたホロホロチョウが小さな嘴《くちばし》をつかまれてジャン=リュックの垢《あか》まみれのたくましい手からぶら下がっていたり、それがあるときは釣りあげられ、棍棒《こんぼう》で気絶させる代わりに窒息死させられた魚であったり。初めてわが家を訪れたピエールとジャン=リュックは、しかしながら自己紹介をしに立ち寄っただけで、私がブーリッドをつくっているのを見るや、ふたりして手もとをのぞきこみ、こちらが味をととのえている最中にその口から発せられた「うまそうだ《ボン》」という不滅のひとことは誉《ほ》め言葉、出会いとしてはまずまずのものだった。私が彼らに対して抱くようになった好意は、いろいろあったのちのいまも変わってはいません。

熟慮、理論、仮定、記憶、仮想現実のなかのスープから、さて、そろそろ本物へともどらねば(ならないのが私であって、読者のあなたでないのはお気の毒、もっと残念なのは——いっしょにいれば愉《たの》しめたのに)。夕暮れどきのサン＝マロですばらしいひとときを過ごしたあと、修復された城壁内の石畳をぶらぶら歩きまわるという快適な午後の散歩の締めくくりに私が探し求めたのは、そそられるあの料理、わが祖国の貧しい食文化においては永遠不滅の欠落部分ともいうべき魚のリンゴ酒《シードル》煮、ノルマンディー風マトロートであります(同じようなスープがイギリス諸島にはなくて、ただニューカッスルとラムズゲイトが土地料理を少しでも進化させようと互いに鎬《しのぎ》を削ったり正統派カーディフのポタージュにはセリ科のロック・サンファイアを入れるべきか否《いな》かで過激な論争が展開されているだけなのはどうしたわけか?)。一見なんの目的もないかのごとくのんびり散歩をするのに通りがちょうどよい具合にできているこのサン＝マロは、八分の一眠たげな田舎町、八分の一生活のかかった職人気質《かたぎ》的漁師の町、残る四分の三は観光客頼りの土産物屋が軒を連ねホテルが林立する町であります。通りはどこも狭く人や車の行き来を許すまじとつくられているせいで、町全体が海から身を隠しているというか、家々が集団安全保障を望んでいるというか、人間などちっぽけな存在でしかないと思わせるのが人を養ったり、その命を奪ったり、魚がたくさん獲《と》れたり、未亡人を生みだしたりする眼前の未知なる大海原。海沿いの町はどこもたいていそうですが、景観や地形は、たとえば急坂の突き当たりの思ってもみなかった場所に海がふいにあらわれたり、家々のわずかな隙間《すきま》に色鮮やかにその姿をのぞかせたり、逆にいやでもその存在を認めざるを得ないのが角を曲がり要塞《ようさい》さながらの港や城壁の上の遊歩道へいきなり出た場合で（その幅の広さ自体が海を寄せつけまいとしている証拠）、ただし、いつどこにいても海の近いことがわかるのは空気が清々《すがすが》しく潮の香が漂っているのと、腹をすかせたカモメたちが不機嫌な声で鳴いてうるさいせいもある。

そうした通りを散策しているうちにようやく見つけたのが――あらかじめ下調べはしておいたのですが――ガイドブックによるなら海の幸《フリュイ・ド・メール》専門のレストランです。頼りになりそうな女主人がにこりともせず案内してくれたのは光栄なことに角のテーブルで、そうやって、きちんと示す必要があるかのごとく示されるフランスならではの客に対する姿勢はいつもながら好感が持てるもの、ひとりで訪れても丁重に扱ってくれるのがありがたい。店内は細長いL字型になっていて私が座ったのは曲がり角の外側の席、漁師の網やポスターやフジツボの付着した壺《つぼ》などで飾りつけがされているのも厭味《いやみ》ではなかった。メニューも見ずにマトロートを注文したら、給仕に感心されました。

ほかの客たちを観察するのもレストランで食事をする愉しみである点は認めざるを

えないところであります。今日の店内は静かでした。となりのテーブルに陣取った観光客の一団はこれまでに休暇を過ごしてきた各地の混雑具合について論じ合うべく南ドイツ訛《なま》りの滑らかな「私《イッヒ》」を連発し、中年のフランス人カップルはガリアの伝統を守って黙々と賞味に専念、ひとりで食事を愉しむ未亡人の足もとには甘やかされた小犬がちょこんと座り、ほかに若いイギリス人の二人連れもいて、男のほうは見てもすぐに忘れる顔、どうでもよいのですが、女性のほうは陽光にきらめくがごとき無造作な蜂蜜色《はちみついろ》の髪と榛色《はしばみいろ》の瞳《ひとみ》がほかの誰でもなくそれらこそ世界の主役であるとばかりに店内の注目を集めずにはおかず、首のほっそりと長く美しいところはどこかエジプト的、身にまとったクリーム色のドレスが体の動きに合わせて揺らめく様子はさながら風に吹かれる麦の穂、細いシンプルな金の指輪がのぞけば心穏やかではいられぬものの、すらりとしたその指はかまわず背の高いワイングラスの脚に絡《から》みつき（アントル＝ドゥー＝メール——ボルドー産辛口の白——注文した男の無知がよくわかるというものだ）、パンをちぎる手つきも上品でさりげなく、すべてが輝くばかりで連れの存在により引き立っている点が実にもったいない。ふたりは最初に一皿よけいに注文するという過《あやま》ちを犯したところで、あのマルミット・ディエポワーズ「ノルマンディーのディエップ風魚のスープ」はどうやっても食べきれないことでしょう。給仕の視線をとらえアメリカ人呼ぶところの〝ジェイズ〟すなわちサングラスをしたまま、私はにやりとして見せたのだった。

発見場所がメアリー＝テレザの持ち物のなかで、母のイヤリングがそこにあったということは（マットレスの下から見つけだしたのはすでに述べた折り目正しい色白の警官《ジャンダルム》——なにやら『えんどうまめのうえにねたおひめさま』のなかのおひめさま役をメアリー＝テレザは演じきれませんでした、みたいな話ではありますが）いうまでもなく衝撃的な出来事だったわけで、その後、少なからず大いに悲惨な展開となった記憶があるのは強く激しく訴えかけるように断固として彼女が無罪を主張したからにほかなりません。その事実がいかにしてわれわれ子供たちに伝わったかというと、おとなの醜聞の常として——幼い子供といえどもわかってしまうものなのですね、黙して語られぬことや些《さ》細《さい》ながらも日常からははずれた出来事、親の無関心や不在の気配、明らかに子供には聞かせるまいとして扉の向こうでなされている真剣な会話などから。というわけで、ぴんときたのは父が昼過ぎに早くも——「銃後の守りはどうだ」といいながら——帰宅したときのことで、これは当然なにか理由があるにちがいない。夕方の六時ごろになると愚兄も私も、こうと決まっているはずの日課の主要な部分がなにからなにまでいつもと異なる点に気づかないわけにはいかず（お茶の用意をしたのがメアリー＝テレザではなく、代わりに心ここにあらずといった感じで母親がつくったサンドイッチのパンときたら忘れもしない、ぎょっとするほど分厚くて不揃《ふぞろ》いだったし、子供たちに昼寝をさせるのも仕事のひとつであるはずが時間になってもやはりメアリー＝テレザはいなかったし、午後のいっとき暴れまわる子供たちから眼を離さないのが役目のメアリー＝テレザもそこにはいなかったし、午後になるといつも愚兄がわざとらしく描きあげるなにやらを素《す》っ頓狂《とんきょう》な声で「まあバリーがすごいわ、今度は、ほら」という具合に塗りたくったか擦《こす》りつけたかしたような最新作を取りあげつつ褒めるメアリー＝テレザも、ありがたいことに、どこを見まわしてもいなかったし、またお茶の時間になってもメアリー＝テレザはいないことから、少しずつ物事が遅れはじめてやがては正真正銘、胃袋の緊急事態となり）、そんなとき父が重々しく、いったいなにごとかというような口調で切りだしたのでした。

「おまえたち、よくない知らせがある」

「おまえたち」と最初に来れば当然それはなにか大事な話で——「おまえたち、ママはしばらく入院することになった」ではなく、この場合——

「ちょっとまずいことをしでかしたので、メアリー＝テレザには辞めてもらうことになった」

「そんな、パパ！」

「よけいな質問はなしだ、おまえたち。ママはどうしていいかわからなくなっている。おまえたちがしっかりしたところを見せないとだめだぞ」

真の事情を見抜き理解するまでにたいして時間がかからなかったことはいうまでもありませんが、それは決して、秘密は明かさないという両親の公式声明により築きあげられた壁が母の芝居じみた衝動的な言動の前に脆《もろ》くも崩れ去ったからではありません。つづく二、三日のあいだ、状況によってはありがちなことなのですが、母はふいに立ちどまっては耳につけたイヤリング（が鏡に映っているの）をじっと見つめ、誰にはばかることなく独り言のようにつぶやいていたのが「裏切りもの……」という言葉。その晩は珍しく父が夕食の支度をし、食べさせてくれたソレル入りオムレツは意外にもじゅうぶんいける味で、出張中にどこかで覚えたのでしょう。ナポリ出身の貴族にお手玉《ジャッグル》を教わったのは公務員がストライキ中のポートサイドで税関をくぐるべく長い列をつくっていたときのことだといっていたし。私がガスボンベを半分空にしたときでなくて、これは幸いでありました。

春

仔羊《こひつじ》のロースト
カレーを主題とした午餐《ごさん》

仔羊《こひつじ》のロースト

春、一年のうちでも自殺に最適な春はまた、料理人にとってもこのうえなく素晴らしい季節。とはいえ事あるごとに疑問に思わざるをえないのが「日没」といえばターナーではないけれども、みずからの命を絶とうとする人の数がこの季節にぐんと増えるのは実はT・S・エリオットのせいなのではあるまいか、かの有名な詩『荒地』が発表される以前には四月はあくまでもやさしく恵み深い月であったのではないか、ということであります。それはともかくとして——たとえ昔はそうではなかったにせよ——四月が一年のうちでももっとも残酷な季節であるというのは現時点では紛れもない事実であり、その自殺率上昇を経験論的に立証してみせたのがおそらくは罪悪感に苛《さいな》まれていてもたってもいられなくなったにちがいないメアリー＝テレザの投身自殺——ポン＝ヌフからセーヌ川へまっさかさまに彼女が身を投げたのは、すべてが明るみに出た直後、空気の凜《りん》とした復活祭《イースター》の日の朝のことだった。体に結んであった石

（シテ島はサント＝シャペル礼拝堂近くの工事現場から拝借したか失敬してきた敷石）のあまりの重さに事件を知らせに来た若い警官《ジャンダルム》ふたりは、鍛えられた体でわが家のある四階まで階段を上り終えたあとも息を弾ませることなく、有名なポン＝ヌフまでよくぞあんな石を袋に入れて運んだものだ、体に結びつけるだけでなく、それごと欄干を越えたのだからたいしたものだ、とただただ恐れ入った様子。彼女を雇い入れた当初、人を見誤ることのまずない父が口にしたとおり、たくましい農民の出だったわけですね。

しかしながら、躁鬱《そううつ》病患者や高齢者や弱者や記憶の重荷を背負った者たちにとってはいくら辛《つら》い季節であっても、厳冬をかろうじて生きのびることができた自分は幸せであるとみずからを祝福できる立場にいる者にとっては、これは素晴らしい季節にほかならない。たぶん喜びもあらわに野心的に復活力を誇示する春の、その紛《まご》うかたなきたくましさこそが前述した者たちの気力を逆に奪うことになるのではないだろうか——美しい景色や晴れわたった空のせいで惨《みじ》めな人間がよけい惨めになり、こんなはずでは、と思うようになるのと同じで。若い友人がいっていました、南カリフォルニアの学校で教えないかという高給優遇の誘いに応じる気になれない理由について「晴れの日が年平均二百五十日——それでもやっぱり惨めだったら、どうすればいいの」。

言い換えるならこれはアメリカの俗諺《ぞくげん》にあるとおり、恰好《かっこう》のいい負けかたなんてものはない、負けは負けだ、ということなのであって、春の訪れとともに敗者なり落伍者《らくごしゃ》なりはみずからの敗北なり失敗とまともに向き合わざるをえないのが現実。残るわれわれだけが胸躍らせ（旧約聖書の表現を借りるなら）天蓋《てんがい》から出る花婿《はなむこ》さながら太陽が昇るがごとく喜び勇んで競い合い走りだすのであります。

そんな季節にふさわしいのは、闘争的でスピード感あふれる血なまぐさい料理。

仔羊は、いうまでもなくキリスト教の伝統に従うなら暴力的行為および犠牲的行為ともっとも密接に結びついた肉ということになるわけで——実際、異端でけっこうという現代人の最たる者であっても想像しただけで眉間《みけん》に皺《しわ》をよせ束《つか》の間《ま》身震いせずにいられないといわれるのが「仔羊の血に洗い清められて」生まれ変わるという図（ここで罪を浄化するものが、たとえば、そう、「豆のトマト煮《ベークト・ビーンズ》」であったなら、果たしてこのイメージの持つ力はどうであったろうか）。加えてこのようにキリスト教徒の抱くイメージのまったくもって現実的であり面白みがなく融通もきかないことを比類なく端的に物語っているのが、復活祭に仔羊を食すという習慣であります。だってそうでしょう、実際。羊肉を産する土地が何百年にもわたりイスラム教徒によって支配されてきたことを考えるなら、この習慣はことのほか不適切なものであるといわざるをえない。

羊肉はもとをたどれば遊牧民族の大切な糧《かて》、その尻尾《しっぽ》に蓄えられた脂《あぶら》で料理をしたり肉を剣に突き刺して炙《あぶ》って食べるのが彼らは大好きだったわけですから。おそらくチンギス・ハンその人も移動式テントの外で翌日の晩餐《ばんさん》の「メェー」という鳴き声に耳をかたむけつつ中央アジアの大草原に広がる満天の星空のもと、生まれて初めて時の重みを感じるに至ったであろうことは想像に難くない……。羊肉とイスラム教の関係が深まるなかで発展を遂げてきた料理というと中近東系――たとえばとろけるように柔らかで食べやすいインモスなる羊肉をヨーグルトとクミンで煮込んだ料理が「あなたは仔山羊《やぎ》をその母の乳で煮てはならない」というヘブライ人の戒めを意図的に読みちがえたものであることはまずまちがいないであろうし、イスラム化したのち再びキリスト教にもどったスペインには（宗教的人種的理由から）仔羊肉《ラム》好きの度が過ぎただけで異端審問に眼をつけられかねないという食通には不幸な時代があったうえ、現代のイギリスに至ってはこれも歴史を重んじつつ宗教と料理がめでたく結びついた例として新たに挙げられるのが胸躍る勢いで数を増やしつつある串焼き屋《ケバブ》のチェーン店の、大きなガラス張りを目印として場所も便利なところにあり眼をひく店構えのそれが実際ベイズウォーター街のわが仮寓《ピエ=タ=テール》の近くにも少なくないときている。

春の訪れとともに生き物たちが活気づくのはいうまでもなく、ひとつには単にそれだけのこと——われわれが持つ本能の歓喜に満ちた一斉蜂起《インティファーダ》にすぎないのであって、言い換えるなら冬越しで痩《や》せ細った獣が季節の檻《おり》からするりと抜け出るようなもの。高まる活力、速まる鼓動などといろいろにいわれるのも多くは文学的表現にすぎず、そんななかで私はというと、決まってこの季節にはよみがえる花々の放つ春一番のにおいに鼻孔を呼び覚まされ背が一インチか二インチは伸びたような気がしたものだし、父は父でほとんどぼろ同然のみすぼらしい灰色の毛織りの上下という、まるで現代のジャージーを遡《さかのぼ》った祖先が化石化したような服に身を包んで危なっかしげな漕《こ》ぎかたでその年初めてのサイクリングに出かけ、母のかぶる帽子は化学反応を起こしたかのごとくどれも不思議な色彩的変化を遂げ、愚兄は例によってペテン師さながら季節の変わり目の偏頭痛を突如として訴えたものだった（もともと体は丈夫で実際、不埒《ふらち》なほどたくましすぎるくせに毎年この不調だけはどうにもならなかったのか）。加えて奇妙な浮かれかたをこの季節にしたのは、ミッターグであります。ミッターグがアル中患者として「回復期」にあることを私は徐々に、いかにも子供らしく、沈黙や音の脱落や不在やなにかがおかしいという摑《つか》みどころのない気配から感じとっていったもので、そうした勘の鋭さゆえおとなは子供たちに舌を巻かざるをえないということがひとつにはいえるのではなかろうか。ふだんは意気軒昂《けんこう》としたミッターグが十二月の半ばごろになると決まって明らかに意気消沈した様子。おそらく彼にとっては初雪が紛うかたなき冬の到来のあまりにもたしかな証左であったのにちがいない――今年もあとわずかという思いから来る閉所恐怖症的ふさぎこみ（体を締めあげるがごとく心に重くのしかかる北欧の冬、それゆえ人は誰しも暗い気分でむっつりと冬ごもりしながら酒を飲まずにいられないのでしょう）。ところが春が来ると劇的に元気をとりもどして、愉快を通り越し躁状態に近いいつものミッターグが帰ってくる。彼が問題の多い「絶対禁酒」を唱えつつも逆にそのような妙な興奮状態にあったのは、いわば酒を飲んでいないことからくる反動のようなもの――筋金入りの酒飲みにとっては酔いが日常、素面《しらふ》が例外、つまり酒の入っていない彼の頭を表現するにはこの言葉以外ないというほどに「狂って」いたのでした。

眼に明らかな喩《たと》えを用いて変生、成長、誕生、復活の一部始終を示してくれる春がまた別の類《たぐい》の創生、広がりと絡《から》んでくるのは当然のことでありましょう。特に、人の倍、これが当てはまるのは芸術家――発芽感覚、開花感覚というものを熟知した芸術作家の場合であって、まず最初に気づいたそれがみるみる脹《ふく》れあがり忘我の境においてこれはもうほぼ確実とわかるまでの意識展開の暴なこと意外なこと、コンパクトにできたすぐれ物が海に落ちただけで実に驚くべきことに不思議なことにパンパンに空気をはらんだ食糧等フル装備の救命ボートに姿を変えてしまうのといっしょですね。わがライフワークとなる芸術活動の兆《きざ》しが曙光《しょこう》さながらの恥ずかしげな光を頭の片隅で放ちはじめたのも、やはりこの季節、場所はいまだに主たる住まいとしているノーフォークのコテージでニンニクの風味ゆたかにインゲン豆を添えた正統派の羊股肉《ジゴ》をみずからこの華奢《きやしや》な手で用意し食した翌日のことだった。その光はかすかで頼りなげで、微調整済みの超高感度探知機でなければ、あたうかぎりの暗視力をそなえた眼をもってしなければ、とらえることも気づくことも不可能、洞窟《どうくつ》の奥深くを照らすそれはランタンでも松明《たいまつ》でもロウソクでもない、有機物分解中の苔《こけ》が放つ妖精《ようせい》さながらの仄《ほの》かな光。

「昼食後、庭を散歩していたときのことでしてね」と先頃わたしが思い出しつつ語ったのは取材に訪れた相手と、まさにその同じ庭に配された卵形の花壇のあいだを怠惰に縫うように歩くという、見事なまでの時空の一致をふたりして無言で心地よく味わっていたときのことでした。「柳の糸が緑に芽吹いていた。そよ風が吹いていた。ふと私は思ったのです。庭というのは、芸術に見えぬようデザインされた芸術の象徴といえるのではあるまいか、と」

「あの……どういうことでしょう、よくわからないわ」そう聞きかえす見目麗《うるわ》しきわが対談者のわざとらしいあどけなさ、抜け目ない生意気な小娘のごときふるまいからは相手をその気にさせて次から次へと言葉を引きだす能力の一端がすでにうかがえ、これはまさに筆耕もしくはボズウェルに欠かせぬ資質であると——押し出しの立派な、厖大《ぼうだい》な日記を残したあのスコットランド人伝記作家と彼女自身が（特に外見からして）似ているというわけではまったくありませんがね。話しながら彼女は身をのりだし、横目で私の顔を見あげるようにのぞきこむ、その眼差《まなざ》しが薄いカーテンさながら風をはらんで乱れる青みがかった前髪越しゆえひときわエロティックに感じられるのは薄手のサマードレスがふわりと揺れて女性のすらりとのびたカモシカのごとき脚が見えそうで見えないときと同じようなものです。眼は榛色《はしばみいろ》で（誰の眼も榛色だ）放射状に緑色を帯び、迷彩色をつくりあげている。

「いや、私が考えていたのはね、庭づくりと、もう少し一般的な美的観念、イデオロギーとの接点について」答えながらも、きらりと光る知性に私は危険な欲望の色を隠しきれませんでした。「庭とはなにか、それは自然を再現することだ。高度に洗練された芸術というありかたを通して再現しながらも、芸術的要素はほとんど感じさせない。京都の禅寺にある石庭がそうでしょう。不在を強調することにより、効果をあげている。それがそのものであるのは、そこにはないもののゆえ。〝削れば脹らむ〟というよりも――失礼、こんな皮肉めいた手のふりかたをして――削ってこそ脹らむという、最大限の、完璧《かんぺき》に近い、省略」

純白の花々よ、汚れなき恋人よ、その内にある春よ。

「それが、なにとどういう関係があるのかしら」眼前の経験主義者はやや苛《いら》ついた様子です。そのときには、ふたりとも足をとめた状態だった。先へと促すべく、私は自分の腕を彼女の肘《ひじ》すれすれまで近づけ、ゼラニウムの花壇に向かって眉《まゆ》を吊《つ》りあげてみせました。

「ああ、なにとどうであれ関係のあるものが、いったいどこにあるというのでしょう?」大陸ヨーロッパふう詐欺師《さぎし》を精いっぱい装《よそお》って私はつづけました。「あの灼《や》けるような午後、あのときから私は真剣に考えるようになったのです、不在の美学、省略の美学というものを。モダニズムの影響で、責任ある立場におかれた作家はもはや、ある種の芸術的選択を不可能と受けとめざるをえないでいる。xのように書いたりyのように描いたりzのように創《つく》ったのでは、いまや真の芸術作品とは認められない。作家として芸術の現在《いま》を真剣に生きる気がない証拠ととられても、しかたがない。

「そこまで考えれば、あとは簡単だ。作家の姿勢、才能のほど、および功績は――作家が大塊であるとするならその高度を求めるのに必要な三角測量の基点は――実は不可能、実行不能、入手不能な、禁制、禁止、否定の領域にあるのではないかということに、瞬時にして思い至る。芸術家は成さないことによって評価されねばならない――画家なら破棄した、あるいは真っ白なキャンバスによって、作曲家なら沈黙の長さと深さによって、小説家や詩人ならば出版拒否もしくは断筆によって。芸術家の生涯の最高傑作とは、もはや試みることすら不可能と彼自身が悟った作品のことである。月並みな、凡庸な、作品発表という暗愚の道ばかりをがむしゃらに突き進むほかの芸術家たちに対して、ひとことといいたいのを抑えつつも憐《あわ》れみに蔑《さげす》みの入り混じった眼を向けるしかないところは、革命を逃れて平服で身分を隠しながら旅する偉大な料理人さながら――やむをえず投宿したある村の旅籠《はたご》で、自己流かつ徹底的な手法により無惨《むざん》な姿となって出された女将《おかみ》の料理を彼は眼《ま》のあたりにする――黒焦《くろこ》げの牛肉、裏ごしの破片が残った水っぽいスープ、ぐちゃぐちゃの野菜、原始的な衛生感覚。しかし料理人は自分の知識を披露することができない。そんなことをしたら身分がばれて、殺されてしまうから。愚かなシャンフォール侯爵《こうしゃく》がそうだった。せっかくフランス革命を逃れながらも、オムレツというのは誰でも卵一ダースでつくるのだと思っていたと、ついうっかり口にしてしまったがために捕らえられ、ギロチンにかけられている。要はこういうことです、つまり、真の意味において芸術家が創作した作品とは――深く考え抜き、理解し尽くした作品があるとするならば――それは今後も彼が決して手がけることのない作品である。ただ発想とともに、発想そのものを生き、探り、試し、それが不可能な理由を突きとめ――そうすることによっていうまでもなく、彼の作品に対する理解はさらに深まってゆくのに対し、頭の悪い彼の分身《ドッペルゲンガー》のほうは致命的な、まことに世間知らずな過《あやま》ち――たしかに、そう、魅力的ではあるけれども愚かなことに変わりはない過ちから逃れられず、自分の考えを実際に紙やキャンバスやピアノに表現せずにいられない」

「え……え」美しきわが取材者はさりげなく無関心を、興味のないふうを装おうとしているが、鍛え抜かれたこの眼にはっきりと映るは抑えきれぬ彼女の興奮のみ。「でも、わからないじゃありませんか。つまりその、書かれていない本だの、彫られていない彫刻だののことが、誰に、どんなふうにわかるというんです？　なにもしないでただそこにすわっているのと同じじゃないかしら」

この質問をひとつの明らかな証拠と、私は受けとめたのでした――ふたりの考えていることは、決してすれちがってはいない。

「平服でお忍びの」と私はつぶやきました。「大思索家ここにあり。なにがどう、どこから、誰が、そんなことが、そもそも誰にわかるというのか。あなたの指摘は身震いするほど痛烈だ。天才と詐欺師は紙一重。〝心惹《こころひ》かれる〟と〝詐欺である〟の相関関係は厄介なことに決して浅くはない。でもですよ、その差をぼかすというか曖昧《あいまい》にすることによって得るものも、ひょっとしたら、あるかもしれない。芸術と実生活の垣根をとりはらうことから生まれるものがあるのと同様」

庭のいちばん奥には大理石の椅子《いす》が据えてあり、身の引き締まるほどに冷え切ったそれの向かいには水鳥が飛翔《ひしょう》するには狭すぎるものの金魚が群れをなすいわゆる田舎のコテージの庭の蓮池《はすいけ》よりは大きな池が広がっている。葦《あし》や藺草《いぐさ》が風に揺れ、古代エジプト王《ファラオ》の召使いさながら揃《そろ》って頭《こうべ》を垂れるなか、私たちは冷たい椅子に腰をおろしました。

「たとえば、つい最近の新聞にも、こんな記事が載っていた。例の、ほとんど言葉の矛盾としかいいようがない〝パフォーマンス・アート〟とやらを得意とするある夫婦が新たな〝作品〟づくりにとりかかったというのですね。中国は万里の長城の両端をそれぞれ出発点として互いに向かって歩きだし、ちょうど真ん中で会おうというもの。〝作品〟の〝テーマ〟は、分離、困難、距離、芸術作品と実生活における一大プロジェクトの相違、さらには従来型の自己表現法の破綻《はたん》。途中で起こりうるささやかな（もしくは途方もない）冒険《アン・ルート》——食事で苦労したり壁の途切れている場所で道に迷ったり、あるいは現地中国人相手に話が通じなかったり誤解が起きたりといった愉快な出来事も、この場合はすべて〝作品〟のうち。

「となるはずだった。ところが結果は予想外もいいところで、いまではこれは大失敗と広く周囲に見なされている。夫のほうのオランダ人がいわゆる一目惚れ《クー・ド・フードル》というやつか、通りがかった村の若い娘と恋に落ちてしまったのですね。共同体的コメの食事で、眼と眼が合ったかなにか。一瞬にして彼は運命の出《で》逢《あ》いを感じ、〝もうひとり〟を捨て、〝パフォーマンス〟を捨て、村に移り住んで、いまでは娘との結婚の許可が当局から降りるのを待つ毎日。不運な元の彼女《イナモラータ》も計画を断念して生まれ故郷のハイデルベルグへもどり、こちらはこちらで大事な仕事——あらゆる取材に応じつつ、かつてのパートナーを弾劾《だんがい》するのに忙しい。

「さて、この出来事、この〝災難〟は私には今世紀後半でも稀《まれ》に見るほど感動的かつ胸を揺さぶる芸術作品に思われるのです——なぜなら、つまるところ、作品はこれで終わりと、どうしていえるのでしょう。表面的途中放棄、一目《ひとめ》惚《ぼ》れ、当初の計画の破綻——これらすべてがもっと大がかりな新生プロジェクト、新たなる作品の一部になろうとしていることは疑う余地がない。その扱うテーマはいまや浮気、運命、耽溺《たんでき》、東方での恋——芸術と実生活の垣根は名実ともにとりはらわれ、枠固めされた古い美学、その概念的構造を画期的にも根底から覆《くつがえ》そうとしている。万里の長城徒歩制覇という当初の計画はありきたりなヒロイズム、時代遅れの美辞学的愚行にすぎなかった。けれども、この改作には真にそれらを超越した力があり悲哀《ペーソス》があり驚きがあり広がりがあり光と影《キアロスクーロ》があり、またここがいかにも現代的なところ——偶然性の持つ力そのものをも、はっきりと示している。

「とはいっても、むろんのこと、そこで改めて考えざるをえないのが先ほど少し前に、あなたが持ち出して私を納得させ感動させた問題、すなわち——それが誰に、どんなふうに、わかるのか、ということです。もしも書かない作家、描かない画家、歌わない奏《かな》でない音楽家こそが体現という行為により矮小化《わいしょう》されることのない真に偉大な芸術家であるとするならば、彼の作品群はまた、未発表という行為により気づかれず世間に認められぬまま終わる危険性をも免れない。となると、さて、どうすればよいのか。ご存じのとおり、天才について初めて論じたのは、かのジョルジョ・ヴァザーリであります。ゴシップ好きにして、驚くほど卓越した判断力と知性の持ち主。天才の例として、ヴァザーリはミケランジェロを挙げている。文句のつけようがないですね、これは。その彼が書き残した天才と周囲との軋轢《あつれき》、素材がいつも手に負えなかったとか、本人も一筋縄ではいかない性格だったとか、パトロンが愚鈍であったとか、そういったさまざまなエピソードに混ざって、まことに意味深い輝きを燦然《さんぜん》と放つ瞬間がある。かの有名なロレンツォの息子ピエーロ・デ・メディチがフィレンツェに大雪のふった翌日――意外と天候が変わりやすいんだな、あの町は――件《くだん》の大芸術家を宮殿に招き、雪だるまの制作を依頼した話。記録によるとその完成品は〝実に見事であった〟と、いまではそれしかわかっていない――けれども疑う人間が、果たしてどこにいるでしょう。それが秀逸にして圧倒的な力をもつ至高の作品であったこと、別の書き手の言葉を借りるなら〝史上類を見ない名雪だるま〟だったであろうことは否定できない。ミケランジェロ・ブオナローティが手がけたなかでも、もっとも短命にして玉響《たまゆら》、はかないこれこそが、この世の無常、有為転変、すべての人生の刹那《せつな》的なことを語ってやまぬ、もっとも息の長い作品といえるのではないだろうか、早い話が――この雪だるまこそミケランジェロの代表作であると、（異論反論を承知の上で）断言してよいのではなかろうか。

「そしてですよ、さあ、なぜ私たちはこの傑作のことを知っているのでしょう。答えはこうです――かくのごとき大傑作《シェ・ドゥーヴル》の存在を私たちが知っているのは、ほかでもない、ヴァザーリがそう書き残しているからである。伝記作家、逸話収集家がここで共同制作者――作品を後世に、受け手に伝えるうえで重要な、いや、必要欠くべからざる存在となってくるわけです。先ほどの質問に対する答えが実はここにある。どうやってわかるというのか。伝える人間がいればわかる、証人がいればわかる――〝そしてひとり生き残った私は語る〟と書いた作家がいましたが。芸術家の思惑、沈黙をあくまで守るというそのかたい決意を損うことなく、それでいて余すことなく伝えられたなら、それで、わかる。換言するなら、作品の存在は証人ゆえ、その証人の質が重要な決め手となって至上の芸術、完璧《かんぺき》かつ理想的で一点の瑕疵《かし》もない作品は生まれ――逆にいうならば、それは芸術家と共同制作者である証人の頭のなかにしか存在しえない。そう気づいた瞬間、私にはわかったのです、自分の芸術、この庭で枠組みを思いついた、それ自体の意図からなる自分の芸術作品にも共同制作者、信奉者、証人が必要である、と。以来ずっと、そのようなパートナー、相棒、伝道者を探しつづけてきたのですが、思うにどうやらお互い、駆け引きやら無関心を装うのを一時中断して気づきはじめたところでは、その相手がようやく、見つかったようだ」

大いなる荘厳の一瞬でありました。人生の重大な節目、ここぞというときに感情が機能停止状態に陥るのは珍しいことではありません。こう感じるはずという思いばかりが脹《ふく》らみ――そのような感情を抱くのが一般的かつ正しいことであると、われわれは学校教育により教えこまれてきた。しかるに嘘偽《うそいつわ》りでしかないこれら(勝利感と挫《ざ》折《せっ》感は揃ってあらゆる意味において詐欺師そのものだし、愛、悲しみ、あるいは特にこれを例にとってもいい——謝意。もっと声高に主張されてよいと思うのですが、謝意などというものはこの世には存在しない。これは倫理上われわれが必ず抱くべきとされている感情を表現するために生まれた言葉であって、要は道徳の代数、方程式の辻褄《つじつま》合わせ、宇宙飛行士が見えざる星の質量の——いまではなにかというと「ブラックホール」の名で呼ばれているようですが——存在を他の観測可能な物質との相互作用から導きだすようなもの。ただしこの場合、ブラックホールのほうは正真正銘の不在——不在として存在するわけではないのに対し、「謝意」のほうは通常あるべきとされる空間の代わりに義務感と罪悪感と、なによりも苛《いら》立《だ》ちの混じり合ったものが存在する点が否定できない——要するに古今東西どこを探しても謝意から出た行動などというものはないのです)、そう、いま述べたように、こうした感情が偽りであるという事実を意識した時点で、われわれは心の空白を認識し、感情の不在に気づくこととなる。ところが同時に、なにかがそこにあって然《しか》るべきという意識もないではなく——感情の形態、そこを占めて然るべき空間構成は自覚できるのだが、その内容、感情自体が把握できない。この食いちがい、もしくは隔たりが過剰な期待感というかたちであらわれ、結果、人生の一大事はほとんどが無感動の拍子抜けという微妙な感触をともなうことになる。しかるにこのときは、ふたりの心が見事ひとつに溶けあったも同然――その思いの圧倒的な証拠として彼女が用いて見せたのは実に生き生きとして感動的な人間ならではの仕草のひとつ、教会でお馴染《なじ》みの「忍び笑い」という手段でありました。

彼女がひとつの「式文」を唱えて新たなるわれらが合同プロジェクトへの不可逆的第一歩を踏み出したのは、その発作の最中、話にのめりこんでいる証拠としてこらえきれずに噴きだしている最中のことだった。その昔の、より穏やかにして信念もまた健在であった時代ならば、聖なる誓いの言葉が神殿の階段をおりる巫女《みこ》さながら可憐《かれん》な岩屋のごとき彼女の唇からあらわれいでた、とでも表現できたかもしれません――だが私は代わりに、簡潔に、こういいたい。彼女は受けてくれた、と。忍び笑いがおさまる間際《まぎわ》、しゃっくりにも似た地震の最後のひと揺れさながら体を震わせつつ、イスラムの聖なる踊り手たちによる旋舞《ダルヴィーシュ》を思わせる口調はあくまでも軽く、重苦しさと荘厳の極みにおいて仏教徒が陽気に浮かれ騒ぐがごとく、さりげなさ《ステレッツァトゥーラ》をもって、彼女はこう喜んでくれたのでした――「まあ！《マイ・ワード》」

仔羊《こひつじ》のレシピがすべて血なまぐさいものであるかというと、そんなことはありません（いいことだ、なかには少しでも生焼けだとその肉は食べられないといううるさ型もいますからね。うらやましくなるほど厚かましくもしょっちゅうわが家のプールへ泳ぎに来ていたサン＝トゥスタッシュの隣人も——気の毒に、哀れな運命をたどる前のことですが——肉汁が一滴も出なくなるくらいまで「よく焼いてちょうだい」と頼むのが常だった。「そんなにして食べるくらいなら、いっそ食べないほうがましではないかね」と、いつだったかレストランでなにかをウェルダン《ビヤン・キュイ》で注文した連れに向かってあるフランス人が口にしているのを聞いたことがありますが）。かわいそうなメアリー＝テレザのアイリッシュ・シチューはもちろん、血なまぐささとは無縁であったし、使いかた自在なこの肉をゆっくりコトコトと煮込んで処理してゆくその他もろもろの料理もまた然り。ノーサンバーランドのカモなる一品は、たとえば、仔羊の肩肉の骨を抜き詰め物をして、その名のとおりの水鳥に見せかけた北方の料理であり、全体としては見事なまでに厳《いか》めしく保守的なこの国の食のありかたを踏襲しながらも奇妙きてれつにして想像力ゆたかな趣味の悪さを発揮しているあたり、ほかは見事なまでに黒々と地味な身なりをした国教会の御大身（たとえば主教様）がひょいとズボンをたくしあげた拍子にのぞいた靴下はあっと驚く黄緑色だったというところですかね。似たような料理を挙げるとするなら、いまなお独自の名声を保つ数少ない旧ユーゴスラヴィア料理のひとつジュレディ、ウェールズのおふくろの味クウル、香り高いギリシャのアルニラドリガニ——においが強いのは旨《うま》いピッツァをつくるには欠かせぬいっぽう非合法の草とまちがわれやすい香草オレガノのせいでありますーーそれからブルガリアのカパマは二種類あって、ひとつは春の玉ネギとニンニク入り、もうひとつは秋のキノコ入り、さらには美味とはいいかねるルーマニアのトパカもそうだ。ここでふと気づいてみると、ほとんどが食に関してはほんのちょっぴりではあるけれども原始的とみなされている国の料理ばかりということになる。加えてイスラム教徒の伝統的な料理法も忘れてはならず、連合王国でそれを代表するものといえば前述のケバブ屋、さらにガラス窓の向こうの挑みかかるような陳列風景が頼もしいイスラム教徒用の肉屋はもちろんのこと、仔羊のインモス、仔羊のタジーンその他ペルシャの厨房《ちゅうぼう》から生みだされる傑作の数々などは、杏《アプリコット》の実に魅力的かつ知的な使いかたを示すものであるといえる。

実際、骨を抜いた仔羊の肩肉にアプリコットの詰め物をした一品などは革命的料理のひとつといってもよいほどで、コペルニクス的転回やアインシュタイン相対性理論への転換、あるいは（ペンローズのタイル張り、マンデルブロー集合といった）数学の大発見にも匹敵しうるもの、とすると問題になってくるのが、果たしてそれは理想的もしくは潜在的次元においてすでに存在していたものの発見であるのか、それとも単なる原理原則の発明すなわち新しい型のねじ回しやフライパンと似たようなものであるのか、という点であります。というのは、つまり、件の料理を食せばわかることだけれども、仔羊とアプリコットというのは単に味を補い合うだけでなく、両者の結びつきはより高次元の、必然の域に達した組み合わせのひとつであるように思われるからで――いうなれば神の御心《みこころ》にある味。発見されて然るべきものであることが特徴というこれらの組み合わせをほかにも挙げるなら――ベーコンと卵、米と醬油《しようゆ》、ソーテルヌ［ボルドーの甘口白ワイン］とフォワ・グラ、白トリュフとパスタ、ステーキとフライドポテト《ステーク・フリット》、イチゴと生クリーム、仔羊とニンニク、アルマニャックとプルーン、ポルト酒とスティルトン［イギリスのブルーチーズ］、魚のスープとルイユ、チキンとマッシュルーム――という具合に五感の道を極めようとする者にとっては、どれも初体験の衝撃たるや宇宙飛行士が新たな惑星を発見したときの驚きに引けをとるものではありません。もしかしたらこれにいちばん近いのは芸術体験かもしれない――どれでもいい、どれかひとつと向き合って人生を過ごしていればやがては訪れる倦怠《けんたい》期、退屈《アンニユイ》、混沌《アノミー》、既視感《デジャ・ヴュ》、どれもただ「焼き加減」がちょうどよかっただけなのだ、と――ところが極限状態、退屈の極みに達しようとしたそのとき、この世に存在するありとあらゆる興奮を自分は味わい尽くしてしまったのだと確信するに至る直前でまた新たなる声、流儀、技と出会い、これに元気づけられるのは過去に別の北極探検家が輸送を断念し置き去りにしていった食糧を見つけたときと同じで結果、大胆不敵な冒険野郎は腹を据えて自分のハスキー犬をむさぼり食わずにすむことになる。同様に新たな芸術家の発見は新たなる力の泉の発見でもあるわけで、つまりマラルメやベートーヴェンの後期の作品との生まれて初めての出会い、などですね（同じものを愚兄の作品にまで見出《みいだ》したようにいう人が時としているのですが、これは愚かとしかいいようがない）。

相補性というのは味でもそうですが、人間同士においても深い謎《なぞ》であるといえましょう。震える魂の振動数がぴたり一致する相手と出会ったときに起こる深遠なる複数の一体化というものがあって、その一点において生じる共振、共鳴が自然の莫大《ばくだい》なエネルギーを秘めていることを忘れてはならない――たとえば思いつくのはオルガンのたった一音で大聖堂が崩壊したり、破壊的な速度に達した風により吊《つ》り橋がひきちぎられるといった現象。その逆、嫌悪《けんお》や反感から生じる力が、これに引けをとるものでない（さらに大きい？）のはいうまでもないことであります。バーソロミューが面倒を見るはずだったハムスターのエルキュルを毒殺したあとも、私は半分だけ残った猫いらずの袋を小さな革鞄《かわかばん》に入れておいて、ことあるごとに取りだしては眺めたものだった。大好きないとこの写真でも見るみたいに。毒を売ってくれた相手に払った金は、こつこつと根気よく（甘いものを自分はどれだけ食べたいか計算したうえで半分だけ買ってもよいことに決めて）貯《た》めた小遣いで——相手は自身、店の展示品みたいな男、特にそこが辺鄙《へんぴ》な場所にあるさびれたペットショップだったものだからなおさらそう見えたのか、眉毛《まゆげ》はみすぼらしいし、鼻の穴のまわりは赤いし、毒が効きはじめたハムスターだか冬眠から覚めかけのカメかと思うような風貌《ふうぼう》でした。ぼろぼろとした、一見どうということのない白い粉の入った青い箱を取りだすときのその彼の物腰があまりに葬儀屋じみていたので（ちらと見えたシャツの袖口《そでぐち》は糊《のり》で強《こわ》ばり、洗濯してもとれないのか、白衣には染《し》みがついていた）、包みを受け取り倹約の賜物《たまもの》である数フランを渡すさい、不注意の小悪魔にそそのかされて私はこうささやいてしまったのだった——「兄貴のハムスターを毒殺するんだ《プール・アンプワゾネ・ル・アムステル・ド・モン・フレール》」。男はにっこりとし——それが空想に耽《ふけ》る子供をおもしろがる老いぼれの笑みにすぎなかったのか、それとも状況をすべて理解したうえでの笑みだったのか、いまもって私にはわかりません。その粉をちっぽけなエルキュルの餌《えさ》にまぶして与えたときに知らなくてほんとうによかったと思うのは、そんなペットフード、鳥の餌までをも、やがてわが同胞の人類は自分たちに適した手頃な食品であるとみなすようになるのですね。ペルシャ料理にあるヒマワリの種のケーキなどは、たしかにまともなレシピとして認めないわけにはいきませんが。

ここでご紹介すべく選んだ仔羊の料理はもっとも伝統的かつ単純にして、しかも味は最高という仔羊の股肉《ジゴ・ダニョー》のフランス式調理法、海辺で育てられた仔羊アニョー・プレ＝サレを使ったブルターニュ地方のレシピであります（最初にこの言葉を耳にしたとき、プレ＝サレというのは「塩をした《プリ＝ソルテッド》」という意味で、そう呼ばれる仔羊たちは海辺の放牧地、特にノルマンディー地方のモン＝サン＝ミッシェル近辺の放牧地で育てられている関係上、体に塩分が取りこまれて、つまり自然の恵みによりすでに味付けがなされているのだろうと思った。これが傍で聞いて思いがちなほど馬鹿《ばか》げた発想でないのは別の例を考えてみればわかることで、愛するわがプロヴァンス地方では地元産の仔羊は乾燥したガリッグ［石灰質の乾燥地帯］で陽をさんさんと浴びた野生の香草を日がな一日もぐもぐとやって育つから、そのいい味が肉にも染みこんでいると頑《かたく》なに信じられている。しかるに私が「塩をした」という意味に解釈したのは、それがこと美食に関わる問題となると感傷抜きに直截《ちょくせつ》的表現を用いてはばからないフランス語の典型的一例のように思えたからで——つまり、車に乗りこんだ子供たちが窓の外を指さして「見て、ママン、塩をした仔羊だよ！」と叫んでいるかのごとく。外見だけよく似たこれらの言葉、「前に」を意味する英語の接頭辞〝プリ〟と「放牧地」を意味するフランス語の〝プレ〟は、いわば不実の友《フォ・ザミ》の見本のようなもの、英語とフランス語にはこのような例が夥《おびただ》しい数でちりばめられている。文法上の一致により、この二言語では文章を並べると語順がぴたり重なって歯車かジッパーの歯さながら単語が仲良く並んだり、そうした例がいくらでも生じうると同時に、これまた次々と出現してくるのが見かけとはまるで意味の異なる単語たちで、実際問題、この二つの言語自体が不実の友《ル・フォ・ザミ》であると結論づけることすら可能かもしれない。この考えかた、うなずけるものがありますね。不実の友的概念が純粋なる文法の領域だけでなく、ほかにも広くあてはめて考えることのできる利用価値の高いものであることはいうまでもありません。特に家庭生活、とか)。

オーヴンをあらかじめ熱しておき、バターと油をまぶした仔羊肉――八人分で六ポンド――を焼く、ほどよく火が通るまで。加減がわからないという人は肉用の温度計を使いなさい。この料理には別に、小さなナイフで肉に切り込みを入れてスライスしたニンニクとローズマリーを埋めこむやりかたもあります。ブルターニュ地方では仔羊のローストの付け合わせといえば、フラジョレ豆すなわち小粒のインゲン豆。

この料理に合うメニューをまだ挙げていないことに、注意深い読者ならばお気づきでしょう。そうすべき時が来たようだ。

オムレツ
仔羊ロースト《ジゴ・ダニョー》のインゲン豆添え

桃の赤ワイン漬け

肉の前にオムレツを食べるのは、いうまでもなくモン＝サン＝ミッシェルにある観光客目当てのレストラン〈ラ・メール・プーラール〉で実践されているやりかたで、白状するとフランスの北海岸地方を訪れたさい私の足も時にそこへ向くことがないではない。が、今回はちがいました。世界でも指折りの景勝地なり「興味深い」土地で、訪れる人間の多い場所には、なにかこう、ありきたりなものによって世にも素晴らしい景観が損なわれている印象がある。マハーバリープラムのヒンドゥー教寺院や石窟《せっくつ》彫刻、ニューヨークの摩天楼など、すでに見て知っているもののように思われるのはテレビやガイドブックでさんざん親しんできているからでしょう。モン＝サン＝ミッシェルも明らかにこの類《たぐい》で、狭い路地をのぼる人々の長い長い列がこの類稀《まれ》なる史跡の類稀なる魅力をあらためて味わうのに一役買っているかというと、そんなことはない——前に述べたようなお馴染み／有名とされる場所の自然美なり人工美にしてもたいていはそうですが、そうしたなにかを感じとれるのは接した直後のほんの数秒間だけであって、あとは日常という名のフィルターがシャッターさながらガシャンとおりてしまい、忙《せわ》しなく雑誌の記事をめくっているように感じられるだけで、世界の不思議に陶酔するどころではなくなってしまう。パリを出発して初めてモン＝サン＝ミッシェルを訪れたさい、母は満ち潮に沈んだ堤防《ショセ》の端に車をとめて、どこか強烈にケルトの香り漂うその岩塊に無言で見入る私を待っていてくれたものでした。霧に包まれた胸壁から不安げな顔をのぞかせる乙女たち、傷だらけの宴会用大食卓の下に心地よさそうに寝転がる犬数匹。もらうより与えるほうが基本的に容易であるのはたしかだけれども（贈り物など「あげ上手」な人はいても「もらい上手」というのはめったにいない——受け取るという行為においてはあまりに多くを受け入れ認めなければならないからです、与える側が権力、保護力、支配力といった心的従属物をひとつとして投げ出さずにすむのに対し）、この原則が当てはまらない場合も時にはある。誰かに静寂の時を、洞察力を、想像力を与えるには並々ならぬ心的配慮、機転が必要なのであって、無言の対話というこの願ってもない機会に水を差す暴力と落ち着きのなさがどのような感覚からもたらされるものであるか想像に難くないのは、まさにそのとき静寂の調べを破って愚兄が破裂するような噯《おくび》を発し、昼食の時間がどうのと文句をいい、さらには堤防の途中で満ち潮につかまり溺《おぼ》れる人はどれくらいいるのかなという質問を意地の悪い眼で投げかけてきたからだった。

その日の〈ラ・メール・プーラール〉での昼食が、私にとってはミシュランの星つきレストランでの初めての食事でした。大仰な仕草で卵を泡立ててみせる料理人の姿は衝撃的、そうしてできあがったふわりと繊細なオムレツもまた昔から言い伝えられてきた銅製フライパンの素晴らしさを納得させるに足るものでしたね。印象に残ったこのシーンを愛らしいスケッチにしてその晩さりげなく母に渡したのを覚えています――やっとの思いでホテル側の人間をなだめ終えたばかりの母に。というのも、びりびりに破いた『フィガロ』紙二部（！）でトイレを詰まらせるという事件を愚兄が起こした直後のことだったもので。原始的な方法により紙粘土《パピエ＝マシェ》を彼はつくろうとしたのだった。

プーラールおばさんのオムレツのつくりかたは、料理研究家としては右に出る者のないエリザベス・デーヴィッドが著した『フランスの田舎料理』に収録されています。パリのとある食いしん坊がその秘訣《ひけつ》を教えてほしいと手紙で問い合わせたときのこと。プーラールおばさんの返事はこうだった――「オムレツのつくりかたは次のとおり《ヴォワシ・ラ・ルセット・ド・ロムレット》――新鮮な卵をボウルに割ります、《ジュ・カス・ド・ボン・ズフ・ダン・ズヌ・テリーヌ》よくかき混ぜます、《ジュ・レ・バット・ビヤン》新鮮なバターを少量フライパ《ジュ・メ・アン・ボン・モルソー・ド・ブー》ンに落とします、《ル・ダン・ラ・ポワル》卵を流し入れ、絶えずかき混ぜます。《ジ・ジェット・レ・ズフ・エ・ジュ・ルミュ・コンスタマン》この方法でご満足いただけれ《ジュ・スイ・ズールーズ、ムッシュー、シ・セット・ルセッ》ば幸いです《ト・ヴ・フェ・プレジール》」。結びの言葉のおざなりではばか丁寧なことにご注目――フランス語ではこの手の美辞麗句が実によく発達していて、たとえば「私の格別の気持ちをあらわ《ジュ・ヴ・プリ・ダクセ》しましたこの言葉を、ムッシュー、なにとぞお受けくださいますようお願い申しあげます《プテ、シェール・ムッシュー、レクスプレッション・ド・メ・サンティマン・レ・プル・ディスタンゲ》」といった手紙の末尾の決まり文句などを思い浮かべればこれは納得がいくでしょう。こうした表現は形ばかりのものであって、愚兄バーソロミューの妻のひとりの口癖であったひとことに要約できる場合が少なくない、すなわち「ばかいってんじゃないわよ」。

私がご紹介するオムレツのレシピは、レシピというよりひとつの所見といったほうがいいでしょうか。まず最初にフライパンの重要性、これは誇張しようと思ってもなかなかできるものではありません。直径七インチで、底の厚い鋳物《いもの》のフライパンを使うこと。手入れは拭《ふ》くだけにして、決して洗わないこと。家族の一員として扱うこと。次に卵はフォーク二本で何度かかき混ぜるだけ、力いっぱい正統派を気取って泡立てるべきではないでしょう、プーラールおばさんには失礼ながら。三番目に、バターは質のよいものを使うこと。これが溶けて泡が消え、色が変わる直前に卵を流し入れる。

すでに述べたように、しかしながら、今回のフランス旅行ではマダム・プーラールのホテル・レストランまで足をのばすことはいたしませんでした。魚のスープで夕食をすませた翌朝、朝食をとりに階下へおりてゆくと前日に探しあてた目立たない場所にある小さなホテルは落ち着いた雰囲気でなかなか魅力的。同宿の客たちが静かに朝食をとる部屋には竪子《たてご》入りの窓から朝陽が斜めに射《さ》しこんでいる。第三の人生《ル・トロワジエーム・アージュ》にあるアメリカ人夫婦、表情ゆたかな白髪を軍人風に短く刈りこんだ男性と一連の真珠のネックレスから成金趣味《アリヴィズム》も一目瞭然《りょうぜん》（朝からつけるべからず！）の女性が、まずはだらしなくも遅れて階下へおりてきた当方に向かって軽く会釈《えしゃく》しながら「ムッシュー」とつぶやき、別のアメリカ人ひとり客は眉を寄せつつ『ヘラルド・トリビューン』紙の株式欄をのぞきこみ、おそらくはレズビアンでしょう、趣味のいいスラックス姿の学校の先生らしきふたり組はガイドブック数冊を広げ、大英帝国人《ブリトン》一家の両親は手に負えないチビどもをおとなしくさせるのに四苦八苦、その子らを見ているといまやお馴染《なじ》みの逆転現象がここでも起きていることがよくわかる――これまでの世代では時に人的社会的問題の生じることがあっても子供が親の社会的地位を越えて出世するのがふつうであったのに対し、いまでは逆を辿《たど》るケースというのが出はじめていて、不愉快ながらも驚くには値しない（この組み合わせでしか表現しようのない出来事がいまの世の中にどれだけあることでしょう）光景に出くわすこともしばしば、言葉遣いのきちんとした、どう見ても中流階級出の、興味や向上心によってそれなりの教養を身につけた両親の育てる子供たちの発音や態度や歩む道が、恥ずかしげもなく労働者階級のそれに成りさがっている場合が少なくない。ほかに僧侶《そうりょ》の客もふたり、ホテル泊とは彼らにはちと贅沢《ぜいたく》なのではと思われる方もいらっしゃるかもしれませんが、年長者の細長い不気味なエル・グレコふうの顔にかかっているプディング型を逆さにしたようなヘアスタイルの白髪混じりの茶色い髪は、見るからに素人《しろうと》の手で刈ったもののよう。問題の新婚夫婦は、まだ朝食におりてきてはいませんでした。

右ハンドルの車を右側通行のフランスで運転するというのは不安なものです——農作業用車など、イギリスのそれよりどこか騒々しく、それでいてあまり笑える感じがせず、出くわせばここぞとばかりに試されるのが運転手としての首のばし力、忍耐力、エンジンの馬力および低速走行力、田舎道ならばラバ追いとぎりぎりのところですれちがうという、めったにない一瞬のうちに左側にあとどれくらい余裕があるか判断する空間認識力。左から右への切り替えが比較的楽なのは、交通手段も同じように切り替えた場合であります。いつも決まって、フランスに到着して不思議の国を訪れたようなあの感覚に襲われ空気も光も存在そのものも微妙に変化して魅力を増し知性と快楽への可能性もまた高まり、そのような変化が起きたことのひとつのあらわれもしくは徴《しるし》として左側通行が右側通行に変わるとかならず——ほんの数秒のうちに意識的に自分自身に命令をくだして正しい方向を向くよう思考体系を切り替えねばならない、なにかを習慣にしようとする、発声法やより正しい姿勢を身につけようとする人間の訓練の賜物である条件反射さながらのあの一瞬が訪れると決まって——思い出さずにいられないのは、哀れなミッターグがよろめいたそこへ電車が突っ込んできたときのこと。それやこれやの理由があって私が朝のうちにすませたのは、レンタカーを借りることでありました、というより数日前にすでに予約してあった車を取りに行ったというべきか——それだけのことでもうまく行かない危険性が常につきまとうのはフランスにおける諸手続の煩《わずら》わしさを経験したことのある方ならご存じのとおり、先見の明なくして母方の曾祖父《そうそふ》の出生証明書もしくは現住所の証明書類五種類を持参するのを忘れると、相手にしてもらえないことがありうるのです。今回のやりとりは、そのような惨事には至りませんでしたが。ブレザー姿のレンタカー会社の店員の対応はきびきびとして効率のよいことアメリカ並み、大西洋の向こうから取り入れたのは行儀の悪い室内でのサングラス着用だけではないと見える。借りたのは闘争的な小型のルノー5、サンルーフ付きマニュアル車、馬力よりもすばしこさ重視で当面の仕事にはうってつけであります。

ホテルの部屋はわざとそのままにして外出し、新たに車を借りて狭いサン゠マロ市内の通りを縫うようにもどるさい道をまちがえたのは、たったの一度きりでした（気がつくとそこは濡《ぬ》れた石畳の中庭、集合住宅内のちょっとした広場でどの窓も鎧扉《よろいど》に閉ざされ朝陽を跳ねかえしているさまは居住者全員が喪に服しているかイスラムもしくはヒンドゥー教のご婦人が慣習にのっとり人目を避け暮らしているかのようだった)。精算という行為、あるいはその他もろもろの金銭にまつわる取引がフランスでなされる場合に帯びる色調声調というのはさまざまで——敏活に、唐突に、貪欲《どんよく》心剝《む》きだしに、妙に馴《な》れ馴れしく、こっそりと、邪険におこなわれながらも、ほとんどの場合まず抜きにして語ることのできないのがガリア人特有の熱心さであります(そのひとつのあらわれとして、フランス人は欲深いと先ほど述べたものの、レストランの請求書における水増しやごまかしには私自身一度も出会ったことがないし、話として読んだことも聞いたこともないいっぽう、材料の横流しや拝借が厨房《ちゅうぼう》では当然のごとくおこなわれている——期せずして深い賞賛の念をなにものにも代え難い金銭の重みに対して抱いていることの証《あかし》でしょう)。今回のそれは、宿の女将《マダム・ラ・プロプリエテール》に勘定《ラデイシオン》を支払うというものでありました。彼女が見せたのは気だてはよいながらもガリア人として金銭に執着しないわけにはいかないわという態度——それが明らかになったのは勘定を受け取るさいの穏やかな笑顔にさも満足げな流し目の陰のかすかによぎったときで——印象としては売春宿の女主人が馴染みの上客を丁重に扱いながらも相手特有の趣味にくわしい自分を隠さずにはいられないといったところでしょうか。

スーツケースをのせ、ドアを閉め、運転席に身を落ち着けて助手席には地図を広げたところで、ウイングミラーに目をやり、道路をはさんだ向かいのホテル入口の様子を見張りはじめました。今日のドライブはおそらく海岸沿いを西へブルターニュの旅となるはずで、北東のノルマンディー地方に向かうことはないでしょう（この地を旅するさい忘れてならないのはノルマン人たちの食卓に欠かせぬ北方の産物である生クリームとリンゴが厳しい冬と過酷なまでに果てのない闇夜《あんや》とをいまなお鮮烈に呼び起こさずにおかない点、それが古代スカンジナヴィア人たちを突き動かし温暖なより予測のしやすい気候風土へと向かわせたのにちがいありません）。モン＝サン＝ミッシェルも華やかさの色褪《いろあ》せたノルマンディー海岸の保養地も、褒め称《たた》えすぎが実に好もしく思われるのはプルーストの場合ですが、今回の私には関係がない。それでもまず最初に通過する予定のディナンなどはイギリスならば零落と放蕩《ほうとう》のリゾート地にしかなりえないであろうところ、フランスにおいては筋の通った（分別ある一時的な）堕落のもとに成り立っている感がある。なるほどフランス人が賭博《とばく》の概念を発展させたというのもうなずける話で、カジノ（イタリアではそもそも売春宿を意味していた言葉です）なるものを通し、種類、枠組みという得意分野を彼らは運任せの世界にあてはめ、偶然性から科学を、確率の分類学を、狂喜や絶望といった人間感情のうえに築きあげている。その過程で儲《もう》けることも、当然のことながら忘れていない。サングラスにきらりと朝陽を受けながら私は運転席ですわりなおしました。通りの向こうには荷物を重たそうに抱えたネッカチーフ姿の朝市帰りのご婦人がひとり。

ご紹介した献立の内容はこれまでのところオムレツと仔羊股肉《ジゴ・ダニョー》のローストの二品、少し《トライフル》重たいですね（「少し《トライフル》」という言葉はクリーム菓子《トライフル》にはまったく不似合いな言葉だとは思いませんか？）。デザートとして合うのはすっきりとさわやかで軽くてキレがあって明るくて、プッサンの画風の優美さと品のよさをややミケランジェロ的凄まじさ《テツリビリタ》漂う前の二皿に添えてくれる一品。個人的な好みとして桃の赤ワイン漬けを挙げたのは、シンプルかつ端的であるというその特性が進化の果ての複雑性ともなりうるからで、もっとも洗練された美しい装《よそお》いのひとつとして主張できるのがその原点にして頂点ともいうべきシンプルな黒のドレス《リトル・ブラック・ドレス》通称１ｂｄであるのとそれは同じこと、これを着た女性はひときわ目立って優美の極み、たとえ状況が都会的でありふれていようとも、劇的なほどすべてをさらけだした公の場においての内輪もめという、たとえば、そう、ホテルからあらわれ待たせておいた車に乗りこむのにバッグをふりまわしながらスカーフを撥《は》ねのけるがごとく肩越しになにか言い捨てる女性を追いかけて、息を弾ませ四苦八苦の体でスーツケースを抱え車に積みこもうとしてはたと足をとめる相手の男（愛する彼女はすでにまたホテルのなかで、すばしこいことさながら舞台の袖《そで》に姿を消す妖精小僧《エアリアル》）の姿は、指導力をも問われる問題解決演習の場で陸軍士官選考委員会の面々を前に思案するテスト生のそれさながら——板数枚、ロープ一本、部下数名、この峡谷、さあ、どうやって橋をかける？

桃は人数分用意し、熱湯に三十秒間つけてから皮をむいて、種をとる。

ひとりグラスに一杯ずつ赤ワイン、好みによってはソーテルヌを注ぐ（はいはい、私はソーテルヌ派）。スライスした桃を浸しながら食べる。甘党には砂糖を添える——嗜好は論ずるにあたわず《デ・グスティブス・ノン・エスト・ディスピュターンドゥム》。

「桃を見るとお兄さんを思い出すと、前におっしゃいましたわね」とわが伝記作家が問いかけてきたのは少し前のこと。覚えていないふりをしておきました。産毛《うぶげ》のような細かな毛の生えたこの果物を見ると愚兄を思い出すというのはたしかに嘘《うそ》ではなく、不幸なその事件が起きたのはまだふたりとも幼かったころのこと——あわや毒殺か、となったそもそものきっかけは料理に興味を持ちはじめ、またひとつ試してみたくなった私が桃と桃の種からつくったジャムで後者に含まれる安定した化合物シアノーゲンはのちに判明したところによると特定の酵素との接触により（あるいは、そう、たとえば乳鉢で擦りつぶすなどすると）分解して世に名高いシアン化合物となるのでありました。桃は家族で休暇を過ごしていた夏にコテージ近くの木から文字通り落ちたもので、枝から地面に落下するさいには「ぽとり」とまさにその音が聞こえたかのよう、私が堪えきれず試してみたくなったジャムづくり、保存食品づくりの基礎の基礎であるその方法を教えてくれたのは北国の台所の昔ながらのやりかたを熟知したジャム、ピクルス、調味料などありとあらゆる種類の保存食品博士にしてその熱烈な愛好家でもあるミッターグだった。愚兄は激しい腹痛に襲われたものの——すでに述べたとおり生来の桃好きが祟《たた》って——命取りにはならず(生きながらえたわけですから)それでも医者《メディサン》はきまじめな顔にアンジュー公の浅浮き彫りを思わせる力を秘めた悲痛さを漂わせ、四十八時間のあいだ気を揉《も》みつづけたのは母も同じだった。なんら非難される謂《い》われはありません。ご参考までに記しておくと、犯罪映画でよく耳にする決まり文句は誤りで、アーモンドのにおいがするのは青酸カリそのものではなく青酸カリで中毒死した死体のほう。似たような毒性を持つものとしては、ほかに煎《い》ったりんごの種というのがある。

いつだったかバーソロミューを前に東洋の芸術が西洋のそれに与えた影響について語り——彼の下手くそな絵や彫刻など、もとより念頭にない高尚な議論であったことはいうまでもありませんが——やはり東方からもたらされた植物や野菜のそれと同じでこれはおよそ計り知れない、大規模な歴史的変動や戦争や革命や民族大移動その他すべてを凌《しの》ぐものがあるという点を説明したことがある。考えてもごらんなさい、たとえば桃の歴史をひもといてみると原産地は中国であったのがペルシャ人によって西へもたらされ（それゆえ学名*Prunus persica*となるわけですが、アレクサンダー大王が種々の略奪品とともに隊列に忍ばせて持ち帰ったという余説もある）、さらにそれをローマ人たちがヨーロッパ〝本土〟へと持ちこんだ。歴史をのぞきこむことは深淵《しんえん》をのぞきこむこと。歴史的見地からジャガイモをきちんと理解するためには、たとえばまず原産地ペルーへ飛ばねばならず、ここでジャガイモにまつわるなにもかもが史上もっとも高度な文明（海抜のことです）においていかに重要であったかは当時のインカ文明における時間の単位がこのイモ一個の調理時間に基づいていたことからも明らかだし、それが一五七〇年代にヨーロッパへ伝播《でんぱ》、主要作物となった理由は植え付けや栽培が容易なうえ炭水化物およびビタミンが豊富という具合に自給農業に適していたためで、人間の食べ物ではないと一時フランス人が食糧として認めることを拒否したのはジャガイモこそがハンセン病の原因と広く信じられていたからであり、アントワーヌ＝オーギュスタン・パルマンティエなる農学者がこの迷信をどう打ち破ったかというとプロシアで服役中にポテトスープなるものを知り帰国してその味を広めるや大人気、ルイ十六世に仕える廷臣たちのなかには襟《えり》にジャガイモの花を飾る者まであらわれたほどの、その大流行の仕掛け人である男の名はいまなおパルマンティエ風ポタージュあるいはクレープ・パルマンティエという名に残されているわけですが（本人はそのものずばりに自分の名を残したかったように思われる節があって――ベンジャミン・フランクリンを招待しての晩餐《ばんさん》ではジャガイモ尽くしの献立を考えだしている）、話を先へ進めて十九世紀、この塊茎が悲劇の極みを迎えたアイルランドでは、さまざまな利点ゆえ事実上の単一栽培となってしまったがために飢饉《ききん》を引き起こす一大要因として夥《おびただ》しい数の人命を奪っている――こうした歴史を真に理解しようと思ったら、ジャガイモをひとくちかじるごとに灰の味が口のなかに広がって食べるどころではなくなってしまうでしょう。しかるに、むろんのこと、われわれは多少なりとも理解をしたうえで、相変わらず食べつづけているのは世界のどこかで餓死もしくは助ける手だてがないわけではないのに病死してゆく子供がいまも数秒にひとりいるという現実を知りながらも少しも臆《おく》することなく脳天気に無為の毎日を過ごしていくことができるのと同断である。これらの事実を忘れること、無視すること、眼をそむけて自分本位になることが文明生活を送るためには欠かせないのだ。「文明化した行為はひとつ残らず野蛮な行為である」――ジャガイモで思い出し、また寛容なそれの誘惑に負けて即座に忘れがちな事実であります。

予想どおり、午前中に向かったのは西の方向、ブルターニュ地方のこの一帯で眼に入るのは入江と大小さまざまな湾ばかりで、アベールと呼ばれる独特の細長い入江を流れる水は冷たく速く、浅瀬に押し寄せる潮流もその勢いでフランスの心臓部を貫かんばかり。入江や狭い湾の幾重にも連なる土地に孤立感が漂うのは避けがたいことで、清閑なる田舎道に時の流れは淀《よど》み人々の暮らしも麦畑の合間にひっそりと佇《たたず》むのみ。ブルターニュ地方というのは、見ようによってはコーンウォールの縮尺模型と思えなくもない——一・五倍につくられたこちらのほうが空も広く大きく、石垣や生け垣のつくりも大まか、木も数が少ない代わりに背が高く、大西洋もより広く荒々しく感じられる。そして入り組んだ独特の海岸線、これがどこまでも果てしなくつづいているようで目眩《めまい》がしてくるところはまさにフラクタル図形。半島の海岸線三千マイル一周の旅は西端の町ブレストから北京《ペキン》、あるいはマラケシュからダーバンまでの大陸徒歩横断旅行に匹敵するのではあるまいか。いわば現代版「ゼノンの逆説」で、近づけば近づくほどその距離は厖大《ぼうだい》に感じられてくる。

車窓に広がる風景はビート畑、放牧地、そして驚いたことに一度ラヴェンダー畑という場違いなものまで眼にして、まちがいなく青紫色であると意識するまでに要した時間が一、二秒、途中、脳内で神経細胞がそれはどう考えてもありえないと抵抗するのでありました。そういえば以前、ノーフォークのコテージからロンドンへもどるさい——ひとり有意義な週末を過ごしたあとのことですが——必要書類の入れ忘れに気づいたことがあった。コテージの戸締まりはすませて電気も消し、でもまだ車には乗りこんでいないライトも点《つ》けていないという状況。真っ暗な家（陰雲たれこめ月もなくあたりは全き宇宙の闇《やみ》）にもどりたくないという思いが、そのとき急速に指数関数的に脹《ふく》らんでいった理由は明らか——幽霊を見るのが怖かったのです。といっても、恐怖心の対象は幽霊そのものではなく——亡霊になにができるかといえば、あらわれることだけだ、でしょう？　それ以上、彼らはなにをする必要もない。つまり、よくできた恐怖映画のクライマックス（ミイラが先祖の呪《のろ》いを背負って出現したり頭のおかしな男が病院を逃げだしてチェーンソーをふりまわしたり）を思い描いていたわけではなく——そうではなくて、怖かったのは、ありえないなにかを眼にすること。人が幽霊を怖がる理由は実はそこにある。幽霊など存在しない。なのに見えたとしたら、それはいったい？

　ブルターニュ地方で広く昔から信じられてきたのが、超自然の掟《ロウ》。いや、言い伝え《ロア》であります。幽霊の、その世界で果たす役割にはいわゆる兆《きざし》や予言や戒めに匹敵するものがあって――縁起の悪い亡霊出現のこれだけ顕著な神話なり伝説が他に見られるだろうか。これはつまり、死者と生者は互いに行き来が可能であるとブルトン人すなわちブルターニュの人々が感じている証拠にほかならず、そうした意識が文化の隅々にまで行きわたり醸《かも》しだしている雰囲気は気味が悪いとしか形容のしようがないわけで、彼らの意識する予兆といわゆる不吉な予感とが妙に似通っていることはいうまでもなく、そう感じたときにはなにかしら災いが、ほつれたアラス織りのような日常の背後にすでに迫っていることになる。古代ローマ人もまたその道に決して疎《うと》くはなかったことを考えると、その暮らしは慢性神経症的状況にあったにちがいありません。遠征に向かうべく扉から一歩外に出るたびに凶兆と出くわすのではと彼らが恐れていたのは、たとえば一羽のワタリガラスであったり、映るはずのないなにかにちらと見えた自分の姿であったり、単にひとひらのよくない形をした雲がよくない速度でよくない方向へ流れてゆくという事象であったり。とはいえ、おそらく予感を抱くというこの意識構造と芸術のそれには相通じるところがあって、後者を支えているのもやはり暗示や閃《ひらめ》き、それらの積み重ね、しだいに脹れあがる虫の知らせ的感覚のまたの名が「意義」ということになる。

と論じるならば、ブルターニュ文化を特徴づけるもの、それは「死」。ブルターニュにまつわるものすべて――妙な綴《つづ》りの名前や、独特とされながらも他所者《よそもの》には事実上識別不可能な人々の心理、海産物およびパンケーキの類《たぐい》に見られる食文化のちがい、ワインおよび特産チーズの不在、特有のブルトン語に見え隠れする全ケルト系言語との共通点、すなわち地名によくある「ケル」や「カル」や人名のジャンにあたる「ヤン」などが美しい海に浮かぶ珊瑚礁《さんごしょう》さながら遍《あまね》く広まった透明なフランス語世界からその姿をのぞかせているにもかかわらずパロディめいた観光客向けという形ばかりの役割しか与えられていないのは、たとえば道路標識が二つの言語で表示されているのを見ればわかるとおりですが――そうした表面的なものは、どれもみな衣装係からの借り物で、それらを身にまといなにを描き出そうとしているかといえば（描出がすなわち隠伏の役目を果たすことになるわけですが）それはブルターニュの本質的な姿、つまり現世と来世はかけ離れたものでは決してなく行き来も自由であるという感覚にほかならないかのよう。どこか滑稽《こっけい》ながらも恐ろしい顰《しか》め面《つら》をしたブルターニュの死神アンクゥに比肩しうるほど鮮烈かつグロテスクな真に迫った死のイメージといえばメキシコのそれをおいてほかには考えられません（色彩といい、キリスト教伝来前の名残ともいうべき酷《むご》さといい、祭《カーニヴァル》といい――これはカルネ・ヴァレ、すなわち肉体よ、さらば、の意ですね）。どちらの文化も同じく死を祀《まつ》り具現化するそのエネルギーをもってして、いかにも異教徒的な感謝の念、差し迫ったいまこのとき生そのものに対する賛美のあかしとしている。換言するなら——有史以来、実際問題として、死後の世界の存在を本気で信じた人間がどこぞにいたであろうか。パーソンズ・グリーン駅で電車に轢《ひ》かれたミッターグはその瞬間「まだ終わりではない」とひとりごちただろうか。いいや、そうは思えない。

道端の草むらに車をとめ、残る数百ヤードは歩いてケルナヴァルの囲われた教会《アンクロ・パロワシアル》へと向かいました。教会と聖像と納骨堂とが囲いのなかで一体化したアンクロはブルターニュ独特のもの、これはその典型といえましょう。訪れた者がまず眼にするのは中庭へと通じる立派な門——高いアーチの上にさらに円柱と三つの小さなアーチがのり高欄には精妙な彫刻がほどこされている。全体をとりまくように賑々《にぎにぎ》しく並ぶ彫像は聖書の流れをたどるべく左から右へ——アダムの肋骨《ろっこつ》から生まれるイヴ（アダムはひげを生やした穏やかな顔、イヴは無表情でお下げ髪ふう、ふたりを見て雌牛や羊、野のあらゆる獣たちは驚愕《きょうがく》している）、ソドムとゴモラの滅亡、具体的に説明するなら退去するロト一族として描かれているうちの三人は手をつなぎながら右へ行くに従い大きくなり、背後にうずくまる形の定かでない小さな塊はおそらく後ろをふりかえり哀れな姿となったロトの妻（どんな些細《ささい》な行為でも逃さず人間を描いているのが旧約聖書であります)、つづいてノアの箱船――小さなたらいのような船に乗っているのは察するところ山羊《やぎ》と豚と雌牛(またか)と縮尺を誤った象、被《かぶ》りものをして牧杖《ぼくじょう》を手にした羊飼いらしき人物はおそらくノア自身、次なる場面は当然のごとく誇らしげな勇ましい姿をしたユディトが(アダムのように眼を閉じた)ホロフェルネスの首を高くかかげているところ、そのとなりで小男たちが棒に下げてかついだ箱を前にはしゃぐ人物は――察するに契約の箱を見て小躍りするダヴィデ、そして太り肉《じし》の女が石の籠《かご》に眠る大きな赤ん坊をのぞきこんでいるところ、これは葦《あし》の茂みにモーセを見つけた洗濯女。

正門の向こうには――いってみればこれは凱旋門《がいせんもん》ですが――低い塀で囲われた中庭兼共同墓地、その奥に教会の建物が見える。左手にうずくまるように立っているのは花崗岩《かこうがん》でできた庇《ひさし》付きのずんぐりとした建築物――いかにも実用本位で「汝《メメ》、死を覚悟せよ《ント・モリ》」と迫るそのつくりから納骨堂であることはすぐにわかります。塀に囲われた一帯が亡《な》き祖先たちによって治められていること、境内が彼らの領地であることをこの納骨堂は物語っておりました。遺骨の注視する前で捧《ささ》げる祈り。この一郭に秘められているのはいうまでもなく、われわれの一挙手一投足には祖先が宿っているという事実――たとえばコップを手に持ったり炉額の埃《ほこり》を払うといった日頃のなにげない動作のなかに自分の父親なり母親なりのほんのちょっとした仕草が知らぬ間に見事に再現されていることに気づいてはっとした（動作の途中で〝はっとする〟数少ない瞬間の典型）ことのない方はいないでしょう。さらに、おそらく、これは極限状況に達した場合にも当てはまることであって、唸《うな》りながら（あるいは叫びながら、呻《うめ》きながら、吠《ほ》えながら、ニャアと鳴きながら）射精する瞬間の声もまたそっくりそのまま、自分自身の発生時に自分の父親が発した聞いたこともないはずの音と押韻《おういん》しているのかもしれない。

ケルナヴァルの教会そのものは、門の立派さには及びません。どうにもバランスが悪いのです。急勾配《きゅうこうばい》の屋根と長方形の巨大な壁の結託して重力を無視しようとする試みは失敗に終わっているし、（屋根の勾配のせいでひしゃげたように見える）竪子《たてご》入りの窓の上に並ぶ彫像も前述した旧約聖書物語の彫像群の域に達していない、その理由はひとつにはそれらがなんの話も伝えていないからで——新約聖書の登場人物にその象徴となるなにかを持たせ、並べただけ（取税人であったマタイの手には集金袋、聖母を描くルカには絵筆、といった具合に）。「なにかに見せかけようとして、そう見えないときの石がいちばん石らしい」、ひとつも流れるような曲線になっていない彫像の長衣について愚兄バーソロミューがいつだったか口にした言葉です。早い話が、この石像は命を吹きこまれるところまで行っていない。作者は途中で死んでしまったか、首になったか、制作に飽きたか、それともただふらりと、道具袋を手にロバを連れ、馴《な》れた手で撫《な》でれば吠えることもない依頼主の番犬の前からこっそり誰に見送られるでもなく巨大なボウルを逆さにしたようなブルターニュの夜の闇へと姿を消してしまったか。私が作品の題材としているのもまた別れと不在、この謎《なぞ》と決して無縁ではありません。

このときの私は、なかなか教会へ入る気にはなれなかった。朝、たくさんあるうちのどの鬘《かつら》を着けようかと迷っているうちに時間がなくなり、結局チャコールグレイのソフト帽を被っただけで出てきてしまったからであります。半世紀も前のいわゆる「イーリング喜劇」で役者が被っていたような——よれよれだけれども洒落《しゃれ》た帽子の感触が悪くない、いまの私の頭はつるつるに剃《そ》った禿頭《はげあたま》。教会へ入るとするならば敬意を表してこれを脱がねばならない。当然のことながらできない相談であります。しかも私より少し前に入った彼らがもういつ出てきてもおかしくない。いずれにせよ教会内で興味の対象になりうるものといえば、どこぞの戦いで勝利を収めたどこぞの伯《はく》爵《しゃく》の時代錯誤にして抽象画めいたタピストリと装飾過多の祭壇にかけられたいかにも神聖ぶった説教くさい刺繡《ししゅう》くらいのもので、これに描かれているのはライオンとともに横たわる仔羊《こひつじ》やら鋤《すき》の刃にとらえられた剣やらなにやら。おまけに空間として見た場合、バランス感覚を欠いているのは内部もまた同じなのです（「じゃないか、え？」とご機嫌だった愚兄の、それを口にするタイミングはいいとして執拗《しつよう》にくりかえしていた理由がいまもってわからない）。すなわち構造の基本に対する認識が欠如している。私自身についていうなら、比率のなんたるかはドライ・マティーニにより習得済みであります（マティーニにパールオニオンを加えればギブソンに早変わり。カクテル名の分裂増殖ぶりにはルリタニア王国軍の階級を思わせるものがある）。基本は主要成分（ジン）、補助成分（ヴェルモット）、装飾品（レモン・ツイスト、オリーヴ）の三つ。比率とリズムの、これが大原則であり、カクテルづくりから料理、建築、彫刻、陶芸、洋裁に至るまで造形美術全般にこの法則は適用可能。覚えておくといいですよ。

入口に立ったままというのはいかにも愚か。ひと休みして昼食とすることにしました。アンクロの向かいにはホテルが一軒、外に六脚ほどテーブルが並び、パスティスの宣伝用パラソルが花開いて突然変異した巨大キノコさながら七月の陽を浴びている（洗練された旅の愉《たの》しみのひとつは食事場所を見つけることですね。あったあった！　とひとり悦に入ることのできる瞬間。あそこなら申し分なさそうだ、と）。さっそく向かおうとして喘息《ぜんそく》気味のメルセデスをよけねばならなかったのは余命幾ばくもなさそうな運転手が広場を反対まわりに走ろうとしたからで、助手席にすわる「染髪」ブロンドの妻がミシュラン・グリーンガイド越しに睨《にら》みつけるその形相は必死だった。

フランス料理を語るさいに感情的になるなというのは、無理かもしれない。それも最高級のレベルのものとなると余分だの贅沢《ぜいたく》だのを云々《うんぬん》する余地がまずないのは、主としてそれらにより料理が成り立っているからであります。たとえば「鶏のトリュフ《ヴォライユ・トリュ》詰めアスパラガスバター〝エリゼ風〟さつまいもクリーム添え《フェ・オ・ブール・ダスペルジュ・ア・ラ・クレーム・ド・パタート・エリゼ・パラス》」といった一品は、考えうるパロディの最高傑作をもしのぐ領域にしか存在しえない——白い大きなコック帽をかぶった創造力が熱に浮かされて初めて生まれる料理。それはそれとして、またごく一般的なレベルにおいても料理の才でフランスに勝る国というのは、私の知るかぎりではなく、その才とはすなわち日常生活における美感の追究、知性の快楽への適用にほかならない。純朴なわが友人たちピエールとジャン＝リュックが——誇らしげに語尾をすべて切り落としたかのような無駄のない口調で技師さながら——自由勝手に話しだすのは話題が料理の腕、技に及んだときと決まっていて、この私が食通には不可欠な知識武装をおこなうことができたのも一部にはピエールのおかげ、牛の胃袋の正しい下処理法やら恐るべきらっぱ銃で兄弟がよく撃ち落としていた鳴禽《めいきん》のなかでも脳味噌《のうみそ》が食用となる種類の見分けかた、ウサギの血に含まれる凝固成分などについて伝授してくれたのは彼だった。招かれざる客としてよくわが家のプールへ遊びに来ていた隣人ウィロビー夫人が、ある日またしても招かれざる客として姿をあらわしたのはそのピエールとふたりしてちょうど断頭をすませたばかりのウサギを逆さにしていたときのことで、血を溜《た》めるのに使っていた間口の広い陶製の壺《つぼ》はカヴァイヨンの土曜市をのぞいたおりにダンガリーシャツ姿の女性陶芸家から購入したもの、（これもまた招かれざるふるまいの延長として）ウィロビー夫人が駆けこまねばならなかった化粧室《カビネ・ド・トワレット》から聞こえてきたのは、紛れもなく派手に嘔吐《おうと》する音でありました。

　デカルト哲学に基づいたこの享楽《きょうらく》主義（なぜデカルト哲学かというと、フランス人の快楽に対する態度というのは総括的全人格的エピクロス快楽主義的態度でおのれのそれと向き合う南洋の楽園生活のごときものではない、どちらかといえば深い洞察による心身二元論肯定の産物だからであり、そのいわんとするところは、然《しか》り、心と身体《からだ》はまったくの別物、それゆえわれわれは心力を尽くして身体所有の権を最大限利用せねばならないのである——人間を二元的存在として受け入れるという深慮の最たるものでしょう、たとえば出来映えも完璧《かんぺき》な若鶏のエストラゴン風味《プーレ・ア・レストラゴン》などは）——その享楽主義が現実面では昼食に二時間を費やしたり、定食に食べごたえのあるものを出す店が多いといった事象となってあらわれることとなる。〈オテル・ケルナヴァル〉の定食は七十五フランで選択肢には次のような中産階級《ブルジョワ》的堅実な料理の数々が並んでおりました——テリーヌ、パテ、セロリのレムラード・ソース、ムール貝のマリニエール［船乗り風］、ジゴ・ダニョー［仔羊の股肉《ももにく》］、馬肉ステーキ、タラのブランダード、ロブスター半身のグリル（追加料金五十フラン）、果物、チーズ、クレーム・カラメル、ムース・オ・ショコラ、クレーム・ブリュレ。愛らしく頬を染めた恥ずかしがり屋のウェイトレス相手にそれとなくこちらの意を押し通して案内させねばならなかったものの、教会とその前の駐車場が見わたせるテーブルをどうにか確保することができました。

注文したのはクレソンのスープとレモンガレイのグリルと——ブルターニュには特産のワインがない、といってリンゴ酒《シードル》はくつろいだいまの気分にはいささか簡朴にすぎるので——ベリー地方の白ワイン、ムヌトゥー・サロンを年増《としま》の独身女性さながらハーフ・ボトルで頼み、地元産の（航空海上救難標識色つまり真っ赤な瓶入り）ミネラルウォーターで流しこむことにしました。

若夫婦が手に手をとり、教会から姿をあらわして納骨堂へと向かう。

タイミングよく出されたクレソンのスープの、もとの姿からは考えられないとろりとした舌触り、これはそうしょっちゅうお目にかかれるものでありません。スープのなかには意外なほどコクのある味わいを醸《かも》しているものがあって、豊かな風味と、そして舌触りもまた濃厚なことの多いこの類を挙げるとするなら——たとえばアーモンド・スープ、青豆のスープ、ラビッジのスープなどなど。これらのスープはいわば金線細工さながら繊細な細部の積み重ねがひとつに溶け合い力強い効果を発揮している芸術作品（特に愚兄のそれのことをいっているわけではありませんよ）のようなものといえる。

ホテルのレストランはすでに大半のテーブルが埋まった状態でした。洒落た革パンツ姿のとなりのカップルはBMWのナンバーから察するにどちらもパリっ子か、青春まっただ中というほど若くはないにせよ、グッチのバッグは彼のほうが彼女のそれよりもやや大きめ、ロブスターを注文するか否《いな》かでもめている。はにかみ屋のウェイトレスの頬は店内盛況となったいまや大奮闘のため真っ赤に染まり、ブロンドのノルマン人ならではの肌の白さと溶け合って見えるさまはノーフォークのわがコテージ近くで見かける下校途中の自転車に乗った少女たちとそっくりです。若夫婦はすでに凱旋門へと移り、まだ手をつないだまま今度は彫刻群に見入っている。話をしているのは主に彼女のほう。

レモンガレイは過小評価されている、仲間のドーヴァー舌平目《ソール》には及ばないまでも世の標準とされる見識がごくふつうに考えるよりは質の高い魚ではないかと私は思うのですが——この一尾にかぎっていうなら、申し分のない新鮮さが焼き加減のほんのわずかな狂いにより損なわれてしまっていた。付け合わせは美味なるポテトフライ《フリット》、つづいて可もなく不可もなくのグリーンサラダ。空模様は午前中いっぱいすいすいと流れていた雲がここへ来て寄り集まり陽光を遮《さえぎ》って時おり五分、十分と涼しく翳《かげ》ることがある。いろいろな形の雲を指さして見せるのは例によって「世界一の母親」病発作に襲われたときの母のお気に入りだった。見て、お馬さんよ。羚羊《アンテロープ》よ。カンタロープ「メロン」よ。狼男《ルー・ガルー》よ。すずき《ルー・ド・メール》よ。くだらない《サル・ヴワイユール》。偽善者《イポクリット・レクトウール》め。

魚のあとはクレーム・ブリュレ。これは、このような姿で「焼きクリーム」などという名がついておりますが、もとを正せばイギリスのプディング、とはいっても、むろんカスタードはヨーロッパ全土に見られる現象であり――たとえばキッシュは塩味のカスタード、紀元一世紀にまで遡《さかのぼ》ってローマの美食家アピキウスによる「パン・チーズ」なるもののレシピが残されている。若かりしころの（そう昔のことではありませんよ、いっておきますが）愚挙を語ればかならず湧《わ》いてくる愛《いと》しさともの悲しさの入り交じった思いで、わが共同制作者相手にも話して聞かせたのですが、みずから耽《たん》美《び》期と名付けるに至った一時代にこんなことをしたことがあった。発想はユイスマンスからの無断借用、つまり、なにからなにまで黒一色のメニューをつくりあげてみたのです。ほんのいっとき大学に在籍していたころのことで、二学期を終えると、もう私の姿はそこにはなかった（あの騒々しさ、おまけにあの連中ときたら）。寮の部屋はありきたりな七角形で、ケンブリッジ大学でも名のあるカレッジの一角にある建物もありきたりな七角形、その部屋もまた（人権侵害が疑われる校則のひとつふたつをそれとなく破って）黒一色に塗りかえたあとでした――ベッド、シーツ、家具類、ランプ、電球、どれもみな真っ黒に。

「ニューヨークで泊まった流行のホテルがそんな感じだったわ」みなまで聞かずに話しだす対談者の短気とひとりよがりは経験不足にはつきもので、表面的にはどう見えようと相手を軽んじているしるしでは必ずしもない、どちらかといえばその人間に対する興味が募りすぎ、強火で放っておいた鍋《なべ》のなかのミルクさながら瞬時にして噴きこぼれた結果と見てかまわないでしょう。「最先端を行くホテルで――ライトをつけてもなにも見えなかったくらい」

黒の部屋で黒のベルベットに身を包み黒ネクタイを締め――生来その色で細工は不要のランの花を一輪ボタンホールに差し――黒い食材のみをもちいて用意した食事とは――黒トリュフを散らしたイカ墨パスタ、黒ブーダンの黒チコリ添え。デザートで強調したかったのは企画の核ともいうべき創作性、これは芸術、酔狂、気まぐれへの賞賛にほかならない、過酷な現実としての自然や死に相対するものであるということを強調するためにデザートとして供したのは、真っ黒なクレーム・ブリュレでありました。飲み物は当然のことながらブラック・ベルベット、伝統的クラブの礼儀正しさと九〇年代的〈カフェ・ロワイヤル〉的組織的耽美主義を掛け合わせたいかにもイギリス的な念の入ったあの飲み物を教えてくれたときの父のやりかたは例によって洒落ていて、場所はダブリンのホテルのバー——〈シェルバーン〉？〈グレシャム〉だったか？——そこで父は「うまいギネスがもったいない」という伝統的罵詈《ばり》を避け、強調したのはこれをつくるならば黒ビールは〈カレッジ・インペリアル・ロシアン・スタウト〉にかぎるという、そのスタウトは入手困難、芳醇《ほうじゅん》にしてコクがあり甘みがあり、いわば生きる喜び《ドウスール・ラ・ヴィ》そのもの、フランス革命期に活躍した政治家タレーラン＝ペリゴールによれば革命以後に生きた人間でこの喜びを味わった者はいないとか（タレーランは専属料理人との話し合いに一日一時間をかけたといわれ、一時期これを務めたことのあるのがかの偉大なる料理人カレーム。名外交官が名料理人に石炭ストーヴの危険性を指摘したところコック帽をかぶった天才は、創作の世界に生きる者すべてに代わってと明言してよいでしょう、こう答えたという——「人生短いほど名声は長く残るものです」）。

腕によりをかけたこの席に一時間半遅れて到着したバーソロミューは仕事場から直行したらしく（指定した服装規定《ドレス・コード》を破っての）仕事着姿《つなぎ》で第一声はこうだった——「な

んだこりゃ！　誰か死んだのか？」

自意識過剰で相手の落胆もなんのその、凡人ならではの現実主義的物言いでかまわずあからさまに私意を口にするところが愚兄らしい。物事を額面どおりにしか受け取れないというか、微妙なニュアンスを読みとる繊細さの欠如した荒削りな実利主義により功を成した部分が愚兄にはあって、彫刻作品を見てもこれは明らか（批評家たちはひとりとして気づいていないようですが）、作品の感触や手触りよりも（これもまた少々荒削りといえるかもしれませんがね、明敏な眼力をもってすれば）作品の存在自体にそれがよくあらわれているというものだ。すでに述べたとおり、能もなければ芸もなく、盲目的かつ無頓着《むとんちゃく》にしてまるで無自覚に殺人事件現場を人に案内してまわる警官の無粋を思わせる無神経な恬《てん》とした満足感のようなものが完成された芸術作品なるものには例外なく感じられる。換言するならばシェイクスピアの『テンペスト』に登場するプロスペロー——博識の、疲倦《ひけん》した、お人好《ひとよ》しの超能力者プロスペローは創造主の代弁者とされているけれども、ひょっとしたらその真の姿は辛辣《しんらつ》で醜く御しがたい詩人キャリバンにもっとも正確なかたちで映しだされているのかもしれません。

偶然ながら私が昼食のためひと休みしたこのブルターニュの小さな町ケルナヴァル（歴史的現在という時代遅れになりようのない幻想にいっときでも身を委《ゆだ》ねる用意が

読者諸賢《みなさん》におありなら、私が昼食のためひと休みしている、といいたいところですが実のところこれを口述しているのは半島南西部にあるロリアンのホテルの、ヴェネチアン・ブラインドに窓外で揺れる黄色い明かりが痙攣《けいれん》発作を引き起こす実験さながらちらちら明滅して見える一室）——この町には同時期に愚兄の描きあげたぞんざいな絵が何点か展示されているのです。年代的にはちょうど彫刻制作に没入する前の作品。飾ってあるのは地元の小さな現代美術館で、ずんぐりとした十九世紀のその建物は広場の奥に位置し、なんとも妙なことに地元の誇りと価値判断の誤りの非現実的ドン・キホーテ的に混ざり合った結果（こと英語圏の芸術作品に対する評価となるとフランス人が大いなる気まぐれを発揮するのはジャック・ロンドン好きのロシア人に負けず劣らず有名な話ですが）、愚兄の名が、この美術館にはついているのですね。議会での派閥抗争が眼に見えるようだ——町長一派がパスティス片手に結束、その義弟にして不倶戴天《ふぐたいてん》の敵でもある野党共産党のリーダーは仲間とリンゴ酒《シードル》をあおりながら奸計《かんけい》をめぐらせ最終的には勝負は換気不足の大時代《ル・スティル・ポンピエ》的な市庁舎内で引き分けに終わり、妥協の産物としてすなわち美術館にはバーソロミューの名を冠することとなった。その収蔵品のなかでも見どころとされているのは、アンクロの凱旋門《がいせんもん》に「インスピレーションを得た」といわれる——なんという愚兄らしい自惚《うぬぼ》れ、おのれの作品の由来を語るに桁違《けたちが》いが誰の眼にも明らかな卓絶冠絶の偉業を引き合いに出してはばからぬとは——これは絵画の連作であって、使徒および福音伝道者たちを描くのに用いられているのは一般的な肖像画法ではなく現代風に解釈した各人の身分証明書代わりとなる事物そのもの——ペテロの漁網、ルカの絵筆、マタイの計算機、ヨハネのなにやらなどがどれもいかにも衝動的に投げ出された人生の重荷の雰囲気を漂わせ、弟子たちがそれまでの生活を捨てキリストについて行った経緯を表徴している。

若夫婦が美術館から出てきて、最後にもう一度凱旋門を鑑賞すべくアンクロのほうへともどっていきました。遠くから見るとアーチはくねくねといまにも動きださんばかり、感覚ある生き物、命あるものが一瞬にしてヴェスヴィオの火山灰を浴び固まったかのような建築様式は「氷結した音楽《フローズン・ミュージック》」というより「無駄のない映画《ソリッド・シネマ》」。広場の端を駐車場へと向かうのにふたりが辿《たど》った歩道は、狭いことこのうえなく壁にへばりついて、車が苦労しながら横を通り抜けるたびに邪魔をして申し訳ないと謝っているかのようでした。

カレーを主題とした午餐《ごさん》

現代のイギリス人の暮らしにおけるカレーの役割というのは誤解されがちである。これ（カレーのことです、現代のイギリス人の暮らしではない）をフランス人がよく口にするところの懐古趣味《ル・スティル・レトロ》のあらわれだと見る人が多いのですね（フランス人が好んで使う俗語はいわば包含と除外のプロセスを合理化するための一手段——あからさまにではなく少しずつ、さりげない蓄積効果により肝心な点のわかっていないことが部外者に伝わる仕組みになっていて、心の奥底で密《ひそ》かに打ちのめされつつも彼はオチが理解できない、なにを指しているかがわからないということになり、たとえばこのロリアンの立派な、三つ星でレストランにも星印のついたこのホテルまでは昼食をとった場所から数百キロ、それだけの距離を稼ぐことができたのは混雑しているうえに競争が激しく命懸けで料金も驚くほど高い高速道路《オートルート》は避けて整備された国道《ルート・ナショナル》網を利用したのと軽快なルノーの元気のいい走りっぷりに加え、好天が幸いしたことはいうまでもなく、みずから喜んで脱いだソフト帽のうえを風が吹き抜け流れゆく野や畑で刻々と姿を変える陽光の斑《まだら》模様は神の声に促されて揺れ動く人間の魂さながらでしたが——ここのホテルの支配人もまた、口語をうまく操る私の裏をかこうとしたのでしょう、「レストー」という言葉を使ってみたところが「そう《ウィ》、いい《アン・ボン・》レストラン《レストー》」とこちらもあっさり返したものだから一瞬その眼に敗北の驚きがよぎるのをポーカーのプレーヤーのごとく私は見逃しませんでしたね)。この見方によると、イギリスの食文化のなかでもカレーは時代に逆行した昔を懐《なつ》かしむ役割を演じていることになる。カレー専門店の急成長は世界史上結果的に敗北を喫したがために贈られた、いわば残念賞——大英帝国を泣く泣く手放して忘れたころ代わりに受け取った膨大な額の請求書の中身が実は街角のタンドーリチキン屋であった、と解釈されているわけであります。

事実無根。イギリス人の食欲史というものに主題があるとしたら、それは香辛料嗜《し》好《こう》、刺激的料理嗜好以外にありえません。もっと風味を、味蕾《みらい》にさらなる刺激を、と千年来はめをはずしてきた国民的欲求。偉大なる料理人カレームが書き残しているところによれば——摂政《プリンス・リージェント》の宮すなわちジョージ四世に招かれイギリスの宮殿に来てみると香辛料の使いかたがとにかく凄《すさ》まじいため「プリンスは日夜腹痛に悩まされることが少なくなかった」。考えようによっては、これは国民性に欠かせぬ一成分（!）、ウェールズ人の歌の才、ドイツ人の森好き、スイス人のホテル経営力、イタリア人の車に対する情熱と変わらぬ本能といっても過言ではないかもしれない。香辛料入りベーコン、バルバドス・ハム、ペッパー・ステーキ、香辛料入りミートローフ、キャベツのパプリカ煮――それ抜きにしてイギリス史は語れぬほどの国民あげてのスパイス熱をさながら低く流れる主旋律あるいは背骨《バックボーン》の打楽器音として、時という名の音楽もキッチンも日々軽やかに舞いさえずっている。というわけでイギリス人による香辛料消費量を見直してみると、厖大《ぼうだい》な量で使われているのが（特に）過大評価の対象となっているシナモン、過大評価がさらに深刻でいやな味とまでは行かないまでもそれに近いクローヴ、美味で催眠作用のあるナツメグとその同胞メース、香りゆたかなオールスパイス、華やかなパプリカ、歴史あるマスタード・シード、お馴染《なじ》みジンジャー、チリ（伝播《でんぱ》したのはヨーロッパが先、その後ポルトガル人がインドへ持ちこむという過程を経てこの真っ赤な果実は料理界屈指の影響力を持つに至った点をお忘れなきよう）、まろやかな味で私のお気に入り「東方のベッドは柔らかいからな」［クレオパトラとの恋に溺《おぼ》れるアントニーの台詞《せりふ》］のクミン、中東の思い出コリアンダー（語源はギリシャ語のコリス、微賤《びせん》のトコジラミとにおいがまったく同じであることを記念してつけられた名でありますか）、一か八かのカルダモン、誤解の余地なきキャラウエイ、けばけばしいターメリック――まだいくらでも挙げられる。

このスパイス熱は質の落ちた食材しか手に入らなかった時代にそれを隠すべく誤魔化すべく――特に肉の腐臭を消さんがために使われだしたのがそもそもの始まりである、という謬説《びゅうせつ》をよく耳にすることがあります。実にひどい、無茶苦茶だ。イギリス料理の主題は刺激自体を目的としたスパイスの使用にあって、とりわけ求められているのは――これが歴史的国民的嗜好に対する真の答えでもあるわけですが――酸味と甘みの融合。一三四五年にソーパーズ・レーン胡椒《こしょう》組合とチープ香辛料組合が合体したその日から一八三八年のウースターシャー・ソース商品化に至るまで、いや、その後もなおいっそう熱心にイギリス人は甘酢味というものをひたすら追い求めてきた。仔羊《こひつじ》にミント・ソースを添えて供する国民的料理を見れば――鞭打《むちう》ち好き、謎《なぞ》だらけのクロスワード・パズル好きと深く関係したイギリス人の理解しがたい倒錯嗜好とこれはフランス人には思われているようですが――わかるとおり。中華料理店で出される（当の広東《カントン》人たちには露骨にラップサップすなわちクズ料理呼ばわりされている）甘酢味の料理など過激な組み合わせが絶大な人気を誇っている理由は植民地時代懐旧の発作でもなんでもない、中世以前からの欲求がいまなお力強く息づいている証拠であり、いわば歴史の流れそのもの、イギリス人とくれば牛肉食い《ビーフィーター》だのクリケットだの国教会の聖公会祈禱書《きとうしょ》だのプロムスのラストナイト・コンサートだのとこじつけて無意味な解釈をおこなう必要はないのであります。

色合いが強烈で味もまた明確そのものという登録商標品系のソースやケチャップ、イースト発酵食品その他が全国民に熱狂的に支持されているのもやはりこの嗜好ゆえで、愚兄もたいへんな愛好家のひとりだった。こうした混合調味料は食料品屋へ行けばいつでもぎゅう詰め状態で棚に並び気をつけをして揃《そろ》ってこちらを向いた晴れやかな姿はおもちゃの兵隊さながら、バーソロミューもよく通っていた勤め人御用達《ごようたし》のカフェテリアのテーブルでもまた、瓶数本にかこまれた中央でプラスチック製トマト型ケチャップ入れに前の客の握り締めたあとがそのまま凹《くぼ》みになって残っていたりする。

そういえば、この点、もしくは似たような点を例によって自他ともに認める博学の士ならではの魅力を漂わせつつ、わが共同制作者に話して聞かせたことがありました。ふたりで夕食をとっていたときのことで場所は市内にある（リネンに銀食器の）高級インド料理レストラン——私はノーフォークから出てきたばかり、彼女はむろんのことスケジュール調整して時間をつくらなければ私に会いには来られません。交渉および話し合いはまだ始まったばかりで、それゆえこちらとしては外での食事をひとつの演出手段とすることにより雰囲気を——逆にそのような公の場で、つまり前述した男女間における熱力学の法則によれば外食がもたらすのは常に関係の進展もしくは後退であって決して安定ではないわけですから——より親密なものにしたかったのでありま す。レストランは支配者階級のそれらしく浮ついたところがまるでなく厳《おごそ》かに権威を感じさせる重厚な家具調度などが揃っていて、どこかのクラブを思わせる空気。二階が細長い窓の並ぶメインルームで、謹厳そのものの顔つきをしたタミル人の給仕が帝国の不滅、その真髄不変の神秘を物語っていた。

なにを話し合ったかって？ 天候のこと、似たような光線の具合ゆえ画家たちにともに好まれた南フランスとコーンウォール（コリュールとセント・アイヴズ）の話、カレーのつくりかたについて、人が好んで伝記を読む理由、伝記文学の誤伝性にまつわる誤見、エラスムスの『痴愚神礼賛《らいさん》』について、お互いに目のない骨董品《こっとうひん》屋の話、P・G・ウッドハウスの小説における詐欺師《さぎし》の役割について、サー・ジョン・ソーンの建築物について、「イギリス人はエキセントリック」とする見方をふたりともどれだけつまらないと思っているかについて、それから女性のファッションで彼女が呼ぶところの「ラ＝ラ・スカート」は私にはバレリーナの「チュチュ」のできそこないにしか見えないという話。

一皿めは《スターター》（妙にそのものずばりの呼び名ですね、プディングを最後の皿《フィニッシャー》とはいわないのに。そもそもデザートまで食べる資格のある人がどれだけいるのか？）自分たちで華やかなビュッフェから取って来ました。私が選んだのは香ばしく揚がったナスのフリッター、キュウリのライタ［ヨーグルト和《あ》え］を適量、それにポパダム［インド風パン］。

「小さいころ私、インド料理レストランが怖かったの。仔犬を食べさせるところだと思っていたから」そっと打ち明けるように連れがいいました。

「犬なら一度だけ食べたことがある。試しにマカオへ行ってみたとき――以来一度も行ってませんが。ルーレットで大儲《おおもう》けしましてね、なにか記念になる食事をしたかった。そこで夜、シャンパンは〈クリュッグ〉に仔犬のキャセロールでお祝いをしたんです。結果はいまひとつ――どちらもなんだか筋っぽくて脂《あぶら》っこくて。大きな釜《かま》みたいな器で出てきましたよ、『マクベス』の舞台で見るようなやつ。味はチキンに近かったかな。最高だったのは野菜の炒《いた》めもの。あれはけっこう、どこででも食べられる、超一流とまでは行かない広東料理屋でも。広東人にいわせるなら炒め物の妙これすなわち鍋の香り《ウオク・フレイグランス》だとか」

「犬なんて食べられないわ、私。吐いちゃう」

「刺激を好むたちでして《ジェム・レ・サンサシオン・フォルト》」

つづいてメルルーサを使ったターメリックがやや効きすぎのベンガル風魚カレー（彼）と、炭色のウズラ、いやウズラ数羽というべきか、黒い香辛料の衣をまとったすてきな姿で焼きあがったものに、半分無理矢理まるでインド料理らしくなく添えてあるのは刻んだレタス（彼女）。

ウズラを見て思い出したのはピエールです。

「プロヴァンスに小さな家を持っていましてね——たいした家ではない、小屋みたいなものです。夏はそこで過ごす。隣人というのが（いうまでもなく、十年以上前、イギリス人がはびこりだす前の話ですよ）なんとも魅力的な兄弟で、これがいや、とにかく素朴とにかく単純な、真のプロヴァンス人《エクト》——幸いにしてこちらも地元の言葉が話せないわけではありませんが、生かじりですが、カヴァルカンティを読んだおかげで。そのどちらかが時おり、捕まえたか撃ち落とした丸っこいものを持って家へやって来るわけです。覚えているのは、そう一度ピエールが小鳥を二羽携えて来たときのこと。このウズラより少し小さなやつだったな。それを腸抜《わたぬ》きしたときの光景は一生忘れられないでしょう、片手でぐいと抜いて、もういっぽうの手で上から叩《たた》きつぶして、両方とも、こう——ぐしゃっと。寝かせず、そのまま即座に料理。私がマリネ液に放りこんで、一時間か二時間おいてから、炭でさっと炙《あぶ》り焼きにした——絶品《マニフィック》でしたね。いつも不思議に思わざるをえないのはたしかですが、あの兄弟がよく考えてからなにかを殺すことは果たしてあるのだろうか、と」

「お兄さんは食べることがお好きだったのかしら。食べ物にも大いに興味がおありだったとか？」

彼女には光の衝撃を感じさせるものがあると、いつも思うのです。風に揺れる小枝越しに、部屋に、予告もなしにふいに射《さ》しこむ光の持つなにか――陽光に姿を変えダナエーを誘惑したゼウスのごときもの。

「興味、という概念にわれわれはどれだけ興味を抱くべきなのか、わからない、私には。精神活動のひとつにはちがいないが、あまりに世俗的にすぎる――実質のひとつも伴わないことを意味するようなものでしょう。なにかに〝興味を抱く〟ダンテあるいはパスカルが想像できますか。パスカルのルーレットに対する〝興味〟は創造主の偏在的内在性との恐るべき対峙《たいじ》、神との一対一の対話にほかならなかった。それが果たして興味の対象であったかをたずねるなど、闘牛士に対して牛に〝興味〟があるかどうか、嵐《あらし》のなか帆船の見張り台に立つ船乗りや跳躍のいままさに頂点にあるバレエダンサーや預金の残高を数える売春婦をつかまえて、それぞれ陸地に、重力に、男たちに〝興味〟があるかどうかたずねるようなものです。ありきたりな状況にあるからこそ、われわれは物事に興味を示すことができる、興味という概念になにかしら意味があると考えることができる。人生の一大事には〝興味深い〟といえるものなどひとつもありはしない——誕生、性交、死にしても。奈落《ならく》の淵《ふち》に立つ者はもはや虚空《こくう》に興味を持つどころではない。奈落は奈落を呼ぶ《アビシ・サビソ・マンヴオカト》。愚兄には興味などなかったというのも、浅薄ながら通らないことはない、その意味においてであって、ソースやケチャップの類《たぐい》は好きでしたよ、たしかにね。ブルターニュへの引越にもHPソースをひと箱持っていったほど。興味というより、これは〝熱〟と表現したほうが正しいかもしれない。母親にいわせるなら、むろん言語道断。でも実際にはおもしろがるふりをするだけだった——愚兄が目玉焼き《ウフ・シュル・ル・プラ》を(こちらのほうが遥《はる》かにすばらしい、イギリスの目玉焼きの比ではない、いつか朝食にご馳走《ちそう》してさしあげたいものだ)あの辛い茶色い液体まみれにするのを見て。わが家にいたノルウェー人料理人ミッターグお得意のピクルスも大好物、カクテル・オニオンをひと瓶空けてしまったこともあるくらいです。これが実にうまいカクテル・オニオンでしてね、商売にしたらいい、専業でやっていける、というジョークがわが家では定番になっていた」

「ふだんはお忙しくて、お料理どころではなかったんでしょうね」

「カンカンカンカンカントントントン。ノミを手放すことはいっときもなかった。それでもシチューやドーブのようなものはつくっていましたよ、荒っぽい男の手料理といったところですか。使用人のひとり、アイルランド人女中に教わったアイリッシュ・シチューは、まあまあだった。覚えてつくるようになったのはちょうど絵画から彫刻へとますますのめりこみつつあったころのことで、家主に器物損壊罪で訴えられそうになったこともあったな、そういえば。ロフトに大量に石を運びあげたものだから。男たちが汗まみれになりながら大きな石をかついで列をつくり、急階段を使って、信じられない重さのものを次から次へと、まるで屋内でピラミッド建立《こんりゅう》を再現しているかのような、その場面の隅々にまで漂っていたのがぐつぐつと煮込む羊肉のにおい。ここのメニューにも載っていますね、こちらはいわば香辛料入りアイリッシュ・シチュー、マドラスはキリスト教修道士会向けに工夫されたものだ」

「訴えようとしたその家主さんの名前、覚えてらっしゃいます？」

「いやまったく、アングロ＝インディアン料理というのは概して見向きもされないが論じるには実に魅力的」

私の料理における香辛料一般、特にカレーの役割も決して小さくはないという説明に次に移りました（このかぎりでいうなら、前述した国民的刺激味嗜好は自己描写ということになります。いや、すべての描写は自己描写であり、われわれが発する言葉はどれも断片にすぎず、集成してできあがる肉体の自伝、意識の自伝の全貌《ぜんぼう》は把握しようにもナスカの地上絵のごときもので見下ろすことのできる然《しか》るべき位置と理由に想像力を促され心に思い描いてみればそれは——UFO着陸用の誘導標識か、はたまた巨大な天文暦か。ジョン・キーツ曰《いわ》く、「価値のいかんを問わず人生はすべて絶えざる寓喩《アレゴリー》である」。論ぜよ）。ただしひとつ異議申し立てをするなら、私の好みは軽快かつ明快に東洋の風味の混ざり合った料理であるのに対し、出てくるのはまず重たいどろどろしたカレーやらソースばかりというのが当国に伝来して根づいた東洋系料理の現状です。ごく一般的なカレー屋で出すイギリスの国民的料理ともいえるそれの舌触りの原因は大半が材料および調理法にあって、ごく一般的なソースの仕上げに使われる修整剤のごとき添加物はその毒性もさまざま——一般的どろどろ＋ヴィンダルー［ニンニクとワイン（酢）入りカレー］的べたべた＝完成品となる。さらにいうなら、この国の「インド」料理店はほとんどすべて経営者が実際にはシルヘット人、つまりその名のついた旧ベンガル州内陸部の一地方の出身者たちであるということはすなわち、世界各地に散らばった「ヨーロッパ」料理店が残らずアンドラ人移住者たちにより切り盛りされているようなものだ。

私がつくるカレーはもっと鮮烈でキレがあり材料の持ち味を決して損なうことがない、それこそが（頭で考える東洋ではない）本物の東方の料理の特徴であります。歓待やなにか特別な折に用意するならばコルマ、このマイルドなカレーに欠かせないのが発酵凝乳でこれが香辛料の刺激を適度に和らげる役割を果たしている。つくるには二度煮込まねばなりません。不安定でややもすると油断のならないヨーグルトを加える前とあとで——そうなんです、若い友人がそのレベルもほとんどプロ級に近い私の玉ネギ刻み術を見ていったように「ちょっと面倒」。祝日や焚き火の夜《ボン・ファイヤー・ナイト》などに周囲も知ってのとおり手早くつくってみせるのはピラフやビリャーニ、幅広い風味で食欲をそそるライスにコクのある、あるいは繊細な味のカレーを添えて——さらにお祭り気分を盛りあげたければ、昔からめでたさには付き物とされている金箔《きんぱく》をこれに散らせばよいのだけれども、ここでいちおう記しておくべきでしょう、いくら医学的効用のあることが古来よりうたわれているからといって、この気まぐれな金属を（食品添加物としてヨーロッパでは認可済み、ちなみに目眩《めまい》がしそうなほどに味も素っ気もない当該EU認可番号はE175）食用にして、失望に終わらなかった経験は個人的にはいまだかつて一度もない。これらの料理の起源はいずれもムガル帝国、発案者である青白い肌をした北方生まれのアーリア人たちがインドを征服、文明化するうえで果たした役割と酷似しているのがイングランドにおけるノルマン人のそれであります。愚兄はわけもなく興奮しすぎたどこやらの後援者だか誰だかから金のゴブレットを贈られたことがあって、ところがそれを絵筆立てに使っていたのだから、厭味《いやみ》なその性格を承知のうえの私から見てもこれは厭味というほかなかった。見事にきらきら輝いているけれども、あれがぜんぶE175であるはずはない。
さて今回のメニューは——

卵カレー

エビカレー

薬味

マンゴーのソルベ

この取り合わせの妙はぴりりと辛い刺激的なエビカレーとまろやかで酸味があって眠気を誘う卵カレーが好対照をなしているところにある。さらにマンゴーのソルベのひんやりとした甘酸《あまず》っぱさでこれを受ければ、狙《ねら》いと効果を一にして全体がまとまり多種多様なエネルギーの統一が一定の枠組みのなかでなされるという、これは西洋の伝統的料理独自とまではいえないにしても概してその特性とされているものでありま す。

薬味を用意するにあたって心に留めておくべきは唐辛子料理の辛みを和らげる最上の方法、その秘訣《ひけつ》は澱粉質《でんぷんしつ》および冷え物にあるので、米やジャガイモ、バナナ、ビール、ヨーグルトなどが効果的——無味無臭無干渉の水は役には立ちません。マンゴーのソルベすなわちシャーベットについては——1アイスクリームメーカー《ソルベティエール》を買い、2マンゴーを買い、3使用説明書に従うべし。カレーのつくりかたは本を参照のこと。ここでも心に留めておくべきはエビの「背ワタをとる」——人差し指を外科手術のごとく使うかもしくはナイフを用いて背を開き黒っぽい消化管をするりと抜く——この作業が必要とされるのは食材が（人間もしくは蒸し暑い午後に着たリネンのスーツさながら）みるみるだめになる熱帯地方においてだけのことであって、かの地ではこの下処理は不可欠、例外は特別に意図的に誰かを中毒死させたい場合だけでしょう。

「いつか、ご馳走《ちそう》してさしあげましょう」カレーの午餐《ごさん》について概略としていま述べたようなことを彼女に説明したうえで戯《たわむ》れに誘いをかけるがごとく締めくくりながら、神が手がけたメロンの改良品、熟れたパパイヤの最後のひと切れを私は男の色気たっぷりに口へと運んでみせたのでした。周囲のテーブルでは給仕人たちが片づけたり拭《ふ》いたり動かしたり整えたり、外科医か略奪者さながら昼食後の荒れ果てた戦場の後始末に忙しい。

「うれしいわ。お兄さんのためにもよくそれを？」

「大好物でしたよ——五、六回はつくってやったんじゃないかな、場所も一か所にとどまらない、なにひとつ不自由ないノーフォークで、間に合わせに頼るしかないプロヴァンスで、そう、一度など、まったくもってうんざりするようなニューヨークの彼のアトリエで、サファリさながら。いつも兄貴のためにと香辛料を少しずつ紙に包んでラベルをはがしたコーヒー容器に入れて持っていくんですが、蓋《ふた》の色、および形が便利な多角形であることからもとコーヒー容器であることは見まちがえようがない。出来合いのチャツネを、いつでも愚兄はげんなりするくらいたくさんいっしょに食べたものだった」

カレーもまた、バーソロミューがフランスへ移って特に恋しがったもののひとつといえるかもしれません。そうしたことに思いをめぐらせるようになったのには実はきっかけがあって、いま夜を過ごしているここはロリアン、磯《いそ》の香のかすかにまじった心地よい風が吹いてくる。ホテルのレストランでとった食事は高価なだけで気負いすぎ、料理が台無しとなってしまったその原因は香辛料の使いかたに対する認識不足にあって、どうもフランス人というのはその傾向が強い（すでに述べたあの〈ラ・クーポール〉の仔羊のカレー《キュリ・ダニョー》煮だけですね、香辛料《レ・ゼピス》を正しく理解しているのは）。ここの料理は新鮮と銘打った魚介類（ホタテ貝、アカザエビ、筋っぽいタマキビ貝、加えて厭なにおいのカキ一、二個）を香辛料でぶざまに取り繕っただけの代物《しろもの》——とはいえ、ひとつ記しておくなら貝類とクミンの相性のよさはアピキウスの時代からよく知られているところ。当時の地位あるローマ人たちのあいだでは大ぶりの赤ヒメジを手に入れておいて夕食に友人たちを招き、水槽から出したそのヒメジが色をしだいに（赤、オレンジ、黄褐色、茶色、灰色、銀色の順に）変化させながら死んでゆくさまを気怠《けだる》げに眺めて愉《たの》しむのが余興に好まれていた。見事なまでの退廃と虚栄、同じ惑星に棲《す》む他の種族をこうまで単なる道具扱いした勇気には恐れ入るとしても、やはりこの暇つぶし、現代人から見れば（ローマ時代の他の慣習の例に漏れず）ちとやりすぎの感を免れません。

階下の客室に忍びこんだのは夕食後のことでした。イエール錠すなわちシリンダー錠をクレジットカードではずすのは映画やテレビで見るよりも感覚的に、いや滑稽《こっけい》なほど、むずかしいと常々思ってきたものだから、うれしかったのは『イスラエル秘密諜報機関《モサド》編／監視の手引き』（お近くの書店では入手不可、誇大妄想的金儲《かねもう》け主義的定期刊行物の片隅に載っている通信販売の広告を利用すればコピーが入手できる）に単にマスターキーを入手せよ、と書いてあるのを見つけたときですね（つまり実際にはコンシエルジュなり管理人を買収せよということに、場合によってはなるわけだけれども）。

備えつけの家具は自分の部屋のそれとまったく同じ——こちらには趣味のいい机、あちらには開ければミニ・バーのチーク材キャビネット——という具合ですが、気づいてみれば、それが自分のところのより心持ち大きい、料金表《タリフ》によれば同じクラスの部屋であるはずなのに。でかい、偉そうな、男物のスーツケースが木製のスタンドを占領するように開け放したまま置かれ、周囲が硬いつくりのひとまわり小さな茶色い女物のスーツケースが、これもベッドの上に広げてあって、洒落《しゃれ》たドレスの一、二着はすでに皺《しわ》にならぬようきちんと洋服ダンスに掛けてある。ふと眼に入ったのは大きく広げられたそのスーツケースの隙間《すきま》に色っぽくなにかを物語るように詰めこまれた女物のきれいな下着。が、なにしろ時間がありません。片方のスーツケースに手を差しこみ旅行関係の分厚い書類の束をとりだすと目当てのもの――手書きのスケジュール表――はありがたいことに一番上にのっていた。必要な日程、時間、予約先を自分の薄いモールスキンの手帳に書き写すなど造作ないこと、あっという間にすませると焦らず丁寧に書類をまとめ、つっこむようにしてもとの場所へ。ベッドサイド・テーブルには背の高い細長い、デザインも凝りすぎのランプが(ホテルのインフォメーションやら旅行のパンフレット、筆記具でぱんぱんに膨れあがったファイルのすぐ横に)置かれ、プラグはベッドの下、ヨーロッパ大陸共通の三叉《みつまた》プラグ用二口コンセントに差しこんであったので、それを持参したやや大きめのプラグに手際《てぎわ》よく付け替えてから部屋を出るさいには名残惜しげにいま一度ふりかえり、侵入の痕跡《こんせき》がないかどうか部屋の隅々にまですばやく眼を走らせるのをもちろん忘れませんでした。

さて一杯飲《や》る時間です。新婚夫婦の行為に思いを馳《は》せるという昔ながらの楽しみの胸の内で脹《ふく》れあがっている様子がその態度からも見てとれるウェイターに話を聞いたところによると、イギリス人若夫婦は（実は片割れはウェールズ人なのだけれども、むろん、そこはぐっと堪《こら》え敢《あ》えて指摘はしませんでした）狡賢《ずるがしこ》くもこっそり町中へ出かけ、安くて美味なる夕食を名もないクレープ屋《クレープリー》かどこかで楽しんでいるらしく、あと三十分もすればもどってくるだろうとのこと。といった情報を聞き出しつつ傾けたのはフルーティな若いカルヴァドスでした。その後ぶらぶらと上階へもどるのに（慌《あわ》てる従業員を尻目《しりめ》に）エレベーターは無視して、ふと足をとめ一瞥《いちべつ》した水彩の風景画二点はなるほど、人目につかない踊り場に掛けてあるのもうなずける代物といわざるをえない。窓から射《さ》しこむ外灯《ナトリウムランプ》の橙黄色《とうこうしょく》でまだらに染まったベッドの枕板《まくらいた》、これもまた部屋の料金に納得がいかない理由のひとつであります。

四十五分ほど待って、それから、十時五分ちょうどにとりだした受信機の大きさはペンギン版『フランス料理習得への道』ほどで、イヤホンは差しこみ済み。周波数も事前にセットしてある（「見かけは携帯用の目覚まし時計」と説明する店員はひげ剃《そ》りの傷痕《きずあと》だらけで不真面目《ふまじめ》な自殺未遂者を思わせる顔だった）。

「……だろう、作品を見たからといって、彼についてなにか発見があるとはかぎらない」いやなやつ、と即座にわかる男の声です。

「また咬《か》まれた。どうしていつも私ばかり？」洗面所からの水音。「別に発見するつもりだなんて、いってないわよ、一度も。そのつもりがないともいってない。ただ、おもしろいじゃないの、制作場所を訪れて、実際に作品を見る、特に何か所かでは、その町に寄贈しているわけだから。いずれにせよ私になにかいっても無駄なのはわかってるでしょう。せっかくの新婚旅行が台無しと思っているのなら、ごめんなさい。いいの、触らないで、自分で掻《か》くから」

無言で仲直りする気配、部屋を歩きまわる音、なにかを叩《たた》く音、スーツケース、抽《ひき》斗《だし》。つづいて聞こえはじめたのは、まったくちがう類《たぐい》の音でした。

夏

総説
食前酒
野菜とサラダ
冷肉盛り合わせ

総説

賢い料理人にとっては型どおりのメニューがさほど意味をなさないように感じられることの多い季節が、夏であります。扉を閉ざし窓を閉めきり服のボタンもきっちり留めて、といった具合にほかの時節で課せられていた種々の制約がゆるみ緊張がほどけたところへ訪れる精神的解放感とよく似ているものといえば、可哀想《かわいそう》なことをしたミッタークの生まれ故郷スカンジナヴィアで子供にも例外なく許される夏時間ならではの自由気ままな生活、就寝時間の観念さえも忘れ去られてしまうのは夜中昼間の毎日がつづくうえ冬になれば懲罰さながら今度は逆に夜の闇《やみ》に終わりがなくなることをみな知っているからでもある。むろん、解放感の高まりは逆説的に抑鬱《よくうつ》感をもたらしかねないわけで、そうなると湧《わ》いてくるのは「楽しまなければ――自分は楽しんでいるだろうか――リラックスできていない――かたくなりすぎだ――もっと頑張ってリラックスできればいいのだが――愉快にやらなくては」といった重苦しさ。これら症状のひとつふたつを例の若夫婦、そのふるまいも眼に余る新婚夫婦の妻のほうに見てとれたような気がしたのは翌朝、誰が見てもがらんとした朝食用の食堂の端にすわり、最初は熱したコンパスで貫通させておいてから万年筆をドリルのように使い賢明にも最後は人差し指で押し広げるという方法を用いて『ル・モンド』紙に開けた小さな穴から反対側にすわる彼らを観察していたときのことだった。壁にかかった劣悪な油彩画が調和をはかるべく模しているかのごとき不快なにおいのかすかに感じられるコーヒーは新鮮とはいいがたく、器に使われているのは気取りなく気取ったフランス独特の大きなボウル型のカップです。

この章は、形式にのっとり明確に表現されたいくつかのメニューによる構成というふうにはならないでありましょう。むしろ、仮にメニューと文章が比較可能なものであるとするなら——個々の単語、エネルギーの高まりや剣のひと突きならぬ鋭い一撃が文法により連結し統合されるなかで秩序が生まれエネルギーの統御がなされ、適切な振り付けや組み合わせによっていくつもの瞬間的表現がひとつのまとまった発言となる文章にメニューを重ね合わせることが可能であるとするなら——この章の場合、どちらかといえばむしろ近いのは完成された文章の前段階に個別に存在する意識のかたまりのようなものかもしれない。レシピとメニューそのものに代わって読者諸賢が出会うのはレシピへの提案の数々、車輪から散る火花のごときものとなるにちがいありません。

177

食前酒《アペリティフ》

食前酒という言葉は喚起力の強い言葉でありまして——贅沢《リュクス》、安らぎ《カルム》、快楽《ヴォリュプテ》のイメージを鮮烈に思い起こさせ、聞いただけでゆったりと暮らしているような気分にはなるものの、仕事を終えて飲む酒を指す用語として私が好むのは「日暮れ時の一杯《サンダウナー》」のほうですね。こちらで強調されているとおり、件《くだん》の一杯の役割というのは意識的にものごとの獲得、達成に向けて働く昼間の自分とくつろいでリラックスしボタンをはずした夜の自分とを区別することにある——サンダウナーを摂取したときの人はどのような状態にあるかといえば識閾《しきいき》下、つまり幻覚を引き起こすといわれるベニテングダケ学名 *Amanita muscaria* の成分がうまい具合に凝縮された（鼻をつくようなにおいの）トナカイの尿を飲み干したあとにシャーマンが経験する一瞬と同じで、日常の意識（たとえば地面や氏族の象徴たる動物の革が毛深い両の肩にこすれる感触や湿った薪《まき》からもくもくと漂って涙が出るほどに眼を刺激する煙など）から完全に切り離されてもいなければ別の意識の世界へとすでに旅立ったわけでもない——瞬間的にトンネルを抜け精神的他者となるには至っていない。一日の終わりに飲む酒を転換点として人格《ペルソナ》は切り替わる、これも昔から「仕事中毒はアルコール中毒の裏返し」とよくいわれる所以《ゆえん》のひとつでありましょう。しかるにたまたま愚兄はその両方で、始めたが最後やめられないまま信じがたいほどの時間をあちこちの仕事場で費やす毎日——「仕事場」と口にしたとたんに瞼《まぶた》に浮かぶのは石材から出た白い粉塵《ふんじん》の宙に舞う様子が逆光に浮かびあがって見えるアトリエですが——愛人たちのタイプはちがっても聞かされる話はみな同じで、台座とノミから文字通りその体を引き剝《は》がすのに苦労したらしいけれども、仕事をいっときでも中断すればそれが今度は即座に飲酒癖の発病単独大流行を引き起こし、凄《すさ》まじい勢いで見境なく際限なく手当たりしだい飲んでいたのが地酒《ヴァン・ド・ペイ》だったものだから、その飲酒歴をふりかえってみても——マルセイユではアプサンで騒ぎ、シェルブールの田舎町ではカルヴァドスを燃料に暴れ、ここロリアンのホテル近くではリンゴ酒《シードル》で饗宴《きょうえん》、トルコのカッパドキアでは地酒のアラックで酒宴、地層を調べに行ったレイキャヴィクは郊外の板張りの一軒家から失敬したスウェーデンの辛口蒸留酒《ブレンヴィン》をがぶ飲みしたこともあったし、大陸ヨーロッパに住めばどこにいようとたいていひとり赤ワインで「バッカス崇拝」となり、オランダのジン、ジュニーヴァをらっぱ飲みしながらアムステルダム国立美術館を訪れ、バーボンをあおりながらアメリカ南部を大名旅行したさいには無駄なくそのままニューメキシコへ移動して三か月間テキーラ漬け、デヴォン州で花崗岩《かこうがん》と取り組んだ夏の原動力は地元のリンゴ酒《スクランピー》、ロンドンを訪れればソーホーでウィスキーによるどんちゃん騒ぎを欠かさず、もちろんビールの飲みっぷりも半端《はんぱ》ではない、ということはつまりノーフォークのコテージから半径十五マイル以内にあるパブでは例外なく長いあいだ行方不明だった兄弟さながらの大歓迎を受けるか敷居に足指の爪《つめ》がかかっただけで追い返されるかのどちらかだった。事実、その代表作のひとつとされている〈神酒〉のテーマは「飲むこと」で、酒杯からこぼれるイメージやら、石が「美感に訴える」だの「超自然の力でとらえる」だのなんだので液体が流れ飛び散っているさまがなにを描いているかは、ここで改めて説明するまでもないでしょう。

アペリティフの好みについていうなら、私は正統派であります。どのような酒でもかまわないふりをしたところで無駄というもの、やはりいいのはシャンパンで、これは見事な閃《ひらめ》きの産物としてイギリス人による発明品のなかでも群を抜いている（似たような指摘を、またちょっとわざと問題提起するふうを装《よそお》ってわが共同制作者相手にしたところ、彼女は驚愕《きょうがく》し「なんですって？」と聞きかえしてきた。反証として私が引いたのは一六七六年に喜劇作家エサリッジが書いた『流行紳士』からの「泡立つシャンパン」を讃《たた》えた

「たちまち元どおり／かわいそうに笑う恋人たち／みな浮かれて陽気になる、悲しみがすべて消えてなくなる」という一節であります。ここで鍵《かぎ》となるのは「泡立つ」という言葉、フランスでワインの「泡立ち《ペティユマン》」への言及がなされるようになるのはもっとあとのことなのですね。シャンパンの気泡は第二次発酵により瓶の中で生まれる、つまりきちんと泡立つか否《いな》かは瓶詰め、密栓の技術しだいということになるわけで——この分野で世界をリードしていたのはイギリス人、エールの瓶詰めにすでにコルク栓を使っていたという事実がある時代に、ワイン派のフランス人はまだ麻栓が頼りだった。イギリス人は王政復古の時代から泡立つシャンパンをごくごくとやっていたのに対し、フランス人がこれに追いつくのは約五十年後のこととなるわけです。乾杯）。

といって、シャンパンが時と場所を選ばないわけでもないのはモーツァルトと同じ。正式な晩餐会《ばんさん》ではないけれど料理が主役、たとえばサン＝トゥスタッシュはわが家のテラスでくつろぎながら夕食を、といった場合に日暮れ時《サンダウナー》の一杯（ここはやはりこの言葉だ、見ればまだ赤々と燃える夕陽がオリーヴ林やラヴェンダー畑、ブドウ畑の丘の向こうに沈もうとしているプロヴァンスの夕暮れ時には特にうってつけと思われる）として選びたいブラン＝カシス［キール］を目当てに、気の毒なことをしたウィロビー夫人がよくわが家へ呼びもしないのに来ていたのはプールやらなにやらの口実がほかに見つからないときだった。形ばかりでなにに使うわけでもない籐《とう》の籠《かご》を手に（本人の言い分によれば気分しだいで採っているのはハーブであったりキノコであったり）スカーフを妙な結びかたで首に巻いて、魅力的とは表現しがたい赤ら顔に汗をかきつつ裏山の小径をぐるりとまわって彼女があらわれるころにちょうど、夕闇《ゆうやみ》はゆったりと引きこもり、内省をはじめる。

「あらぁ、いいわねぇ」と彼女が口にする言葉は決まっていました。「すてきな、ピンク色」時としてこう付け加えられることもあるのはピンクという色に弱いからで、つまり趣味が悪いと考えてまちがいないこの手の個人、団体でほかに思い浮かぶのは――イギリスの労働者階級、大型フランス料理店経営者、インド系街頭ポスター画家と、天にまします主もまたこの色の誘惑に抗しきれなかったことは映画向けに気前よくつくられたその作品群（夕陽やフラミンゴなど）を見れば一目瞭然《りょうぜん》であります。ウィロビー夫人というのは実際、歩く悪趣味傑作選、優れた芸術と眼識とを打破してまわる連続損壊犯のような人でした。その意味において、いわば人類の影の立法者、明らかなる基準点《ベンチマーク》の役割を果たしていたといってもよい。フランスのすべてが好きということになってはいても、実際には日常会話もなに会話もフランス語となるとからきしだめで、フランス文化に対する理解も浅く、結局のところそれは嫌悪《けんお》に根ざしたものでで最後の夫と暮らしているあいだに染《し》みついたコーンウォール的なものをなにより も強調しつつ「イギリス人的」といつも呼んでいたすべてを彼女は根本的に嫌っていたのだった。と同時にそのイギリス人らしさが自身のいちばんの特徴、というよりむしろ特徴以前の問題、さまざまな特性に先立つもの、それが真髄であって、ほかの性質はみなそこから発生し全身の毛穴から滲《にじ》みでていたとなれば、まさにアイヨリをたらふく食べたあとのニンニクさながら（刻んで生でというニンニクのもっとも強烈な味が摂取後七十二時間まで皮膚上で味わえる――レシピはのちほどくわしく）。というわけでイギリス人的なるものについて彼女が仰々しく論《あげつら》い――狭量、美意識欠如による実利主義、文化の不在、政治家の無能、大英帝国時代に犯した恐るべき犯罪、料理のまずさ、都市の薄汚さ、どの時代のどの分野をふりかえっても大芸術家と呼べる人物は見あたらず、服装のセンスにも欠け、明るい色をきらい、知識や理解の及ばぬものはまとめて軽蔑《けいべつ》し、外国語が苦手なうえ、生まれながらにして保守的な田舎第一の排他主義者かつ偏屈な経験主義者――といった具合に（表現は多少補ってあります）、暗に明白《あからさま》に、思いついたその場で陰で、非難の言葉を並べたてたとしても、それはそのまま熱烈にして完全なる無意識的自己嫌悪を意味するしかなかったわけであります。この点はふだんの装いからも明らかで、漁師の仕事着と見紛《みまご》うようなだぶだぶの上下に靴はエスパドリーユ（これでプロヴァンスのごつごつした岩だらけの裏山の小径を四分の三マイル歩いてくるわけですね）、季節を問わずベレー帽、と揃《そろ》えばファッションというより自殺行為、イギリス人にして無知、という本質が絶えず内側から輝きを放っているようなものだ。なんというかこう、実に剴切《がいせつ》かつ〝皮肉〟なことに死因審問のさい痩《や》せこけた知的風貌《ふうぼう》の予審判事《ジュージ・ダンストリユクシヨン》が――まるでパリから何頭も馬を乗り継ぎ本人は小憩をとることもなく駆けつけたかのように――ぐったりと疲労困憊《こんぱい》した様子で彼女を指すのに使っていた言葉も終始一貫「イギリス人女性《ラ・ファム・アングレーズ》」、最後の最後までそうして烙印《らくいん》を捺《お》されるほどに、もっともなりたくないと当人が願っていたもの以外の実はなにものでもウィロビー夫人はなかったのだった。その命を奪った散弾銃による致命傷についての具体的専門的な説明が始まると――弾の貫通で後頭部にあいた射出口の直径はみごと八センチ、反駁《はんばく》の余地なきジャン＝リュックのらっぱ銃の破壊力のあかしであると同時に、そんな骨董品《こっとうひん》まがいで鳥や小動物を撃っているのかという疑念まで持ちあがったのは、なんであれ命中すればその場で〝血みどろ鉛入り生パテ〟の完成となりかねないからでしょうが――狭い法廷内はしんとなり、その静けさがなにやらあまりにも深く芝居じみていたものだから、学識ゆたかな判事が言葉を切るたびに電気時計のカチカチいう鈍い金属音が誰の耳にも響いて聞こえたほどだった。最前列にすわるピエールとジャン＝リュックは完璧《かんぺき》にして見慣れぬ一張羅のスーツ姿。片眼の端でちらと見るとピエールが握りしめているのは三年前のクリスマスに私が贈った〈ハリスツイード〉の狩猟帽。たいへんな誤解がそこにはあったのだという私自身の証言（ウィロビー夫人が意味を取りちがえたとしか考えられないわけです、その日は特に兄弟の土地を横切るのはやめたほうがいいと厳命しておいたはずなのに、狩猟に出るといっていたふたりの話を思い出して——まるでフランス語の文章で否定に使われる副詞「パ」を無視したかのような……）——決め手となったのは、その証言でした。事故死という評決が出るやピエールとジャン＝リュックはふりむき合い手を取り合い、さすが兄弟、安堵《あんど》と押さえきれぬ勝利の喜びの表情が瓜《うり》ふたつで吐き出した溜息《ためいき》の鼻をつくようなにおいもまるで同じなのはすぐ近くにすわっていた私にしかわからないことだった。こちらがえもいわれぬ深い感動を覚えるほどにひとつも慌《あわ》てず騒がず、淡々とジャン＝リュックの（はっきりいおう）釈放を祝ったふたりがよそ行きのスーツと重々しい立ち居ふるまいから解放され、ようやくくつろいで見えたのは地元にあるレストランのぱりっと糊《のり》のきいたリネンに囲まれた店内でのことです。ちなみに、ミシュランは二つ星というこの店の名物料理は「ヒバリの岩塩焼き《アルウエット・ロティ・アン・クルート・ドウ・セル》、マディラソース《ソース・マデール》」。

食前酒《アペリティフ》を用意するうえでの基本はデーヴィッド・エンバリー著『酒づくりの芸術』にきっちりと書かれており、これは蛇の脱皮だか強盗の逃亡さながら一切合財をあとに残して新しい家に引っ越すのが好きだった愚兄が常に持ち歩いていたといわれる数少ない書物のうちの一冊——あちこちで耳にしたところによると「ホモっぽい」、「史上最高」などと評していたといわれる一冊であります。エンバリーの公式は至論ですね。いわく、アペリティフもしくはカクテルは——1辛口か冷やしたもの、つまり少なくとも食欲を刺激するものでなければならず、甘口や熱い酒ではそれは望めない、2常に何杯飲んだか飲み手が直感できる類《たぐい》のものでなければならず（知らぬ間に酔いがまわることのないよう）、知ってのとおり強い酒や卵酒がその類である。カクテルならマティーニ、ダイキリ、ウィスキー・サワーの三点が合格だけれども、その前にむろんのことフランスの正統派アペリティフの数々がある。個人的見解を述べるなら〈カンパリ〉やヴェルモット系の大半は独特のきつい風味ゆえ不適格（反論する人は多いでしょう）だけれども地中海沿岸でよく飲まれているアニス系の酒、〈ペルノー〉やギリシャのウーゾやアラック、イタリアの〈プント・イ・メス〉などは話が別。ジン・アンド・トニックは許容範囲内。マンハッタンはもっと評価されていいでしょう。スコッチ・ウィスキーをバーボンと同じ扱いでカクテルに使うのは御法度《ごはっと》。カルヴァドスが許されるのはサイドカー・カクテルに使う場合だけで、これもまた現在では見向きもされない元正統派、とはいえ、やはり味わうなら生《き》でやるのがいちばん、とばかりにとなりで労働者ふうの男がそれをかたむけているカウンター《ザング》に、今朝の私はすわっているわけで、場所はロリアンの町のアパートやら店舗の集まった一角にある小さなたばこ屋兼カフェ《タバ》——一階に並ぶ店はタバが二軒にクリーニング屋、さまざまな種類の毒キノコを示すポスターが窓に貼《は》ってある薬局、残るはつぶれたように見える靴屋。ほかの店はみな閉店状態だけれども——まだ朝の六時四十五分という時刻を考えるならば、これは驚くには値しない（フランス人のほうが概してイギリス人より朝が早いとはいえ）。

通りをさらに行くと居住区というか人間的領域はそこで終わりになって、唐突な一線を引いたかのごとき分けかたはまるで昔ながらの塹壕《ざんごう》戦の最前線、この場合は人間対商業戦ということになるでしょうか。町の商業地区として繁栄するその先はコンクリートと金属だらけの一大庭園、倉庫と羽目板の建物が立ち並び、荷を満載したトラックがすでに行き交い、駐車場は満杯、バスが乗客たちをどっと吐きだしている。通りを挟んだ向かいには私がここにすわっているそもそもの理由、レンタカー会社の事務所があり、開店は七時十五分、そこでルノー５をスピーディなプジョー３０６に乗り換えようという作戦であります（追跡用の車は毎日変えるようにと『モサド編／監視の手引き』も勧めている）。

となりの労働者が着ているのは作業服《レ・ブルー・ド・トラヴァイユ》、例の青いデニム地とも少しちがう生地でできたつなぎでフランスの肉体労働者階級のこれは非公認ユニフォームといっていいかもしれない、それに口の端に沿ってペンで描いたような濃い黒ひげを生やし、眼の下のたるみは資本主義の力に、華やかさに、人生そのものに抗議の意をあらわしているかのようで、髪はほかより若々しく（染めているのか？）ハリウッド映画に登場する古代ローマ人さながら前へ撫《な》でつけ、その下の顔を見れば朝早いせいかまだ強《こわ》ばっている。彼はいま朝食の最中、と理屈で考えればそうなるものの、実際にはほとんど動いている気配がなく、眼前に置かれた〈ペルノー〉のロゴ入り灰皿にタバコがのっているのを見て初めて意志もしくは運動能力に欠けているわけではないことがわかるといった具合、ダブル・エスプレッソと「カルヴァ」の大きなグラスもいっしょに置いてある。早鐘を打つ心臓。

「もう一杯《アンコール・ユンヌ・フォア》」微《かす》かにうなずくように、私は自分のカップを示してみせました。店の女主人《パトロンヌ》はエスプレッソ・マシンからフィルターをはずし、ゴミ箱の端でそれをトンとやってかすを捨て、コーヒー挽《ひ》きの下のつまみをカチカチと二回ほど動かし、手首のひねりを利《き》かせスプーンの背を使って新しい粉をフィルターに詰め——ここで初めて左手も参加——一式をふたたび本体にはめ、ボタンを押して熱湯が高圧で押し出され粉を通過し注がれるのを金属板に穴のたくさん開いた濾過《ろか》装置兼カップ棚の上、茶色い染《し》みのついた金属製の注ぎ口の下にさっと置いたカップで実にタイミングよく受けるという、動きは終始一貫、突発的、効率的、直線的でさながらゼンマイ仕掛けの人形のよう。拍手したい衝動に駆られましたね。代わりに気分を盛りあげるべくザングの奥の鏡を使ってポケットチーフの角度を直すにとどめておきました。クロワッサンはまだ半分残っている。

通りの向かいに目をやると、勤め人のフランス女性のなかでも服装の派手なタイプによく見受けられる類のハイヒールを履いたレンタカー会社の事務員が危なっかしげな足取りでやってきて錠をあけ、ちょうど電気をつけたところ。店内がふいに照らしだされ、いまやその様子——高いカウンターやらデスクに置かれたコンピューター端末やら——がよく見える。支払いをすませ（うなずくマダム・ラ・パトロンヌ）通りを渡りました。百ヤードほど先では回転式道路清掃車が唸《うな》りを上げエンジン全開で、いまにも空に飛び立たんばかりに動きまわっている。用を済ませホテルにもどったところで、新婚夫婦はまだ眼も覚ましていないことでしょう。

野菜とサラダ

ポーランド語、すなわちポーランドの人々の言葉では緑の野菜を総称してヴウォシュチズナという——つまり「イタリアのもの」という意味であります。これは王妃ボナ・スフォルツァにちなんでつけられた名で、すべては十六世紀に幸運にもジグムント一世のもとへ嫁いできた彼女のおかげ、彼女とともに南国の園のゆたかな実りもまた嫁ぎ先であるこの国の自由を愛する人々の食卓にもたらされた、ということなのですね。普遍化して考えるなら、ヴウォシュチズナという語は北と南で大地の恵みとの向き合いかたに大きなちがいがあることを示す、その象徴といえなくもないわけで、典型的北方民族が青白い情熱を注ぐのはバターやビール、ジャガイモ、肉であるのに対し南方民族は果物や野菜、オイル、魚に目がない（そういえばローマ人にとって蛮人とはズボンをはき、ひげをたくわえ、バターを食べる民族にほかならなかったことをこういうときにこそ思い出すべきかもしれません）。類型的とはいえ、これは故《ゆえ》なきことではなく、一年の大半が収穫には不向きという北の家庭菜園では採れる野菜の量、種類ともにこれだけかとがっかりするほど少なく、対応するなどどだい無理という類《たぐい》の料理があれこれもてはやされるようになったのは地中海と名がつけばなんでも大人気という昨今の一大ブーム以来のことであります（ここでもう一度強調しておくべきか、私がプロヴァンスに家を買ったのは、そういった現象が起きるずっと以前のことですからね）。たとえばトマト、この果実のエキゾティックな起源および特徴はナワトル語のトマトルから派生してついたその名が示すとおり、無関係ながら穏やかならぬものがラテン語の分類名*Lycopersicon esculentum*という学名にいまなお残っていて直訳するとこれは「食用オオカミの桃」となる。おそらくはその色、燃えるような赤い色を眼にするたびにアステカの人々もえぐり出される同胞の心臓、毎日のように捧《ささ》げられる生《い》け贄《にえ》の姿を思い出さずにいられなかったのではあるまいか。これら見物人を擁護すべくひとこと述べるなら、少なくとも彼らは自分たちの文明がいかなる残虐《ざんぎゃく》な行為のうえに成り立っているものか実際に眼で見て知っていた、といえなくもないのではないでしょうかね。なんであれ当時のメディアなるものによって隔絶されることなく。

トマトはイギリスでは一年、十二か月を通して市場やスーパーマーケットで手に入れることが可能。そのうちほとんどいつもなのでどうしてよいかわからないほど、いつ買っても味がない――まったく、ない。外国産のトマトでさえ風味が皆無に等しいのはまだ青いうちに収穫したものを輸送中に熟させているからで、忘れることができないのは(その昔の八月、アジャンへ家族旅行に出かけたさい道端にいつもどおり広げたピクニック・ランチで)真っ赤に熟したトマトを生まれて初めて口にしたときのミッターグの顔——驚き、官能を激しく揺さぶられたかのようなその表情は子供の眼から見てもセクシュアルとしか表現しようのないものだった。何年かつづけて毎年八月を(本国へ引きあげたのちも私がフランス語を忘れないようにと)わが家でともに過ごしていた交換留学生のエティエンヌの場合は、いつもよく熟したトマトをできるだけたくさん手土産にと厳しくいいつけられていて、結果、ヴィクトリア駅のプラットホームへよろよろと降り立つ彼の手提げ袋は屋台に山盛りのトマトをそっくり詰めこんできたかと思うほどどれも大きく脹《ふく》らんでいたものです。トマトという植物は実は有毒、といって素人《しろうと》の域を超えた毒薬使いに重宝がられるほど毒性が強いわけではありません。

ほかの野菜も旬のそれでないかぎり味は似たようなもの、がっかりするしかない。たとえばピーマンですが、より強力な(しかもこの料理人、食いしん坊にとってはより刺激的かつ料理学的にも挑戦のしがいがある)仲間の唐辛子《チリ》についてはすでに提言済みですね。ピーマンもまたイギリス国内の店で売られているものは一年のうちいつ買っても味がしないので先端技術によって精巧につくられた新しいタイプのプラスチック製品かと思いたくなる。風味のなさでこの上をいく野菜といったら恐ろしいほどに味もそっけもないアイスバーグレタスしかなく、これはその分野では天下無敵で文字通り無味そのもの――なんの味もしない、まったくしない、倒錯の食物として仮に実験室で生まれた野菜だとすれば大手柄と胸をはる頭のおかしな科学者がいても責めるわけにはいかないでしょう。逆に冬が旬という野菜もあって、たとえばセロリが生き生きと見事な姿に成長するのは真冬だし（「狼《おおかみ》どもが風を食らう死の季節」と詩人ヴィヨンはうたっている）、その親戚《しんせき》で過小評価もここまでくると悲劇的なセロリアック、エジプトからスコットランド北部まで幅広い地域で栽培可能なポロ葱《リーク》などは厳冬のさなかでも変わらぬ人類の友、イングランドではローマ時代からお馴染《なじ》みの野菜としてクリッグ（語源のラウクルはノルウェー語でリーク――つまり「リークの峰」の意）やレイトン・バザードなどの地名にはっきりとその名が残っている。『アセタリア［サラダ用野菜］』は文句なしにすらすら読めるわけではないところがまたおもしろいサラダについての本、過去三百年あまりのあいだにこのテーマで書かれた英語の本としては唯一《ゆいいつ》のものでありますが、作中、日記作者にして古物蒐集家《しゅうしゅうか》にして大のゴシップ好きでもあるジョン・イーヴリンはポロ葱《ねぎ》を「多産に効あり」、太陽神アポロの母ラートーナの大好物であった、と書いている――「これをよく食べるウェールズ人は、見れば子だくさんである」と（なんであれ彼女なら許してもいいが、相手の男がウェールズ人というのは耐えがたい）。素晴らしい利点をそなえたポロ葱も、しかしながら年中出回っているわけではない、一定の時期にしか手に入りません。時季を問わないのはベーコンだのソーセージだの卵だのをフライパンに放りこんでつくる朝食ぐらいのもので、愚兄はこれが大好きだった。

しかるに、いくらポロ葱やセロリのような強力な反証が存在するとはいえ、野菜の質が絡《から》み合い真の関係が生まれるのはやはり夏であって、この季節にこそ料理人は菜園の恵みをもっともシンプルかつ（多くの場合）最高のかたちで供することができる、という点は疑う余地がないでしょう。料理人の使命は畑をそのまま食卓へ運ぶことにほかならない。では実際どうするかというと、なんらかのサラダを仕立てあげる、ということに、たいていの場合なるわけですね。イギリスで育った人間ならばまず聞いただけで原始的かつ反射的嫌悪《けんお》感をもよおさずにいられない、これは数少ない言葉のひとつであります。「サラダを誇れない夕食はフランスにはないが、イギリスではたいていそれが恥となる」——旅行作家キャプテン・フォードによるこの指摘の正しいことに一八四六年当時も現在も変わりはなく、たとえば前述した愚兄の寄宿学校セント・ボトルフで出されたサラダの中身がどのようなものであったかというと——キュウリのスライスが物憂《ものう》げに二、三枚、雑に洗って野犬が食い散らかしたかのごとく細かくちぎったレタス（種類はアイスバーグです、もちろん）、ラディッシュがごろんと二個（まるのままなのは下手に切ると食用であることがばれてしまうからか）、青白く水っぽいトマトが四半分、この組み合わせに添えてあるクリーム状ドレッシングにいちおうついている味はそれそのものの味、つまりは工場生産による偶然の副産物でしかない。これと似たようなサラダが北から南までイギリス諸島の各地で毎日食されているわけです——私が話しているあいだに一皿、あなたが読んでいるあいだにまた一皿。先人の知恵は正解で、レタスを単に催眠性のある「眠り草」というだけでなく麻薬と考えるなら、口にしたとたん無気力に陥り食べかたすらどうでもよくなったところで不思議はないかもしれません。

徹底した訓練と再教育によりミッタークの妄信を打ち砕かねばならなかったのは、なによりもこの領域でした。いまにして思えば期待と不安を胸に意欲満々のふりをすべく浮かべていたにこやかな笑みも当時は単に内気なお人好《ひとよ》しのそれとしか見えなかった彼が、それまでに経験したことは、わが家ではまったくの無意味。初めて彼がつくった混合物《メランジュ》は冷野菜世界の完全なる悪夢としかいいようがなく、とりわけお引き取り願いたい役を演じていたのが角切りのビーツで「この野菜は」――と父はいったものです――「許せない」。いつもは口やかましくあれこれいいながら食べるだけで、キッチンでの支度に積極参加するのはなるべく避けたいとしてきた母が徴兵されミッターグを特訓するにあたっては、まずドレッシングづくりに始まり野菜の取り合わせなど一般原則をひととおり教えこまねばならなかった。テクニックはすべて素直に身につけたミッタークですが、義務的詰め込み教育の感は否《いな》めず、それらを完全にわがものとするには至らなかったため、刻んだレタスやら人参《にんじん》の角切りの不在がその後も百パーセント保証されたわけでありませんでした。「あんなに腕がいいのに、どうしてこうなるのかしらねえ」華奢《きゃしゃ》な指で萎《しお》れた葉っぱをつまみあげながら、母は不思議がったものです。

その日の昼食に選んだのは、ぴかぴかの新しいプジョー306でロリアンから飛ばすこと数時間のロワールにある気取ったレストラン〈ルレ・ド・パンタグリュエル〉でした。母がいっしょならランチのサラダには眼を瞠《みは》ったことでありましょう、ミッターグが母の仕上げたそれにいつも眼を丸くしていたように。今日の定食《ムニュ・デュ・ジュール》を注文したのは、そのなかの主菜、ロワール地方の名物料理である川カマスの白バター《ブール・ブラン》がけがどうしても食べたかったからで、実際これは（文化的、歴史的、地理的にもフランスでは重要な位置を占める）この地方を代表する昔ながらの料理といってよいはずが、伝統的フランス料理の主流をなす部分にその影響がほとんど見られないのは不思議な話――川カマスにイギリスの釣り人が見向きもしないのは骨が多いからで（先鋭にして攻撃的な大量の小骨はさながら短く危険な何本もの爪楊枝《つまようじ》、それらをとりのぞくのが面倒ということで考案され人気を得たのが川カマスのクネル《クネル・ド・ブロッシェ》）実はこれは美味なる魚、加えて見事なのが白バターソース、ブール・ブランの、この獰猛《どうもう》な川魚との抜群の相性のよさであります。このあとにタルト・ア・ラ・クレーム――パイ生地のケースにカスタードを詰めたもの、つまりクレーム・ブリュレの表面のカリカリとしたカラメルをとって代わりに底をバターたっぷりのタルト地で覆《おお》ったものがつづくことになっている。一皿めは質実剛健なパテ・ド・カンパーニュ、豚肉とプラムが一体となった田舎風パテで、「間奏曲《インテルメッツォ》」（店側の表現です）にはシェフのサラダ――これがどういうものであったかというと眼前で無言の大狂宴をくりひろげる花々と種々の葉、黄色とオレンジのナスタチウムに白、赤、ピンクのバラの花びら、なにやら紫色の花、黄色同士で競い合うマリーゴールドとユリ、その背後でシルクレタス、赤芽チコリ、自信ありげな濃緑のノヂシャなどがテノールとバリトンの歌声を響かせているという一品。皿の色は黒、ああ。花を使った料理が退廃的なものを感じさせるのはいつの時代も同じで、脳味噌《のうみそ》にバラの花びらを散らした紀元前一世紀はアピキウスの料理、イギリスの貴族の館《やかた》でつくられたハーブと花のサラダ、そしてイタリアの未来派詩人マリネッティのレシピ——叩《たた》きつぶして油で揚げた「悪魔のバラ《ロゼ・ディアボーリケ》」もまた然《しか》り。マリネッティはこれを特に若い花嫁にお薦めであるとしている。

私の注文した定食が〈ルレ・ド・パンタグリュエル〉では客に譲歩して出している唯一のメニュー、誰もが食べたいと願う料理はおそらくこれくらいのもので、ほかはどれも目眩《めまい》のするようなシェフの創作品ばかりでありました。たまたまちらと見かけて覚えているのはウサギに仔牛《こうし》の舌を詰めて焼いたもの、ソースはザリガニとチョコレートとマンダリン・オレンジのソースで名前はもちろん彼自身の娘にちなんで「ウサギのシルヴィー風《ラパン・ア・ラ・モード・シルヴィー》」。店内に流れる空気は打ちのめされて気弱になりながらも屈服はすまいと抵抗を試みる経営困難に陥ったレストラン独特のもので、雰囲気は楽観的なるも士気の低下は避けられず（真顔であればあるほど哀れを誘う「いかがでございましたでしょうか？」という経営者のすがりつくような問いかけに対し）好意的な意見を述べる客がいるいっぽうで、現金支払いによる領収証やらドアの横木にたまった埃《ほこり》がなにかを物語っているのもまた事実なのだった。小さな店がうまく行っていないときには、みな似たようなもの。重苦しい雰囲気のなか波に乗れず創意工夫もすべて裏目に出るという――「隙間《すきま》産業のはずが危険なクレバスだったわけだな」と稀覯本《きこうぼん》にくわしいはずの友人の知識不足が判明したさい父はいったものですが――客にそっぽを向かれた店に共通したこれは特徴であって、このレストランもそうなら（味は実はどれも決して悪くはなかったのですがね、リエットは脂《あぶら》の混ざり具合がちょうどいい加減、干しプラムも大粒のしわしわで陰嚢《いんのう》さながら申し分なし、サラダは新鮮で賑《にぎ》やかさは色彩だけにとどめ味はシンプルにまとめて「凝りすぎ」になるというわかりきった落とし穴は避けているし、小骨の多い川カマスの味を見事に引き立てているブール・ブランはエシャロットの風味ゆたかな正統派、タルト・ア・ラ・クレームのタルト地はさくさくと軽く、スイセン色のクリームはこってり力強いといった具合に）、ノーフォークはウートンの町のクリーニング屋も同断であって、呼び鈴だけがやたらうるさく店番の老いぼれ婆《ばあ》さんは微動だにせず、十代の孫はフォーマイカのカウンターの奥でテレビを観《み》ながらガムをくちゃくちゃやり、ビニールがかかってレールに吊《つる》された仕上がり品はどこかヴェトナム戦争の遺体収容袋を思い起こさせるものがある。その昔、愚兄がランベス街に借りていたアトリエの階下で開業していた獣医は患者殺しの評判がたってしごく当然のやぶ医者――愚兄にいわせるなら「剝製師《はくせいし》のまわし者」――経営不振の一般的兆候はここにもよくあらわれていて、落ち目の店や会社や人間に共通の妖気《ようき》が漂い、物理的にもまたそれとはっきりわかるほど強く容赦なく実際に漂っていたのはホルムアルデヒドのにおいだった。

ところで、このレストラン、ハウス・カクテルがないわけではありませんでした。サンセール・ワインと黒イチゴ酒《クレーム・ド・ミュール》という組み合わせも田舎ならではのこのカクテルにつづいて頼んだ小さなカラフ入りハウス・ワインのロゼも悪くない出来で、ピノ・ノワールとすぐにわかってうれしい第一印象《アタック》はイチゴの香りだった。

店内は地理的条件および化粧漆喰《しっくい》というありふれた外観とは裏腹に、おそらくはインテリア・デコレーターにいわせるならハンティング・ロッジ風となる装飾スタイルでまとめられていて――壁はオーク材、なにやら恐ろしいほどに巨大な暖炉はその前でマシュマロを焼いたり下級生をいじめたりといった古き悪《あ》しき古き良き時代のイギリスのパブリック・スクールを彷彿《ほうふつ》とさせ、炉額に飾られている川カマスはオヒョウと見紛《みまご》うばかりの大物、並んでヘラジカの頭や――アングロ＝サクソン系好みだな、これは――キツネの剥製が狡猾《こうかつ》で油断のならないあの雰囲気のままに飾られている。掛かっている武器も兵器庫並みで――これだけ揃《そろ》っていれば、そう、万が一この国がふたたびイギリス人たちによって共同《アン・コミュノテール》再侵略を受け長期包囲戦となった場合でも持ちこたえられるにちがいない。額入りの古びた写真ではマントに鍔広帽《つばびろぼう》といういでたちの数人の男が仕留めたイノシシを前に悦に入り、拙劣な絵では日除け帽《ソラトピー》をかぶった男が非現実的至近距離、すぐ眼の前にいるトラを撃とうとする横で三人の現地人召使いが腰巻きをはためかせ悲鳴をあげながら逃げまどい、立派なひげをたくわえた頭から威風堂々たる肩までの剝製は――フランス人でも感慨にふけっている場合ではないでしょう、これは――いうまでもなくすでに絶滅した野生のヨーロッパバイソンではないか。テーブルは濫用《らんよう》誤用の絶えない言葉で表現するなら堂々たるもので、ばりばりに糊付《のりづ》けされたナプキンは正しい角度からなにかうまい道具を使ってコンと叩けば粉々に割れるのではないかと思うほど。チーズ・ワゴンの上の壁からは本来の役目を終えたシカの角が虚《むな》しくぬっと突きだしている。

シェフがキッチンから姿をあらわしたのは、私がお代わり自由というコーヒーの二杯めを飲んでいるときのことでした。悪魔のように黒々とし地獄のように熱く、罪のように甘い――最後のはディスペンサーを二度かたむけるという判断がまちがっていなかった証拠、ここ数年で格段の進歩を遂げた低カロリー甘味料ではありますが、その昔はひどい薄味、化学的な味しかせず、さもありなんとアメリカで食品などにぶっきらぼうに表示されている「この商品は動物実験で発ガン性が認められています」という説明には納得せざるをえなかった。体形を維持する努力というのが、人間、年を重ねるにつれ必要になってくるものであります。とはいえ愚兄はそんなことは気にも留めていなかったようで、彫刻家として常に上半身を酷使せねばならなかったにもかかわらず晩年に向け目立つようになっていったのが、わが共同制作者呼ぶところの「太鼓腹」。ムッシュー・ル・シェフが近づいてくるのを知りながら口に入れたフロリン銀貨ほどの小さなレモン・タルトは、一口菓子《プティ・フール》として出されたそれらをひとつも残さなかった褒美《ほうび》のようなものですね（一点だけ厳しい評価を下すなら、タルト地とクリームの組み合わせがそっくりそのまま、なにからなにまで、残念ながら、タルト・ア・ラ・クレームのクリームとタルト地の組み合わせの真似《まね》というか引用というか模倣のように思われなくもありませんでしたが）。

シェフの帽子やエプロンは真っ白で清潔そのもの、態度もかしこまったものでありました。

「いかがでしょうか、お気に召しましたか？」

すでに暗に指摘したように、この種の問いかけに対する差し障《さわ》りのない返事のしかたというのはそういくつもあるものではない。レパートリーのひとつで対応しておきました。こういうことが得意なのは実は昔からで、人格がおのずと前面に出て学者芸術家特有の内気と無口を打ちやぶり思うに自惚《うぬぼ》れではないと自分でも感じる深いインパクトを与える相手はごくふつうの人々ながら出会う運命にあった人々——たとえば道をたずねるべくつかまえた警官なり、首都の街路ですれちがえば挨拶《あいさつ》を交わす工事人の場合など、ふたたび掘りかえしているその同じ道の同じ区間がほんの数週間前にやはり工事をしていた場所だったりする。もしもダンテが今日生きていたなら現代の都市生活におけるこの日常的光景を改訂版『地獄篇』に挿入し、路上生活者も道路作業員もどちらもそこから逃れることができず掘っては埋め、また掘りかえしてという、その無限のくりかえしからなる刑罰を科すには、ところでいったいどんな罪を犯した人間を選ぶのがふさわしいことになるのか。現代社会における諸悪——吐くのは虚言ばかりで役立たずの政府やら月並みな金融犯罪やら、動機は色恋沙汰《ざた》か金のどちらかに決まっている誰にでも予測可能な実にくだらない殺人など——がどれもダンテ自身の知るそれより遥《はる》かに印象の薄いものに感じられるであろうことはまずまちがいないでしょう。

愚兄の彫刻にもダンテの作品をテーマにしたものがあって——石から彫りだされた不完全な姿は太古の混沌《こんとん》から誕生した原始生命体のごとくこの世にあらわれいでようともがき苦しむ様子が創作の労苦を思わせ、どことなく見るのも辛《つら》いのは単にそれがおもしろくもなんともない作家の苦行の諷諭《ふうゆ》であるからだけではない。たとえばウゴリーノの彫像では巨大な石がのしかかる下でひとまわり小さな石が捻《ねじ》れ、へこみ、つぶれている様子が作中に描かれているこの人物の（食人《キャニバリズム》の描写としては文学史上もっとも説得力あるがゆえに不快な）行為を表現しているように見えるときもあれば、抽象芸術に見えるときもある——ときには前者、ときには後者、と見るたびに異なるところは花瓶なのだかキスする恋人たちなのだか、美しい蝶《ちょう》なのだか傷ついたホッキョクグマなのだかわからないように描かれた図絵のもたらす視覚的パラドックスさながら。これら一連の作品は一種の油圧装置を発明し船舶関連でひと儲《もう》けしたノルウェーの大物実業家の依頼により制作を始めたもので、愚兄が亡《な》くなったときにはまだ完成には至っていなかった。未完成、これは芸術の世界ではいつ聞いても胸の痛む言葉で、件《くだん》の連作も——未完成という但《ただ》し書きが創作に苦労した最後のあかしであるかのごとく作品全体を覆い光り輝いて——ひときわ高い値段がついたのはバーソロミューがすでに世を去ってからのこと（「出世」の原型ここにあり）、ノルウェー人実業家から権利を買い取ったのはテキサスにある美術館で現代彫刻の蒐集を始めるにあたり、ひとつ大きな買い物をして「計画を軌道に乗せたい」というのがその理由でありました（館長によるなら、ですが、このときの電話は二秒の時間差がなんとも厄介で月に向かって話しているような気がしたもの、ある意味ではそうであったのかもしれません。バーソロミューについてはこうもいっていたな、「フリンク／ムア／ミケランジェロ的なものがある」と)。

通であるところを見せるために——外交辞令合戦の一環、その実ふいの一撃さながら——チーズの正確な産地を私はつぶやき、おそらくラルザックではないか、と電光石火の推量をしてみせたのはほかにもよく似たチーズが何種類かあるからでした。推測はやはり正しかった。

「ムッシューは、ご旅行ですか？」

ええ、とムッシューは答え、それから数分にわたりシェフの指示忠告の類《たぐい》に耳をかたむけるふりをせねばならなかったものの、別れるさいには互いに一目置き合う間柄となっていた。そう、たしかに私は旅行中で、この日の朝は車で愉《たの》しく気ままにロワール川沿いを走ってみれば交通量は少なく(ロリアンの郊外《バンリュー》をいったん抜け出てしまうと)みなマナーは礼儀正しく、雲は高くすいすいと流れ、プジョーも心地よいほどに運転がしやすい。ロワール川こそフランスを代表する川であると考える旅行者がいたら彼(という代名詞に男女の別がないふりをするのは面倒だから、説明が終わるまで一時それはやめにしませんか？　いかなる文章であれ「戦闘機パイロットがいて、もし彼が……」もしくは「偉大なる哲学者がいて、もし彼が……」といった表現を用いた場合、そうではない旨《むね》はっきりと記されていないかぎり女性は例外なく除くことを意味するものとする、以上）はフランスの川について真剣に考えているということ。ロワールは川の本質を極めた最上級の川であり、比肩しうるのは川幅の広さが退屈で大仰で流れのゆるやかなライン川、これには歴史という名の太鼓の音に合わせて行進しているようなところがあり、みずから〝情感豊か〟を意識したドナウ川をとりまく雰囲気は話し上手と煽《おだ》てられすぎた人のそれに似て見せかけだけでも常に〝魅力的〟と思われないことにはもはや彼自身（！）の気がすまなくなっている。フランスでは北部ならではの利点（ガリアのわが友敵《フレネミー》にはあまり評価されていないようですが）を独り占めしているのはセーヌ川、ところがこの川はパリにしか興味がない点が命取りで態度もふるまいもパリっ子そのもの、中心に位置しながら、それについて深く考えたこともなければ是非を真剣に問おうともしない感があるし、短いながらも華麗なるジロンド川の果たす役割はあまりに機能的にすぎてボルドーのブドウ畑を育てるこれはいわば不老不死の霊薬――感謝するは素朴というか異教徒的というか、太陽に感謝するも同じでありましょう。否《いな》、河川の覇権争いでロワールにまともに対抗できる川はローヌだけ――堂々たる長さ、堂々たる流れの周囲で風景はさまざまに見事に変化し、行き着く先には美しい、ブドウ畑の広がる、ハーブの香り豊かな、陽光がさんさんとふりそそぐわれら北方人の夢、南フランスの景色が広がっている。そしてむろんのこと、そこに問題がある。ロ－ヌの難は結局のところ明らかすぎる——仕事熱心な観光局によってデザインされたような川だという点にあるといえましょう。否、やはりロワールしかない——フランスではすべてが北から南に向かい徐々に緯度の数字は低く摂氏の温度は高くなるのがふつうという地図作成心理の法則に大胆にも逆らうべく国を横切って流れるロワール川は、フランス史における中心的存在、ガリア・コマタすなわち「長髪のガリア人」がローマ人に征服された時代からプランタジニット王朝の治世を経てその後数百年の長きにわたる壮烈つまりは築城、宮廷ロマンス、公爵《こうしやく》領内抗争がくりひろげられるなかで歴史の密度も定住者の数も国内のほかの地域を上まわるものとなっていった（あたりは実際、塗り替え書き換えを重ねてぱりぱりになった羊皮紙のイギリス地図といい勝負）——加えて忘れてならないのは空高く地平線も広大な中央部の氾濫《はんらん》源、一五一六年から一五一九年にかけて晩年の三年間をこの地で過ごしたレオナルド・ダ・ヴィンチ、実現不可能なデザインや発明や、絵の具の急速に劣化しやすい不安定な素材に描いた偉大なる絵画で知られる彼は未完成の法則の権化《ごんげ》、有り余る才能で失敗した英雄、多方面で活躍しすぎたがために特定の分野に金字塔を打ちたてることができなかった天才の典型といえるわけでありますが（暗に評価を手控えたなかにルーヴルにある例の気取った作り笑いをした着飾りすぎの女中も含まれるのはじゅうぶん承知のうえ）――ロワールは全長一千キロメートル以上、フランス一長い川だという荒っぽい事実もあって、流域のワイン事情はもっとも複雑であるがゆえにもっとも興味深く、またこの川は浅く危険で航行不可能、交通路には適していないことから美しいままの姿が保たれ人の気配がない（船の行き来で騒がしいのは運河だけ、ロアンヌからブリアールまで川と平行して流れるこの運河はクライマックスで見る者の笑いを誘いながらアレクサンドル・ギュスターヴ・エッフェルの手になる可愛《かわい》らしい運河橋の力を借りて川そのものを乗り越えるという剽軽《ひょうきん》な光景をつくりだしている）。というわけでロワール川は人間の精神の鏡もしくはメタファー――一筋縄ではいかず航行不能で利用という凡庸な思いつきに屈することなく落ち着き払った顔の下に神をも畏《おそ》れぬ深さと人知れぬ速さを秘めているといっても過言ではない。午後のドライブを私が愉しみにしていたことはいうまでもありません。電話であらかじめ頼んでおいたとおり、プジョー306はサンルーフ付。

注意深い読者はすでにお気づきでしょう、前述の説明にはある種のリラックス感が漂っている――ゆったり気分でドライブという芸当を慌《あわ》てることなく計画どおりやってのけながら、この先も邪魔が入ったり予定が狂うことはないだろうと悠長にかまえ、ワイン・ガイド、レストラン・ガイド、観光ガイドに堅実な市民さながら全幅の信頼を寄せ、第三者とりわけ新婚夫婦の姿の見えないレストランで昼食、おまけにアペリティフ、さらにはカラフでロゼ、ついでに（といっても、思いかえしてみれば、そうだ、これは話していませんでしたね――なんという抜け目のなさ！）マール・ド・ブルグイユ［ブルグイユ産の滓《かす》とりブランデー］まで（上《トップノート》だちはやや浅薄な、アルミニウムっぽい香りだった）頼んだおかげで二杯飲むことができた例の容赦のないエスプレッソ、ブランデーとコーヒーを交互にかたむけるという飲みかたは人間、ときに毒と解毒剤を同時に服用せねばならないことがあるが、あれと同じです。変装用の小道具をひとつも身に着けていないので剃《そ》ったばかりの頭がひんやりとした空気に洗われ実に爽快《そうかい》だった、という点も付け加えておいてよいかもしれません。

大事を成し遂げるのに欠かせないのが、まえもっての計画（予期せぬ嬉《うれ》しい出来事などというものはこの世には存在しないのだ）です。その朝、電子機器を使った賢明なる盗聴行為により新婚夫婦の所在を確認したのちのことですが、私が起床した時間にやはり眼を覚ましていたのは私の知るかぎり修道僧しかいないはずで、夜明け前のお勤めを果たすべく伸びをし床を軋《きし》ませながらふらふらと身も凍るような礼拝堂へ向かい吐く息の白くはっきりと見えるさまがプネウマか霊魂を思わせるなか、詠唱に励むその姿をとらえて大胆に練り直した愚兄のブロンズ像〈ミサ典書〉、うずくまる格好に勝利感を漂わせたこの像がいまやうんざりするほど有名なのはロダンの例の作品と同じことで、愚兄があれをなんと呼んでいたかというと「いちゃつき《ザ・スノッグ》」――そう、そして自身の作品、世俗的崇敬の念に包まれ礼拝という考えかたを重んじていることから愛され親しまれているその像(「信仰への敬意をもっとも力強くもっとも痛ましい形で表現した不可知論的現代社会ならではの作品のひとつ」と評した批評家もいましたね)のことは「朝ごはん《エッグ・アンド・チップス》」と呼んでいた。そうした時間、小さなロリアンのホテルでみなが寝静まっているあいだに、私はベッドから抜けでて身軽な泥棒さながら物音ひとつたてず、とっくりセーターに黒いスニーカーといういでたちで廊下を進み階段を下りフロントの前を横切って向かった通用口は、中からなら開けることが可能、騒がれずにすんだのはホテル学校に学び栄進を夢見る様子も明らかなスイス人フロント係をつかまえてあらかじめそっと、「ムッシュー」には不眠症の気がある、眠れないときには真夜中でも散歩に出ることにしているので、と耳打ちしておいたからでした。かしこまりました、どうぞご自由に、との返事をそこで「ムッシュー」はとりつけている。というわけで「ムッシュー」が中庭へ出ると残夜の空気は凛《りん》とし、裸電球ひとつに真上から煌々《こうこう》と照らしだされて蔦《つた》の絡《から》まる煉瓦塀《れんがべい》と緑色に塗られた二枚扉の外はティエール通り。

彼らの車は、より正しくは「神の」となるべきところ一般には「マーフィーの」で知られる「条件最悪の法則」にのっとって、そのど真ん中にとめてありました。近づくにはダッシュボードの下で盗難防止装置の赤く明滅するBMW7シリーズ車とシートにタータンチェックのカバーがかかった図体のでかい旧式の白いボルボのあいだを体を横にしてそっと進まねばならず、合間にふり仰いで周囲にひとわたり眼を走らせ庭に面した窓の鎧扉《よろいど》なりカーテンがどれも閉まっていることを確認した(おお、ありがたき裸電球よ!)ところで気づいたのが、なにかの動く気配。一瞬身を凍らせ完全なる意識領域の一歩手前、識閾《しきいき》下で感知した情報が浮上し合体したそれをよく見てみれば、大きな毛むくじゃらの犬が黄色い明かりの輪のなか罵《のの し》られること数知れずの電球の真下に横たわり、眼を丸くしてまっすぐこちらを向いたまま慎重に犬なりに警戒している表情——どうやらホテルの客と見れば言い寄って引き留めるまねを過去にくりかえし苦い思いを味わった結果、礼儀をわきまえることの重要性を学んだ犬であるらしい。大きな両の鼻孔から白い湯気のかたまりを噴きだしつつ喘《あえ》ぐまいと堪えて息をしているワン君。明らかにどちらへ転んでもおかしくない状況でありました。種類はよく見てみるとブリアールという、毛深く気だてがよく飼い主に忠実なことからもとはオート・サヴォア地方で牧羊犬、オオカミよけの番犬として飼われていた犬でその体の大きなこと、小さなポニーとまちがえてもおかしくはないこのブリアールの家庭用ペットとしての唯一《ゆいいつ》の欠点は、よく知られているとおり長生きとは反対の傾向が強い点であります（エティエンヌの家でもこの種を飼っていて名はルシルといい、写真をエティエンヌはいつも財布に入れてハチ刺され用の抗ヒスタミン剤といっしょに持ち歩いていたものだった）。しかるに私がひとつ勇気づけられたのは、この犬と出会ったことにより事前に漏らしておいた不眠症のつくり話が功を奏してアリバイ工作には非の打ちどころのない有利な展開となれば、犯人が自分はロンドン・パラディウムの舞台で千三百人の観衆を前にしていたと胸を張っていえる時間に犯罪の起きたこともまた証明できるようなものだ（遅効性の毒に役立たずの病理医、時計には細工）。とはいえ中庭をぐるりと囲むように見下ろすように、これだけの窓が並んでいるかぎり、よくできた円形劇場も同然で可能性としてなくはない作戦失敗のあかつきには醜態をさらすことになる。そこであたうかぎりの自信をこめ、愛想よくわざとらしくささやくべく、一歩踏みだし身をかがめ掌《てのひら》を上向きに差しだして、声を押し殺し急ぎこう呼びかけたのでした。

「いい子だ」

効き目あり。相手はぬっと立ちあがってバスカヴィル家の犬さながらの背丈となり、ふさふさした尻尾《しっぽ》で宙を払いながら石畳をこちらへ近づいてきたところでいっぱいにのびた紐《ひも》、その紐で背後の壁の鉄柱につながれているのでした。そのまま左手のにおいを嗅《か》がせたり掌を舐《な》めさせたりしながら、右の小脇《こわき》に抱えた靴箱ほどの大きさの大事な箱を落とすまいと――いやまったく、犬はいるし電子機器はあるしの状態で両側には外国車、窮屈なことといったらありませんでしたね。数十秒間をそうして異種間交流に費やしたのちの告別の辞として「伏せ」を命じると、新たなるこの連れは向きを変え、人間じゃあるまいしと思いたくなるような好奇心と主体性のなさをあらわにあとをついてくる。滑りこむように私がすばやく地面に仰向けになって仕事にとりかかった車は一見おもちゃのようで実はスピーディな左ハンドルのレンタカー、フィアットでありました。ペンライトを使う必要もなく手探りだけで見つけたのは、あらかじめ頭に叩《たた》きこんでおいた使用説明書お薦めの場所、プラスチックカバーをはずすと自動的に作動する強力な電子マグネットが底部についたその機械は驚くほど小さく――小さなマッチ箱をふたつ重ねたくらい――タイヤえぐりの下側に固定すれば、まずもってありえないはずの不意の捜索が（なんの？　仕掛け爆弾か？）万が一あった場合でも容易には発見できないであろうし、修理工が不器用なその手をこんなところにまでのばさねばならない理由も見あたらない。

部屋にもどって——哀れな声でうるさく鳴くレジーヌ（というのがちらと眼に入った銀色の鑑札により判明したわが共犯犬の正式名）に別れを告げるべくしばし厄介な思い《モヴェ・カール・ド・ミニュート》をして任務を終了したのちのことでありますが——まず最初にやったことを、さて気がついてみれば、いままたレストラン〈ルレ・ド・パンタグリュエル〉の駐車場のプジョーの横に立ち私はくりかえしていることになる。ハッチバック式のトランクにきっちりと収めたスーツケースから取りだした金属製のボックスは妙に重く、中に鉛か金塊が詰まっているとすればそれはちょうど箱入りプレヤード版『失われた時を求めて』ほどの大きさということになるでしょうか（アンドレ・モーロアがくだらない序文を寄せている全三巻の一九五四年版です、前途に不安を抱かせる注釈過多にして理不尽な全四巻という構成の一九八七年版ではない）。上部から突きだしたアンテナは親切にもゴム玉のようなつまみのついた先端を持って引っぱると金属製のそれが何段階かにのびるのをいっぱいまで引きだしたときの長さは約八インチ（「長さ六インチ［約十五センチ］と九インチ［約二十三センチ］のちがいは？」という質問を発し、部屋いっぱいの聴衆を唖《あ》然《ぜん》とさせたバーソロミューを私は見たことがある。答えは『『から騒ぎ』と『夏の夜の夢』』）。ボックス前面の端、アンテナのすぐ横にはごくふつうのロッカースイッチが、なにかの拍子に誤って押してしまうことのないよう小さな凹《くぼ》みに収まったかたちでついていて――よくある謎《なぞ》のスイッチの一種であるこれの、片側に一本線、反対側には丸印というまったくの気まぐれとしか思えない象形文字の組み合わせを見ただけでは当の機械が作動状態にあるのか否か即座にわかったためしがない。上部に埋めこまれた楕円形《だえんけい》のプラスチック画面は濃緑色のフィルムに覆《おお》われ白い格子《こうし》模様入り。表面にはすでに細かな傷、引っ掻《か》き傷などがついて汚れが目立ちはじめておりました。スイッチを入れると機械は数種類の満足げな音を発し（「自分でテストしてるんです」というのが私の無言の問いかけに対する親切な店主の答えだった）、やがて薄緑色の点がひとつ、格子線《グリッド》のほぼ中央に浮かびあがった。

「当然のことながら、これひとつですべてがわかるわけではありません」と説明をつづける小柄な店主の、整った小綺麗《こぎれい》なその身なりとはまるでちぐはぐに感じられたのが店に展示されたあふれんばかりの金属製品やら金物やらの数々――ねじボルトや爪車《ラチェット》、ドールハウスの時計修理用から実物大の機械仕掛けのゾウ修理用まで大小さまざまに揃《そろ》ったスパナ類、スイス・アーミー・ナイフ、空気注入式のアヒル、短剣、ヌンチャク、弓矢の的、石弓。狭苦しい場所にわざとごちゃごちゃ商品を並べたてた感のあるこの店内に呼応した特徴が彼にあるとするならば、それは急《せ》きたてられたような早口と崖《がけ》っぷちの雑草さながら両の耳脇からつんと立った髪の毛だけだった。店を知ったきっかけは武器専門雑誌の広告欄で、取り扱い商品には興味深いことに見張りや産業スパイ用装備一式も含まれていたわけであります。

この小さな灰色のボックスが単体で全面的に技術支援してくれるわけではない。店の小商人《リトル・マン》は（いろいろと助けてくれてありがたいところは例外なく肉体労働者であり自分の居場所役回りにさも満足げな様子で細々と商売をしている彼らならでは——相手をいたわりつつ見下すのが得意なイギリスの中流階級が使う呼称のなかでも「リトル・マン」は私のお気に入りのひとつですね）この点をくりかえし、その後貴重な二十数分を費やしてふたりで練習したのが基礎の基礎、コンパスの使いかた、グリッドの読みかた、そして実際に位置の算出に利用したのは川下のイースト・エンド近くに男根そっくりにそびえて見える建物でありました。

「無線方向探知機《RDF》さえあれば事足りるというものではないんです」と、店主の説明によればこうだった。「相手が向かっている方向を突きとめるにはコンパスが必要だし、それがなにを意味するか理解するには地図がないと。グリッドも、いったん近くまで接近してしまうと役に立たない。およそ百ヤード以下の近距離ではもうだめですね。RDFがでもふつう、それは問題にはなりません。基本的には地図と、コンパスと、あれば、相手はつかまえられる」

同日の午後、地図を仕入れに出かけたのはコヴェント・ガーデンにある専門店でありました。染《し》みひとつないカフェ＝オ＝レ色の肌と万年驚愕《きょうがく》の眉《まゆ》をした親切な店員に案内されてフランス専門のコーナーへ向かうと、最初眼にした印象よりも収集内容は簡潔明瞭《めいりょう》、腰の高さほどまで数段並んだ抽斗《ひきだし》をひとつずつ引き出しては中身をたしかめられるようになっているところは十九世紀の科学博物館の展示品さながらだった。

特に厖大《ぼうだい》な量をこのようなかたちで展示しているピット・リヴァーズ民俗学博物館は愚兄が毎日開館時間のうちの二時間を費やしたことのある場所で、研究していたのはトーテムポールのデザイン——制作を依頼したロスボロー公爵《こうしゃく》が直前に発見した事実によれば当人を遥《はる》かに凌《しの》ぐ大の冒険好きであった高祖父のちょっとしたおふざけのおかげで専門用語を使い厳密にいうなら公爵は実はカナダ南東部でヒューロン・インディアンの族長になっていたはず、というのはむろん当のインディアンが風邪と天然痘で全滅していなければの話であります（歴史をひもといてみれば病気をヒューロン族にもたらしたのは件《くだん》の同じ祖先であるとの推測はどうあっても免れない）。トーテムポールに描かれているのは一族の象徴である雄ジカ。いまでもリンカンシャーは由緒《ゆいしょ》正しきロスボロー館の私道入口に立っていますよ。実に奇妙な恰好《かっこう》でね。

地図は種類があまりに多すぎ、誘惑と威圧感のちがいは紙一重というところでありました。一瞬手をのばしかけたのは一冊にまとまったミシュランの二万分の一で、これが他を圧倒する先行馬であることは一目瞭然、とはいえ結局決めたのは同じ縮尺でフランス全土を網羅した折りたたみ式の区分地図シリーズ——理由としては、たしかに独立した区分地図は風間に使うには不利、ほんのちょっとした突風により通常のナヴィゲーション作業が素潜り中のダイバー対巨大なマンタの死闘にも似た一大事となりかねないものの、少なくとも途中で常にページを繰りつつ位置確認をせねばならないという決定的弱点がこちらにはない。

セクシーなこの新しい機械をうまく使うために必要不可欠な技術を習得するにあたって苦労を強《し》いられたことは、いうまでもありません。〈ルレ・ド・パンタグリュエル〉での昼食を終えたその足で立ったままふたたびたどった手順を、前もって〝実践さながら〟練習したときの出発点はノーフォークのコテージ、目標物を追いかけて朝から田舎道を走りまわり興奮しすぎて眼がまわりそうだった。そのさい目標物として定めたのは牛乳配達人のロンと彼の配達トラックであります。まずは道路の向かいで待ち伏せるべく過去に強盗に何度やられたか知れないウィルソン家の別荘の前に立つブナの木陰に身を隠し、反対車線からアイドリング停車中のトラックに忍び寄ってわが驚異の電子機器をシャーシの下側に付けているあいだに、ロンは玄関に歩み寄り真新しいシルバートップの牛乳瓶を置く代わりに私が丁寧に洗って出しておいた空き瓶を回収していくところはいつもの金曜の日課どおり。それからさりげなく姿をあらわし、車へもどろうとする白衣姿の全略協会のこの配達員にすれちがいざま「おはよう、ロン！」と声をかけて家に入りドアを閉め、百数えてから外へ走り出るや、あらかじめ錠をあけておいた自分のアウディに飛び乗った。その後の刺激的な早朝ドライブで田園地帯をさまよいつつ過《あやま》ちを犯してはそこから学ぶという具合に体得した主な教訓は、どれも失敗が結実して公式となったものばかりであります。1地図確認のさいはかならず停車すること、走行中は無理をしない――フェイクナムの町外れでこれをやろうとして年金生活者の大勢乗った救急救命装置付き送迎車に危うく追突するところだった。2だいたいの居場所がわかったら自信を持つことが重要、厳密な位置確認にはこだわらない――馬糞《ばふん》牛糞がタイヤにこびりついたままのトラクターに行く手を阻《はば》まれロンの車を見失うのではないかと焦《あせ》って追い越しにかかった場所が、まずいことに視界のきかない太鼓橋の上、危ういところですれちがった顔面蒼白《そうはく》の自転車乗りは運がよかったとしかいいようがありません。3目標物に接近したら、細心の注意を払って行動すべし――とある角を曲がりロンと鉢合わせしてしまったのはフェイクナム郊外の公営団地での配達直後のこと、偉大なる理性をそこでもしも失っていたなら、とっさに口をついて出たしごくまともな言い訳により朝から二度目の偶然の出会いを装《よそお》うことはできなかったでありましょう。「ちょっとカボチャの様子を見にね！」元気よくそういって、あとはロンが市民農園の場所を知っているよう、こちらの服装が庭仕事向きでないことやら、そもそも私が庭など持っていない点に戸惑うことのないよう祈るしかなかった。十分後、彼が〈ライス・プディングで有名な、全略協会の上客である〉〈ピッグ・アンド・ホイッスル〉の前に車をとめ裏口へまわって大口の配達と回収をおこなっているあいだに、こちらも二重駐車してエンジンをかけたまま発信機を回収、そのさい学んだのが教訓その4――というのはつまり、これが思いのほかしっかりと固定されていて、なかなか見つからないバネ仕掛けの取り外しクリップはどこかと手探りしているうちに思い出したのが、妙によく似た仕草で母のイヤリングをメアリー＝テレザのマットレスの下に押しこんだときのことだった。フェイクナムでの体験はまったく冷や汗もので、時間の膨張と収縮が同時進行するなか、どうにかクリップをはずし、その場を離れたおかげで店の裏口からもどるロンの姿がバックミラーに映って見えたのは先の角を急旋回し逃げる直前のことでありました。こうして練習をしたうえで、いま私が立っているレストランの駐車場から長く一直線にのびる私道は、両側にイトスギがそびえ、きれいに舗装されているのはミシュランの調査員の注意を惹《ひ》こうとしてのことでしょうが、その訪れがいつになるか、誰ひとりとして知る者のない緊張感には伝説のなかの天使を思い起こさせるものがある。地図を取りだし（手際《てぎわ》よく）まだ熱いプジョーのボンネットに広げ、くりかえし使える接着用パテで四隅を固定。コンパスと無線方向探知機、それに慣れ親しんできた信頼のおけるイギリス政府陸地測量部発行一万分の一よりも色鮮やかで記号の読みづらいこの地図を使って算出した結果は、決してひとりよがりではなく確実にいえることとして、なにも驚くようなものではありませんでした。ルーダン近くの小さな森に、善意の美術愛好家たちの依頼を受けて愚兄のつくった「彫刻公園」があるのです。

冷肉盛り合わせ

ロシアのザクースキィ、ポーランドのザクースカ、ギリシャのメゼ、ルーマニアのメゼールリ、ドイツのアーベントブロート、フランスのオードヴル、それに伝統的なイギリスの冷菜《コールド・テーブル》——これらが本領を発揮するのは（たとえば東ヨーロッパ系であれば十中八、九、戦艦を浮かべられそうな量のアルコールで流しこむことになるといった）生まれ故郷独自の食文化とは縁を切ったうえで、国際的混成共通語《リングワ・フランカ》に翻訳するならば「夏向きの料理」となった場合でありましょう。生きていることを実感するのにこれ以上の方法はあるまいとさえ思われるのがこちらにソシソン［ドライソーセージ］、あちらにはサラッド・ド・トマト［トマト・サラダ］を用意して、ほかにもキュウリのライタ［ヨーグルト和《あ》え］やピサラディエール［玉ネギ、アンチョビー、黒オリーヴのタルト］、ゆで卵、ラタトゥイユ［夏野菜の煮込み］、オリーヴ、アンチョビー、地元特産のチーズを一、二種類、生の新鮮な小カブ、魚の薫製《くんせい》、魚の卵の薫製、プロシウット［生ハム］、ナスのマリネ、ホムス［ヒヨコ豆のペースト］、マッシュルームやポロ葱《ねぎ》のギリシャ風マリネ《ア・ラ・グレック》、パテやテリーヌは試しに近所の店で買ってみるのがよいだろうし、ローストした鳥の冷肉なども添えて最後に欠かせぬのが旨《うま》いパンと旨いバター、飲み物は気取りのない地物のワインでもあれば文句のつけようがない。気温が高く怠惰が当たり前の夏には消化機能もひと休みしたいと見え、高峰アンナプルナやらK2はお断り、あれは冬にたらふく食べてこそ挑戦できるものであると、胃袋が口やかましく、味蕾《みらい》のご機嫌取りにも美味なるご馳走《ちそう》を各種取り揃《そろ》えてかからねばならない夏の食欲は、真っ向から向き合うものでないところが古代ローマの剣闘士とちがって、三叉槍《みつまたやり》と網を手にした網闘士レティアリウスと魚に扮《ふん》して鎧兜《よろいかぶと》に身をかためたムルミッロの闘い、若かりし日に想像力をかき立てられたのはとりわけこの両者のぶつかり合いで、ライオン対キリスト教徒といった一方的なつまらない試合（これも公開処刑の一種であるはずなのに考えてみれば薬物注射対銃殺隊対電気椅子《いす》の刑法論議に加えられたためしがありませんね）の比ではなかった。暑い日に冷たいランチ、満ち足りたひとときを約束する気象学と美食学のこの組み合わせに、誰が抗《あらが》えるでしょう。新婚の若いカップルが妬《ねた》ましい、公園でのささやかなピクニックも自然を楽しみながらの散策も男のふるまいも手に手をとっての昼下がりもロワールでの愛も、すべて許せぬなどと、いったい誰がいいました？

愚兄が彫刻公園計画に着手したのは作品がより抽象的、記念碑的、汎神論的《はんしんろん》傾向を帯びはじめたころのことでした。冒険だね、といってそれをからかったのはたしかイースト・ロンドンは彼の砦《とりで》に出向いた日のことで、散乱するテイクアウトのインド料理は当時つきあっていた女性が愚兄とふたりしてお気に入りという近所のカレー屋から買ってきたもの、納得の行かぬまま仔羊《こひつじ》のヴィンダルー［ニンニクと酢入りカレー］で我慢したものの私が頼んだのは実際には仔羊のダンサク［コリアンダー煮込み］のほうだった。ひとつの意見としてそこでも述べておきましたが、「例外的に頭の悪い人間でも〝ダンサク〟と〝ヴィンダルー〟を聞きまちがえるとは思えない」。

「凋落《ちょうらく》の一途をたどるその姿に、驚かない支援者はいないと思うよ」私はいいました。

「最初は画家で、次が彫刻家、いまじゃ基本的には庭師も同然。次はなんだい、バリー。道路掃除人かい？トイレの清掃係？　それともジャーナリズムへ転向？」

「柔になってきているのかもしれないな」とバーソロミュー本人も認めている。「以前より美に興味が向いて、力はどうでもよくなってきた。想像力、力業《トゥール・ド・フォルス》。水、石、木々、陽の光。チャツネをとってくれないか」

「豚ね」とアリス（アレックス？　アリシア？）、うまいことをいうものです。

時満ちて公園の除幕式に向かうと、場所がフランスですから当然のことながらまずは森の中央広場を利用した戸外でのランチのあいだ、天気はよく持ったものだった。主催者側に招待されて集まったのは美術界の名流および地元政財界のお歴々。メニューは賢明にも手堅い内容で——ヒバリのパテ、仔羊の薄切り肉、それにブルデーヌ(アルベルジュ・ド・トゥールと呼ばれる地元特産の桃アンズのジャムをリンゴに詰めて焼いたもの)。その地に滞在した目的はバーソロミューの仕事を一笑に付すためもありましたが、いっぽうで味わいたかったのが、ソミュール地方ならではの美味、とりわけアンドゥイエット[小さな腸詰め]はウナギと馬の内臓でつくったものが有名で私の大のお気に入りのこの臓物料理アンドゥイエットを断固、人間の食べ物ではないとする愚兄は「臭すぎる」といって譲らなかったのである。とはいえ、むろんのこと、そのにおいなくしては話は成り立たないわけで——文字どおりのにおいというより腐臭を思わせるそれにぞくりとせずにいられないのは臓物料理を口にするといつにもまして、同じ動物仲間の屍肉《しにく》を食しているのだ、自分の胃袋にとりこんでいるのだ、という意識が強烈にはたらくからにほかなりません。

濃紺のシルクのスーツに身を包んだバヴァリア出身の資産家がおこなったスピーチは決して複雑ではない暗号を読み解くならば、自分がいかに裕福であるか、気前がよいか、芸術のパトロンとして先見の明があるかの自慢をすべく愚兄の作品についてあれこれ評してみせる内容にひとつも説得力はありませんでした。口臭の実に驚異的にひどい（ことが、前もって顔を合わせたのは誰よりも短いほんの一瞬であるにもかかわらず判明した）フランスの女性美術評論家が豚さながらの肥満体で立ちあがって論じたのは、バーソロミューがミケランジェロではないが「〝さりげなさ《スプレッツァトゥーラ》〟と〝凄まじさ《テッリビリタ》〟のあいだを大きく揺れ動いている」というナンセンス。シノン町長はというと、特に式典に備えて念入りな準備はしてこなかったと見え、再選に向けてただ有権者にお願いをしただけだった。それから公園内のお披露目となり、集まったお歴々は三々五々作品を観《み》てまわりはじめた。後先考えずに昼食を詰めこみすぎたらしく、ちょうどいい機会だとばかりに静かな木陰を見つけて英気を養うべく昼寝をなさっている方もいらっしゃいましたね。当然のことながら後日、一種のスキャンダルとして「存在しない公園《ル・パルク・キ・ネクジスト・パ》」云々《うんぬん》と某日刊紙が書きたてたのは愚兄のプロジェクトの主旨がささやかな石造美術をごくふつうの森の風景に溶けこませることであったがゆえに、どれもみな結果的にはインパクトを欠いたいわば「芸術作品」としての自覚のまるで足りないものに終わっていたため——こちらに石ころ、あちらに石塚《ケルン》、ベンチとピクニック・テーブルがどこそこに、では無理もありません。総じて日本的、なる評が皮肉に思われたのは、バーソロミューの以前よく口にしていた信条が「削れば削れる《レス・イズ・レス》」というものだったからであります（美的価値観のような大きな問題になると自分の考えなり意見を述べるバーソロミューをまず見たことがなかったのは、却《かえ》って幸いであったというべきか、というのも、そういったことを論じるときの態度が実によく似ていると思われるフロベールは話題が文学に及んだときの胸の内をこう表現している——元囚人になって刑務所改革の話を聞いている気分だ、と。バーソロミューもまた負けず劣らずぶっきらぼうになるわ、苛立《いらだ》たしいほど具体的になるわ、無関心に見えてよくなんでも知っているわで内部事情にあれだけ通じていれば誰でも憤慨しておかしいことは少しもない。「芸術について世の連中が話すことの大半は、たわごとだね」といつだったか私に向かっていったのは、自分の作品を特集した番組かなにかがテレビ放映された直後のこと——テレビを持っていない私がそのドキュメンタリーを観たのは登場人物が現に眼の前にいるアトリエで、場所はレイトンストーンという、ファッショナブルにも超がつくとファッショナブルではなくなるその界隈《かいわい》で愚兄は仕事をしていた、ということはつまり付加するなり結果論的にいうなら、単なる見せかけだけで取るに足らない点は絵に署名をするがごときものであるとはいえ、暮らしていたことになる。「芸術で問われるのは三つだけ——おれは誰だ？　そしておまえは？　どうなってやがるんだ、いったい？　それだけさ」）。

その日の私は公園を訪れるつもりはありませんでした。ただなんとなくのんびり過ごせればよいと思っていた。午後の予定としては時間をかけてじっくりスイーを見てまわるだけでも、気取った城がひとつあるし、通り沿いに可愛《かわい》らしい洞窟《どうくつ》の家々が並んでいたり、数マイルはずれにある村はまた文学史上屈指の饒舌家《プッター＝インナー》フランソワ・ラブレー生誕の地としても知られている（わが共同制作者がモダニズムとポスト＝モダニズムの定義なり違いを述べよと私に迫られて――というのも後者を用いて愚見がどういう類《たぐい》の芸術家ではなかったかという、狙《ねら》いは悪くないにせよ多少お粗末な指摘を彼女がしたものですから――答えたことには、「省略《リーヴィング・アウト》することでどれだけ過去から脱却できるか探求したのがモダニズム。挿入《プッティング・イン》することでどれだけ脱却できるか探求したのがポスト＝モダニズム」）。加えて、できれば立ち寄りたかったのがフォントヴロー修道院《ラベイ》であります。この修道院はプランタジニット家のお気に入りとして次々と建てられた僧院（ぜんぶで五つ）が寄り集まるかたちで現在も残っており――埋葬されているのはヘンリー二世、その妃《きさき》エリナー、および空威張り息子の獅子心王《ししんおう》リチャード。さらに心臓だけが収められている人物の名を挙げると、ジョン王つまり大憲章マグナ・カルタの制定に寄与したあの名高き悪王、および彼の息子とはとても思えない聖人君子ぶったヘンリー三世、とはいえ誰かの体がどこそこに、心臓は別の場所に埋められているといった話を聞くと、苦難の末ようやく得た安らかな眠りなる気高いイメージよりもまず身の気のよだつ死体からの内臓摘出場面を思い浮かべずにはいられない（その心臓を、たとえば、なにに入れて運ぶのか。誰が摘出するのか）。イギリス王家のなかでも私がプランタジニット家を贔屓《ひいき》にしている理由は、比較的洗練されていてそれ以前の歴史に名を連ねる陰鬱《いんうつ》なアングロ＝サクソン系戦闘士の首領たちほど揃いも揃って粗野ではないし、ヨーク家やランカスター家のように身内殺しにとりつかれてもいない、チューダー家のようにいかにもウェールズ的で許しがたく誇大妄想が激しいうえ信用がおけないわけでもない、スチュアート家のように馬鹿《ばか》げてもいなければのちの王室ほどドイツ的でもない、とこの部分、サックス・コーバーグ・ゴータ家［現在のウィンザー家］を除外して話しているわけではない点は特に強調しておきたいところであります。王妃エリナーはよほど小柄で運びやすかったとみえ――さらわれること結婚前に三回、犯人はいずれもその虜《とりこ》となった求婚者たちで、最初のひとりは（a）未来の夫の弟でしかも（b）彼女より年が十二も下であったという話はさておき、後半生はただひたすら息子たち、というのは三男リチャード（のちの獅子心王）および末っ子のジョン（のちの欠地王ジョン）を彼女は溺愛《できあい》して父親への反抗をけしかけることだけに情熱を費やしている。いつも思うのですが知能指数の高さと注意力が持続した点を除けば、愚母となにやら似ていなくもない。エリナーには離婚歴があり――前夫はフランス王

――ヘンリーのもとへ嫁ぐおりの持参金がポワトゥー、サントンジュ、リムーザンおよびガスコーニュ地方を含めたフランス西部の広大な領地であったというのだから、両親から私の受け継いだ不動産の慎《つつ》ましやかなことがよくわかるというものです。

その前に実をいうと一寸《ちよつと》立ち寄ったシノン特産のワインもまた私のお気に入りで、鼻につんとくる表現力ゆたかな青い茎《ストーキー》のような香りが特徴でもあるカベルネ・フラン種からつくられたこのワインは気分次第で陽気かつフルーティーに感じられたり、逆に暗く近づきがたい印象を与えることとすらあるとはいえ、(感覚、期待の)頂点に挑むなり深奥をきわめることは最初から考えてもいない点でまさにそこを生息域とする野心的な大物ワインたちとは異なり――湖のごとく、たとえば、そう、吹きわたる風や湖面のさざ波に躍る光の加減により雰囲気は実にさまざまで年にひとりないしふたりの漁師の命を奪う力を秘めながらも、湖的という定められた等級からはずれることは決してない。

午後を少しまわった時間に着いて、坂道を上り下りしながら束《つか》の間《ま》ぶらついてみたのはヘンリー二世終焉《しゆうえん》の地となった古城のそびえる岩山――この地に住まいながら治めていた領土が、南はピレネー山麓《さんろく》より北はスコットランドと国境を接する雷鳥はびこる荒れ地にまで広がっていたことを考えると、妙な気がしますね。やはり当時のイギリスは現在よりもはるかに住みやすい国であったにちがいない——汗くさい無骨な田舎者ながらよく働きよくいうことを聞くアングロ＝サクソン系農民を踏み台にノルマン貴族たちはヴァイキング船を操る場当たり的略奪者からフランス語を話しタピスリー制作を依頼する優雅な城主へとみずから変身を遂げたわけで、立身出世、自己改革のこれは古い例ながら実に見事というほかない（国土の大半が深い森に覆《おお》われているとなれば、いくらでも調達可能であったにちがいないのが野生のキノコ類、それにシカやイノシシなどで、特に後者の味をよくしたければ大量に食べさせるとよいのが大好物のドングリです）。とはいえ、現在のシノンがそうした過去をひきずる町でしかないのは、ロワール地方へ向かう観光客が立ち寄るのに便利という点が割に合わないというだけでなく町自体の努力が足りないせいもある。ちょっとした渋滞にぶつかって苛々《いらいら》させられたのは市街地を出ようとしたときのことで、見ればスクールバスがわめき騒ぐ一団を降ろしているところへ（小学生のやかましさではフランスがまちがいなくヨーロッパ・チャンピオン）ドイツ人のキャンピングカー二台が加わって（文字どおり）二進《にっち》も三進《さっち》も行かない状態となっているのでした。しばらくつづいた睨《にら》み合いは、安易で退屈な比喩《ひゆ》もここまでくると致命的ですが一八七〇年から一九四五年にかけてのヨーロッパ史さながら。

聞いたこともない城への入口を見つけたのは、シノンを出た直後のこと、シャトー・デルボーすなわちエルボー城なる標識を見て私は本能的にハンドルを切り、街道を下りてその場所へ向かったのは酷評、博識で品定めをするためだった。車と一体になってやかましく砂利を踏みながら進むと、見えてきたのは四角張った十七世紀の建築物で窓がみな異様に小さい。一瞬そこで頭をよぎったのは——重罪人を流刑《るけい》に処す君主もしくは刀の切れ味を試すためだけに農民を斬首《ざんしゅ》するサムライ戦士《ウォーリアー》さながら邪念として意識の上からすぐに追い払ったとはいえ、ふと考えたのは——昼食に若い彼らはなにを食べたのだろう、どこで買ったのだろう、豚肉加工品店《シャルキュトリー》なり菓子店《パティスリー》なりパン屋《ブーランジュリー》なり食料品店《エピスリー》なり、お薦めとされる店に足を運んだのだろうか、それとも行き当たりばったりで選んだのだろうか、ということだった。作品制作に夢中になりだすと、まともな食事をしなくなるのが常であった愚兄はあたかも詩人オーデンの忠言——「芸術家は敵に包囲されて暮らしているようなものだ」——これを額面どおり受けとって肝に銘じているかのごとく、ごくたまに折を見てなにかを頬張る以外は壁をよじ登る輩《やから》を蹴落《けお》としたり火矢で起きた大火事の消火にあたったり煮え油を敵の頭から浴びせかけるのに忙しかったものです。その合間の食事をもったいぶってなんと呼んでいたかというと「ピクニック」——実体はパンを丸のまま齧《かじ》りつつ仕事場を歩きまわりながら、プロセスチーズの箱だのピクルスの瓶だのを空にし、ソーセージやらハムを冷たいまま頬張り、ベークト・ビーンズを缶からそのまま食べるにもつっ立ったままかスコットランド人服役囚さながら部屋の中を行ったり来たりしているという具合。一度この私が気を遣って様子を見に訪ねていったときも、追い込みのさなか——完成間近だった作品は寓意《ぐうい》的に表現したヘラクレスで悶《もだ》え苦しむその体を包むシャツもネッソスの寓意的表現、がよく見れば獣の生皮であるというもの——でしたが、（ちょうど失業中ならぬ失女中だった）愚兄のいちばん喜びそうな香辛料の効いた食べ物だの薬味だのを、量は少ないながら厳選してバスケットに詰め持っていったところが、「すげえ——腹ぺこなんだ」とだけいってフランス産ガーキン・ピクルスをひと瓶空けるや薄汚いコーヒー色のソファに倒れこんで寝てしまった。オードの森《フォレ・ド・ロード》で彫刻公園を仕上げるさいにも、まるでサンセールの赤ワインとチョコレート・ダイジェスティヴ・ビスケット以外なにも口にせず生きながらえているように見えたことが地元作業員たちには忘れ得ぬ衝撃となったようで、これまで知らずにきたが大した栄養食であると愚兄が食べているそれをみてみなこう感心していました——「いやまったく驚いたね《ヴレマン・アンプレッショネ》」。

心地よい、よけいな服だの鬘《かつら》なしでいられるというのは実に気分爽快《そうかい》で、ここ数日をともに過ごしてきたその相棒たちはどうしているかというと、いまはしわくちゃのまま忘れ去られたかのごとく大きなスーツケース二個に収まりプジョーのトランクの中。サンルーフを開け風を受けながら運転すれば、これ以上気持ちのよいことはあるまいと思われるほど快適な頭に沿って流れる空気が地球の表面を吹きわたる貿易風のように思われなくもない。ここで説明しておかねばならないのは、これまでの語りに花を添えてきた目立たない服装による変装、これが私の通常の（ふだんの、といったほうがいいかな）装《よそお》いでは決してないということであります。たとえばつるつるに剃《そ》った頭はたしかに実用的で手入れにも時間がかからず鬘をかぶるにはうってつけだけれども、これで愛用のなにかを身につけると悲しげな顔で見る人がいるのはまるで釣り合わないから、そのおそらく最たるものが自慢のスーツ類で、なかでも大胆な格子《こうし》柄のお気に入りの一着をこの日の私が身につけることによって感謝せずにはいられない自由時間が得られたのは、地図とコンパスとRDF、それに自分自身の創意工夫が幸先《さいさき》よく一致団結したおかげだった。そのスーツの緑色と黄土色を引き立てている――褒め讃《たた》えている、というべきか――綿シャツの色は淡い桃色だけれども織りが細かく見る人が顔を近づけてよく見なければわからないのが地で濃淡をなす綾模様《あやもよう》、これに黄色の水玉模様の入った地は水色の蝶《ちょう》ネクタイを結び、揃《そろ》いのハンカチーフを胸ポケットにさし、懐中時計《フォブ・ウォッチ》から鎖をのぞかせた恰好《かっこう》で履いていたのは見事なまでに保守的な手縫いの茶色い短靴《ブローグ》です。

城の駐車場に車をとめたのは午後四時ごろのことだった。観光客の車がひしめき合い、大型バスも一台か二台いてうんざりさせられるあたりはいつものこと。長居はすまい、と心に決めたその判断がまちがっていなかった証拠に、城の中身および歴史はありきたりで込み具合だけが凄《すさ》まじく、どこもかしこも無学の徒《イグノラミ》であふれかえっていた。エルボー家は地方の名もない領主の一族、取り立てて興味を惹《ひ》くような、なにを成したわけでも買ったわけでも考えだしたわけでもなかったと見える。城にはしかるに名誉挽回《ばんかい》のための一角が一族の霊廟《れいびょう》というかたちで残されていて、これが見栄《みば》えもなかなかなら彫像も悪くない出来のものが飾られているところを見ると革命前に生きた最後の城主とともに埋葬されているのは一頭でも二頭ですらもない、お気に入りの大型猟犬スタッグハウンドが四頭ということであるらしい。エルボーの名を残したのが存命中のなにものでもなく、その死であったことはまちがいないでしょう。

人の心の動きとは妙なものです。墓石を見て思い出すべきは詰まるところ常にそれを相手に仕事をしていた愚兄のはずが〈潜るひと〉や〈カタロニアのピエタ〉など、代わりにいつも決まって哀れなミッターグが頭に思い浮かんでしまうのは連想が複合的に働いて大理石が雪を想起させ（色、温度、清らかさ）さらにその雪がノルウェー出身であったわが家の使用人を想起させるからで、幼いころ頭に焼きついた想像上のノルウェーという国は年がら年中白一色、人間よりホッキョクグマのほうが数が多い点で羊がやはり人間を圧倒しているニュージーランドとなんら変わりがない（この事実を知ったときの印象は強烈でしたね——ある日とつぜん羊に国をのっとられたとしてもおかしくない、そう思った）。葬儀、埋葬の場において大理石が使われることに違和感がないのは、暗に共通するものがあるから——大理石も死体もひんやり冷たいという点で一致していることと関係があるにちがいない。むろんのこと大理石はその完成度の高さゆえ死となおいっそう結びつきやすいということもいえるわけで、完璧《かんぺき》なものの例に漏れず大理石は不活性物質。おそらくはそれもあって、才気煥発《かんぱつ》なルネサンスの気取り屋《プレシュー》たちと比較すると過小評価されがちな中世の職人芸術家はこの石材を嫌ったのでしょう、より扱いやすい表現力ゆたかな媒体を好んで利用し、色彩多彩に情熱を注いだかに見える彼らの強みはひとつには趣味がかならずしもよいわけではないところにあった。

ミッターグの死は事故か自殺か判断のつきかねる領域にあるというのが、一般的な見方でありました。となると詮索《せんさく》好きな人々には願ってもない機会で彼らは他人の動機の解釈やら心の秘密を探ること、その深淵《しんえん》を推し量ることに余念がない（個人的見解――無駄ですね）。事実は――地下鉄ディストリクト線のパーソンズ・グリーン駅でミッターグは電車にはねられたのです。私もその場にいたことはいたのですが、死因審問で説明したとおり、目撃者としてはあまり頼りにならなかった、というのもこちらはちょうどミトンと格闘している最中だったからで、左右をつなぐべく母親の縫いつけたゴム紐《ひも》が若干短すぎるそのミトンをはめるにはまず片方をコートの肘《ひじ》で脇《わき》に押さえつけ、もういっぽうを然《しか》るべき位置へ持ってきてから指を入れなければならない。うまく行ったにしても決して容易ではないそれをやるには動きもぎこちなくなるうえ、よほど集中しないとできないわけです。ミッターグはただ前へ一歩出て足を滑らせ、ちょうどそこへまずいことに電車が突っ込んできたようにしか私には見えなかった。身の毛のよだつような詳細についても――その最たるものは思うに、乗客をひとり残らず降ろした電車がバックしたあとにあらわれた元料理人の手足を切断されたキャセロール用チキンさながらの姿でしょうが――眼にせずにすんだのは、ミッターグと私が駅に入るところを見ていた感じのよい太った女性に手を引かれ、近くにいた警官のもとへと即座に連れていかれたからだった。声をひそめてふたりがなにやら話しているあいだに食べてしまった大きな丸いキャンディーはおとなしくしているようにと手渡されたものです。その後、家まで送り届けてくれたのはまた別の警官でしたが、タイン地方訛《なま》りを耳にしたのはこのときが初めてでしたね。ベイズウォーター街へもどり悪報悲報が告げられるなか、誰もが感じていたことを眼中人なく露骨につぶやいたのは父ひとりだった――「勘弁してくれ、またか」。死因審問による評決は有疑評決すなわち死因特定できずというもの、とはいえ検屍官《けんしかん》であることを抜きにすれば魅力的な（と少なくとも当時十二歳にして当然のことながら最重要参考人であった私には思えた）検屍官が自殺と結論づけたがっているかに見えた理由としては、ミッタークの兄弟のひとりが父の言葉を借りるならどうもやはり「自分で自分を殺《や》った」らしいという話が大きかったのではないでしょうか（彼が最初から聞く耳を持たなかったのは、電車がプラットホームに入ってくるタイミングを見計らってこの私が実にうまい具合にミッタークの背を押すところを見たと主張するヒステリックとしかいいようのない女性の〝証言〟）。金銭問題や恋愛問題で悩んでいた様子はないし、書き置きも残していない。ただ父にいわせるなら以前のミッタークは「シャーベット［ビール］に目がなかった」という、これは周知の事実であるうえ、同祖同族の作家たち（ストリンドベリィやイプセンら）のたいへんな愛読者であった点も、見逃すわけにいかないと検屍官は感じていたようだった。それでもやはり、評決は死因不明というものでした。

死因審問や葬儀には、どこか妙に食欲を刺激するものがある。ミッタークの死因審問があったその日、両親に〈フォートナム・アンド・メイスン〉へお茶に連れていってもらって食べたスコーンの数が十四個（自己最高記録）。ということもあって、マフィンとスコーン、伝統的なイギリスの午後のお茶《クリームティー》、それぞれの長所を比較検討するとどうなるか考えながらエルボー城の霊廟をあとにして、許可済み標識設置済みの観光客用通路をたどり、地上に出て陽射《ひざ》しあふれる回廊の角を曲がったその瞬間、すぐ眼の前にあって危うくぶつかりそうになったのが——露骨にいうなら——尾行していた若いふたりの背中。大失敗などという言葉ですまされるものではありません。まさにぶちこわし《デバクル》寸前だ。

「デバクルという言葉がフランス語なのは偶然じゃないね」愚兄がそう漏らしたのは、アルルの自宅近くでおこなわれた除幕式にひどい手違いが起きたときのことだった。なにがどうなったかというと、ヴェールを取って彫刻を披露するはずが、何度やってもうまくいかない。いくら引っぱってもロープはこれ見よがしに役割を拒絶したまま作品前面の飾り布は微動だにせず、しまいには仕事着《つなぎ》姿の作業員が出てきて切り落とすしかなかった。「デバクル」なる言葉には入念な計画に大きな狂いが生じたという響きがあって——失敗した当事者が気づいたときにはなぜかあらかじめ覚悟していたものを失うにとどまらず、被害は遥《はる》かにそれを上まわって、たとえばゴマをするべく上司を夕食に招待し彼の好物をご馳走《ちそう》しようという野心的試みであったはずが令夫人の食中毒死という結果を招いて職を失い、結婚生活が破綻《はたん》したために破産に追いやられて恐るべき犯罪に手を出した挙げ句、警察と銃撃戦になって死んでしまいましたというような――心配なのはただひとつ、オランデーズ・ソースがうまくできるかどうかという点だけであったはずなのに。比較してみるとよくわかりますが、失策、破綻といった意味合いの強いこのフランス的な「デバクル」という言葉に対し、気取りがひとつもなくただ大混乱している雰囲気で身近に感じられるのがイタリア語の「フィアスコ」、また男言葉であるという意味で雄々しくかつ実用主義的な（というのは、思うに暗に逆のことを意味していて裏の裏を返せばつまりは楽観主義的な）アメリカ英語の「ファックアップ」という表現もある。すでに述べたとおり、少し前まではお祝い気分だったのが、いまとなっては迂闊《うかつ》としかいいようのないことに変装用のなにもかもを脱ぎ捨てた私の服装は決して目立たないものであるとはいえません。ひとつ理由があってパニックに陥る必要がないとすれば、ありがたいことに前方三十ヤードほどのところでちょうど電動式車椅子《くるまいす》二台が衝突するという事件が起きたため、彼らはそちらに注意をとられて私にはまだ気づかずにいる。衝突現場では手振り身振りの言い争いとなり、すわ馬上槍《やり》試合もどきの始まりかと思われたほどだった。

抜き足差し足であとずさり、ついさきほど何心なくひょいと曲がったばかりの柱の陰に身を隠しました。さて、どうやって逃げればいい？　新婚夫婦にとって、いま私が立っている場所は柱廊内唯一《ゆいいつ》の死角である真後ろの物陰。出口へ向かって一歩でも足を踏みだせば、全身をその視線にさらすことになるであろうし、かといって地下の霊廟へ「出口ではありません《ソルティ・アンテルディ》」と書かれた扉を抜けてもどるのも考えられない、というよりあの扉にはそもそも把手《とって》というものがない。常軌を逸したかのごとき頭で一瞬考えたのは壁際《かべぎわ》に立つ甲冑《かっちゅう》のなかに潜りこんで派手に金属音を響かせながらどすどすと扉めがけて突進しようかということでした。いや、潜りこんだまま夜になるのを待って、守衛にはトイレで眠ってしまったのだと言い訳するほうが賢いか。待て、そうではない——慌《あわ》てるな。こういった状況でこそ、火事や飛行機事故、客船沈没にそなえての心得に欠かせぬフランス語のあの表現は役に立つというもの——冷静を保つべし《ギャルデ・ヴォートル・サン＝フロワ》。不可能に等しいのは、回廊を抜けて見つからずに脱出するという方法です。それでなくてもいまに彼らが歩きだせば、もはや隠れようがなくなって、ひとり堂々とくっきりと、ライフルの光学照準器にとらえられたヘラジカさながらの姿をさらすことになりかねない。

おそらく無理、のなかから見つからなければ答えは不可能の領域にあるとしか考えられない――かねてよりシャーロック・ホームズのこの言葉が私は好きだった。そしてまた回廊の隅に隠れ、霊廟へと通じる重厚な扉に背を押しつけているうちにふと思い出したのが「出口ではない」とあれば例外なくそれが「出口」である、という愚兄の座右の銘です。そこでまずはその場を動かず、若夫婦の姿が徐々に眼の前にあらわれはじめてもじっとしていると、日本人観光客の一団がレインコートをはおりオレンジ色の折りたたみ傘を手にしたガイドに率いられ回廊へと上がってきたので、すかさず扉に爪先《つまさき》をひっかけ閉まらないよう押さえているあいだに四十人かそこいらの文化愛好者たちがぞろぞろ出てきたところでもはや待ちきれなくなり、最後の数人をかわして地下へ駆け込むや人の流れに逆らって城内の展示物や記念碑の前を大急ぎでもと来た方向へとひた走ったときには――まるで映画の逆回しを見ているようでしたね。「だめですよ《セ・タンテルディ》！」警備員が叫ぶのもかまわず入口の扉を肩でぐいと押し開け、運良く逃げおおせそうだとの思いを強くしながら、あとは駐車場を急ぎ横切ってプジョーに飛び乗り思い切りアクセルを踏んで、一路フォントヴロー修道院へ。そんななかでも気づいて興味を覚えずにいられなかったのは、警備員がこの私のことをフランス語に堪能《たんのう》な人間であろうと本能的に見抜いた点でありました。

秋

アイヨリ
朝食
バーベキュー
オムレツ

アイヨリ

「平和と幸福は、地理的に見て、料理にニンニクが使われる場所から始まるといっても過言ではない」こう語ったのは英仏《アングロ=フレンチ》料理界の橋渡し役をつとめた英雄でありながら『ラルース料理百科事典』にはなぜかその名の記されていないX・マルセル・ブールスタンであります。そして、辿《たど》り着いた瞬間からこの言葉の真実を思わずにいられない人はいないのではないでしょうか。地名そのものを耳にしただけで人生の感覚的可能性の広がりが予感されるかのような、実際に広がって感情の鍵盤《けんばん》の両端に二つ三つずつ鍵もしくは精神という名の教会オルガンに新たな音栓《ストップ》が加わり、感覚器官を構成する細胞ひとつひとつが脹《ふく》らみ、体と心と魂とが新たなる一体化《ラプロッシュマン》を遂げたかのごとく感じられる土地、それ自体ひとつの観念、媒体、職人芸《メティエ》、プログラム、教育、哲学、料理、言葉でもある土地の名はすなわち、プロヴァンス（読みかえしてみたところ文法的にはこの文章は最後まで疑問文で通す必要がありそうだけれど、私としてはそれはしたくはないな）。この魅力的な地方を初めて訪れたときのことを、誰が忘れられるでしょう、高速道路《オートルート》を飛ばすなり中央山塊《マシフ・サントラル》を縫うなりして車で南へ下るうちに、それとはわからぬ変化が天候においても地形においてもしだいに大きくはっきりとしてくれば明らかに——もしくは暗に？——その意味するところは、南フランス。私自身このような旅の経験をした直後に起きた出来事について、これからお話しするとしましょう（カフェの外テーブルはリンデンの木陰、場所はリール＝シュル＝ラ＝ソルグ、シトロン・プレッセ［レモン生ジュース］、人道橋の下を流れるソルグ川のせせらぎ、原動機付き自転車《モーベッド》の音、午前十一時）。

むろん、これは基本的には滑稽《こっけい》な固定観念であって、決まり文句は絶対不変の鎧《よろい》であるという劇作家アルフレッド・ジャリの見解もここでは意味をなすものではない。北と南の出会いという誤謬《ごびゅう》が、ひとつにはヨーロッパを定義づけ、形づくってきたのであり、絶えざる変様という夢のなかの事物のごとき性質を持つその例をふりかえってみれば——カトゥルスの叙情詩を諳《そら》んじ建築にも関心を寄せる教養人であった西ゴート族と蛮族ローマ人との出会い、ビザンティウムの宮殿前で衛兵を務めたヴァイキングたち（の見事な言葉でいうなら比類なきこの見事な都市の名は〝ミクラガード〟）、ノルマン人によるシチリア島征服、略奪と雷雨におびえながらも大旅行《グランド・ツアー》に出かけたイギリス上流子弟のご苦労な考えちがい、ゲーテのローマ放蕩《ほうとう》、バイロン卿《きょう》とグイッチョリ伯爵《はくしやく》夫人および彼の政治思想、アヴィニョンの教皇宮殿を長距離バスで訪れるツアー客にしてもそうだ。北からの旅行者で南の心を真に理解しえた者は稀《まれ》であり、もし私がそのひとりであるとするなら、それはなにをしてきたからでもない、本能的にそのリズムなり決めごとを感じとって理解しなければならないのが南国《メッゾジョルノ》での――蝉《せみ》の声を聞きながらの、生活。別の言いかたをするなら、オリーヴ油を料理に不可欠としない文化圏に生まれながらパスティスおよびそれに類するアルコール類の紛《まご》うかたなき愛飲者であると胸を張れる人間は、そうはいないのであります。

プロヴァンスで家主の仲間入りをし、初めての晩を過ごしたのも同じこのカフェ――知る人ぞ知る快適な地元の店で、非の打ちどころのないここの正統派クロック・ムッシュー「ハムとチーズの温製サンドイッチ」の味はこうするともっとひきたつよと数年かけて店に通いながら私が伝授したのはソースに少量のマスタードを加えることだった。交渉は一筋縄ではいかずフランスにおける法的手続きにはつきものの官僚主義的煩雑《はんざつ》さも手伝って、長引く退屈なやりとりと溜《た》まるストレスの景気づけおよび解消に唯一《ゆいいつ》役立ったのは、不動産の元の所有者であった小うるさい狡辛《こすから》いベルギー人夫婦の愉快なほどに見え透いた二枚舌――契約成立日の翌朝早くに不意打ちを食らわせてみたところが、ふたりして本国に送還すべく躍起になっている冷凍冷蔵庫と洗濯機は、どちらも売買条件に含むと明記されていたはずのものなのですね。自分の非を認めるときのおとなの態度としてはよくあることだけれども、彼らもその場でとたんに機嫌が悪くなった。悲しみのあまり混乱している、騙《だま》すには容易な相手とでも思ったのでしょう——「ボイラーの大爆発でご両親を亡くしたんです《セ・パラン・ソン・モール・ダン・ズヌ・グラン・デクスプロジョン・ド・ショーデイエール》」と私の弁護士が説明するや、もとから豚みたいな夫の眼がミュージックホール的阿漕《あこぎ》な眼つきに早変わりしていましたから。

その初めての晩に家の戸締まりもせず車を駆ってブドウ畑やオリーヴ畑を抜け、リール＝シュル＝ラ＝ソルグまでやってきて落ち着いたのがこのカフェのテラス、ここで〈リカール〉を何杯かかたむけながら自分と地中海地方との関係が頂点を極めたことに思いを馳《は》せずにはいられませんでした。初めてこの地を訪れた十八のときの旅行は両親からの誕生日プレゼントで、滞在したのは当時すでにこちらに移り住み仕事をしていた愚兄のアルル郊外の田舎家だった。役割分担として自転車にまたがりパン屋《ブーランジュリー》や食料品店《エピスリー》や肉屋《ブーシュリー》や屋台の魚屋に出かけるのを日課としていた私が、買い物をすませハーブティー《ティザーヌ》一杯でくつろぐのに店内よりもこれみよがしに外のテーブルにすわることが多かったのは、とある一軒の、くたびれかたも洒落《しゃれ》たお決まりのカフェで、後年は威勢よく危なっかしげに小さな原動機付き自転車《モビレット》で村へ向かうようになったはいいが、これが小高い丘を最後まで自力でのぼりきってくれるとはかぎらない。帰り道、リュックサックはそのまま食べられるバゲットやパテのほか、より充実した夕食のための食材でいつも大きく脹らんでいたものであります。

この地をわが故郷のように感じているわけが、これでおわかりでしょう？ 大ざっぱに説明するならかくのごとき地で過ごした一週間に先だって起きた諸々《もろもろ》の出来事について語る前に、このカフェと粗末なわが家とを往復しながら、これら食や料理にまつわる沈思黙考をまとめあげるのに費した毎日がどのようなものであったかというと——ひとっ走りして〝町〟でブラックコーヒー《カフェ・ノワール》、知った顔に会えば挨拶《サリュー》および食糧調達、朝陽を浴びながらテラスでカフェ＝オ＝レ、簡単な昼食（オムレツ、ヴィシー水、桃、トマト・サラダ、ガーリック・スープ、テリーヌ・ド・カンパーニュ［田舎風テリーヌ］、ラタトゥイユ添えバゲット）を、これも陽の光に完全に占拠される前の中庭でとり、午後は葉が水につからぬようプールから少し離して置いた観葉植物のかたわらのデッキチェアで昼寝、ひと泳ぎしてトワイニングのイングリッシュ・ブレックファスト・ティーで喉《のど》を潤《うるお》し、またひと泳ぎ、カフェへ向かい、質素な夕食をとる場所はいつも同店もしくは賢明にも野心を抱かずわが道を歩んでいる地元の宿。

料理法の観点から北と南の関係を論じるならば、やはり最終的にはニンニクを使うか否《いな》かという点に行き着くことに、おそらくはなるでありましょう。この植物は（ラテン語の語源は〝辛い〟という意味のケルト語──メアリー＝テレザの祖先も霧の渦巻くなかドルイドの儀式でこの植物を食したと考えてよいのだろうか）ローマ時代の昔から議論と賞賛の的、きついにおいと味で恐れられながらも薬用植物的性質を持つがゆえに重宝がられてきた。北および東ヨーロッパの民がこれの熱心な消費者になりえなかった理由については、さながら大きく脹らんだ蕾《つぼみ》のごときそれのもたらす体臭と快楽が自身、南と北の滑稽な出会いの象徴といえなくもないW・H・オーデン呼ぶところの「ビールとジャガイモから成る罪の文化」にはとてもではないが受け入れがたいものであったからかもしれません。

しかるに料理にニンニクを使わないなど──そう、こう表現するにとどめておきましょうかね、考えられない（これ自体、自己論破的な言葉ではありますが）という人々も一部にはいる。私自身の料理においてもニンニクが中心的存在であることを隠すつもりは毛頭ありません。フランス到着にさいして、その事実を祝うためにぜひつくりたいのがグラン・アイヨリ、すなわちニンニクが中心的かつ聖なる役割を果たす大皿料理であって、伝説的なこのニンニク入りマヨネーズは周囲にさまざまな付け合わせを配して供される、つまり脇役《わきやく》（ソース）と主役（若い友人の言葉を借りるなら〝タンパク質部〟）の関係の逆転してしまうところが、この料理の愉《たの》しみのひとつであるともいえる。

実はその逆転現象がうれしいという人気料理が世界に数多くあることはいうまでもなく――カレー・ソースなど香りのよい長粒種のバスマティ米のアリバイにすぎないし、牛の両側腰肉《バロンズ・オヴ・ビーフ》とていうなればヨークシャー・プディングの身元保証人のようなもの（フランスでは、その関係が所有代名詞によりメニューでそれとなく示されることがあって――リ・ド・ヴォー・エ・サ・プティット・サラッド・ド・レンティーユ・ド・ピュイは直訳すれば「仔牛《こうし》の胸腺《きょうせん》とその（付け合わせ）ピュイ産レンズ豆のサラダ」という具合に、世界中どこを探してもこの組み合わせ以外ない、両者の絆《きずな》は理解不能なほどに親密、結婚もしくは双子の心的結びつきさながらであるかのごとく、これを読むと感じられますね）というわけで、このテクニックは覚えておくと役に立つでしょう、周囲を喜ばせるご馳《ち》走《そう》のコツは――ひとつ料理を構成する材料の基本的役割、関係を単に逆転させればよい。たとえば肉はただ焼くだけにして、それを圧倒するような完成度の高さも驚くべきマッシュポテトを添えるとか（馬車ならぬ自動車パレードで王室の一員が防弾ガラスのはまった中央のリムジン奥にうずくまるのではなく護衛のオートバイの先頭にたって見事あっという間に通り過ぎるところを想像されたし)。芸術活動全般においても似たような現象は見られるもので、伝達手段はなんであれ、凝りすぎ、もしくは大作を装《よそお》った作品に作者がいってみればよそ見をしていたおかげで思わぬ真実の一瞬の垣間見《かいまみ》えることがある(ベルギーのデュゴワに愚兄が建てた礼拝堂が世間では傑作といわれているけれども実際この典型的な一例といえるでありましょう。発想の壮大さからしてやりすぎ、気負いすぎ——柱がねじれるように途方もないスケールでそびえていたりするのが細部の簡潔明《めい》瞭《りょう》、やっつけ仕事的な部分により救われているのは、明らかにそこまで愚兄も考えなかった、よって損なわれずにすんだからという、早い話が見事なまでに屈託のない、ひとつも力の入っていない、なにも意図するところのないゴブレット形の洗礼盤、これは今日まで批評家たちにもガイドブックの類《たぐい》でもいっさい触れられてはいません)。

アイヨリ。わが第二の故郷プロヴァンスの人々のこの料理に対する思い入れは神秘的、かつ民間伝承においても重要な位置を占めている理由には台所事情あり文化あり医学的見解あり。ピエールとジャン=リュックの兄弟など特にこのソースの遊撃兵《パルチザン》さながら、村の夏祭りの主役である山盛りアイヨリ《アイヨリ・モンストル》(もうひとつの呼び物は七十を越えた主任司祭《キュレ》による魅惑的なほどに拙《つたな》い指人形劇)の準備段階に入ると決まって見られるのがふたりして家々を訪ねてまわる姿で、不安げに彼らが眼を光らせるなか、艶光《つやびか》りしたこのソースとともにやさしい味わいの鱈《モリュ》や採れたての野菜を茹《ゆ》でたものが用意され、それらすべてがやがて供される場所は村広場は戦争記念碑の前、悲劇に見舞われた名の多くが同姓で血縁関係にある祖国のために命を落とした《モール・プル・ラ・パトリ》者たちが三方から見下ろす架台テーブルで高く暑く照りつける太陽と飲み放題のロゼに、サン＝トゥスタッシュの四世代が集まり、さながらニンニク万歳といった体で盛りあがる。私がアイヨリづくりのコツを教わったのもこの兄弟からで、伝統的な乳鉢と乳棒をつかった正統派アイヨリとなると労力が必要なため積極的に受け入れたのがミキサー――まず卵二個をニンニク四片とともにミキサーにかけ、オリーヴ油一パイントを少しずつ垂らし（「アイユ」はニンニク、「オリ」はぞんざいさが魅力のプロヴァンス方言でオリーヴ油の意）、レモン汁も加える。つくりかたが至って単純であるにもかかわらず奥が深いこの料理は、労働により価値は生産されるというマルクスの剰余価値論のみならずフェティシズムを人間の心性ではなく商品価値と結びつけた彼の考えかたに反駁《はんばく》するものであるところがなんとも興味深い。

さりげなさをみずから意識しつつ「外国の食べ物」は（カレー以外）好きになれないといっていた愚兄もニンニクだけは大好物で、いま論じているアイヨリにはとりわけ目がありませんでした――「フランスでＨＰソースにいちばん近い味」と、たしか美味なるこの不老不死の調合物をまた一杯、自分の皿によそいながらいっていた（当時の住まいはブルターニュ、とはいえ近くのビストロに行けば毎週金曜日の特別ランチに食すことのできたのがアイヨリ添え料理《アイヨリ・ガルニ》であります）。両親が亡《な》くなってからはプロヴァンスのわが家に訪ねてくるたびに――わが家というのは彼らの不動産を処分して購入したもの、愚兄はまだアルル郊外のあばら屋で夏を過ごしていたわけですが――つくってほしいとせがんだ伝統的プロヴァンスの特徴をそなえたアイヨリでは、皿の中央に茹で冷ました魚か（異論を承知で塩ダラを使わないことも多い）好みの茹で肉各種を盛り、さらに周囲に知的に他の付け合わせを配すれば、その姿はさながら食用儀仗兵《ぎじょうへい》（茹で卵にアスパラガス、ブロッコリ、空豆、ニンジン、サヤインゲン、上着着用――もしくはイタリア式に表現するなら寝間着を着た――つまり皮付きの茹でたてジャガイモ、トマト、セロリ、ビーツ、ヒヨコ豆に、とろ火で煮たエスカルゴ）。大量に食べると窒息状態となりかねないので、このアイヨリには軽く爽《さわ》やかな料理を合わせるべきでしょう。個人的な好みを申しあげるなら（寛大にもニンニク抜きのヴィネグレットで和《あ》えた）グリーンサラダに果物、といったところですかね。お酒はやはり地物のロゼ・ワイン。私の知るかぎりではヨーロッパでよく知られた風にちなんだ名を持つ唯一の詩人フレデリック・ミストラル曰《いわ》く――「アイヨリはプロヴァンスに降りそそぐ陽光の熱、力、喜びそのもの、というだけなく――ハエまで追いはらってくれる」。一八九一年にミストラルが創刊した文芸誌の名も『ライヨリ〔ル・アイヨリ〕』というものでありました。

数日前の朝、アプトまで足をのばしたのも、そんな料理をつくろうかとなんとなく考えたからだった。市の立つ町アプトまではサン＝トゥスタッシュから車を飛ばして約四十五キロ、週に一度まとめ買いに行くだけで、日常の細々とした買い物のために行ったり来たり《ヴァ＝エ＝ヴィヤン》することはありません。加えてたまにのぞいてみるのが隔週木曜日に市場の付録もしくは別館のかたちで登場する露店の一角で売られているのは古道具《ブリッカブラック》やら骨董品《こっとうひん》と称する物品やら――どれもだいたい、いわば生来の特質としてあまりに高値であるとはいえ、おもしろくもないと切って捨てることの容易にはできない掘り出し物《トゥルヴァイユ》の見つかる可能性が潜んでいないとはいえない。わが家で大事にしている十九世紀半ばに製作された折り込み蓋式机《エスクリトワール》がそのいい例で、ニワトリ小屋の奥の奥に長年しまいこまれていたがために染《し》みついた明らかなにおいを理由に値引きしてくれた露天商は〝外国人〟――二十年前に広告業界を退いて南へ移り住んだというパリっ子からそれは買ったものだった。ニワトリ臭を和らげるのに役立ったのは邪道ながら何度か重ね塗りしたワニスです（「家のなかの物は、使えなければ美しいとはいえない、なんであれ」——珍しくうなずける愚兄の言葉であります)。食品市場の中央通路をぶらぶら歩きはじめると、まず左手にあらわれたムッシュー・ロブリュションのキノコ屋で売られている初物は晩夏の宝——今年はモリーユ［アミガサタケ］の季節を逃したね、と背の低さも籐《とう》の籠《かご》やらトリュフ犬同様、商売道具の一環であるかのごとき小柄な露天商には、にこやかにからかわれたものです。右手に店を広げている無愛想なマダム・ヴォロワの場合は商品の並べかたのちょっとしただらしのなさ——キャベツが山のように積まれた箱から下のニンジン籠へと転げ落ち、マーシュがファイルする場所をまちがえた手紙さながらルッコラのあいだに押しこまれているのを見れば残念ながらわかるとおり、この店は市場に八つか九つある青物屋のなかでもいちばん質がよくない、という具合に屋台巡りをはじめながら今日はなにやら収穫がありそうだぞという、獲物を確信するハンターの鋭い予感のごときものを私は感じていたのでした。その感覚が大きく脹《ふく》らむなか通りすぎたムッシュー・デュポンの果物屋は見事な品揃《しなぞろ》え(イチゴはとっくの昔に終わり、いまは柑橘《かんきつ》系の最盛期)、チーズ屋の主人マダム・カルパンティエは未亡人で、以前は〝表舞台〟のいっさいをとりしきっていた夫がチーズの質のよさも商売がうまく行っているのもすべて自分の働きのおかげと断言していたことから彼のとつぜんの他界により当然のことながら常連客はみな大混乱を予想したところが、それまでまず口出しをしたことのなかったマダム・カルパンティエが代わりに応対に立つようになるやチーズの質もどちらかといえば向上したため、地元の噂《オン＝デイ》は「彼女じゃまず無理だろう」から「そうさ、みんな彼女の才覚のおかげだったのさ」という内容へと早変わりしたものであります。

露店はどこも大忙し、という時刻は現在十一時十五分かそこいらで、市場が賑《にぎ》わいを見せるのは朝の八時から昼の十二時ごろまで、その時間になるとしだいに活気が失《う》せはじめ、浅はかな（たいていは）アングロ＝サクソン系や北方の人間がしばしば眼を丸くする前で店を畳みだす商人の姿がひとり、ふたりから徐々に増えて市場全体がしまいにはがらんとし、営業を完全に終えたさまは二日前に遊牧民《ベドウィン》が去ったばかりの野営地のよう、という具合になるのは市場《マルシェ》のなかでも特に農産物を売っている一角の話であって、骨董品商のなかにはひとりふたりまだ店を開けている者も午後早くには細々とした商品やらなにやらを片づけて積みこむ車は簡潔明瞭なアンソロジーさながら製作年代もまちまちのプジョーかルノーかシトロエンのどれかと決まっている。

「メリンジャナはうまかったろう、ムッシュー」と青物屋のムッシュー・アンドルエが声をかけてきたのは、屋台の前にもっともらしくできた列のいちばん後ろに加わったときのことでした。いうまでもなく、そこにそうして並んでいること自体が大いなる是認のあかし。件《くだん》のナス——ブルターニュ生まれながらプロヴァンスの古物や歴史に惚《ほ》れこんでいることで知られるムッシュー・アンドルエが使った方言を、私は苦もなく受け入れてみせたわけですが——たしかにいい出来だったあれをベースにつくった美味なるラタトゥイユは何日かに分け、温め直して冷たいバゲットにのせたり逆に冷たいまま温かいバゲットにのせて食べると実にうまかった（これは愚兄に教わった食べかたでして、思うに、食に関する流儀で彼に影響を受けた非常に稀《まれ》な例といえるでしょう。コツはトマトを控えめに使うこと）。メリンジャナが主役を演ずる興味深い料理にはもうひとつ、微妙に香辛料を効かせたトルコ料理のイマーム・バユルドゥというのがあって、その意味するところは「気絶したイスラムの指導者《イマーム》」、理由《わけ》をたずねるとあまりに美味であったからという答えの返ってくるのが常なのですが、アレルギーのせいもあるのではないかと私などは時おり思ってしまう。毒素に対するアレルギー反応というのは驚くべきことに実にさまざま、ほぼ即座に腫《は》れもの、発疹《ほっしん》、卒倒といった症状の出る一般的な食物アレルギーから（ピーナッツを食べて三十秒もたたないうちに顔が紫色に変わり発作を起こした男性を見たのはストラスブールのレストランでのことだった）、食べて七十二時間は無症状、あとになって例外なく肝機能が破壊され死に至るという類のキノコもある。

市場を見渡しました。頭がなんとなく痒《かゆ》い（痒みというのは実は復活、再生の兆《きざ》しであることが多い——そう考えれば誰しも腹をたてずにすむのでしょうが）。ムッシュー・アンドルエが前の客たちをてきぱきとさばいてくれたのは、この私が彼のお気に入りのひとりだからにほかなりません。買ったのはサラダ用ジャガイモ、インゲン豆、色艶のいいニンジンにプラム・トマト、それにおまけのバジル一束をとびきりの笑顔で受けとって、買い物籠の底にすでに並ぶ卵のうえにそっと順にのせていった。ピーマンを売ってくれないのは、悪くはないが特にお薦めとはいえないからだそうです。これは半分冗談というか、あてこすりというか、そもそも私たちがここまでの仲になったのは、以前買ったポロ葱《ねぎ》について「トウが立っていた」と私が文句をいったのをきっかけに口論となったドラマの山場で問題のポロ葱をふりまわすという、あとで考えてみればシェイクスピアの『ヘンリー五世』に出てくるフルーエレンの仕草をそれとは意識せずに真似《まね》したときのやりとりが、どうであったかというと——

ムッシュー・アンドルエ「ものは悪くない」
私「悪くないていどじゃ困るんだ」

ムッシュー・アンドルエは鼻で笑ってそっぽを向き、私も踵《きびす》をかえしてその場を立ち去った。そして次にまた彼の屋台を訪れ顔を合わせたときには、一段と気心の知れた関係から、発展して本物の友情へ——という経過を、考えてみれば辿《たど》ることの多いフランス人にとって、より心地よい人間関係を築くために必要、補強材として欠かせないのが議論ということなのでありましょう（「協約《アンターント》」という言葉がもとはフランス語であるのも偶然ではない）。

木曜日の市場はいつにも増して賑やかでした。込み合う通路を進みながら、半ばうっかりと膝《ひざ》でこめかみに蹴《け》りを入れてしまった相手の子供は屋台から屋台へと転げるようにうるさく走りまわっていたのが一瞬その場に立ちつくし、火がついたように泣きだした。広場の中ほどに菩提樹《ぼだいじゅ》が落としていた影もやがて役には立たなくなる熱暑の訪れが逆に心の慰めと受けとれるのは、昼食のときが近づいている証拠だからでもあります。

ハンターは常に獲物を予感するものなのだろうか。矢が的中する予覚を射手は腕に感じるものなのだろうか。反語によってしか、われわれはものごとを探究できないのであろうか。あの日、市場に向かいながら私が抱いていたのは、白状するなら、今回の遠出がもたらすであろう結果への化学的な確信、測鉛線がおのれの垂直を微塵《みじん》も疑わぬがごとき智識《ちしき》の芽生え。その、ぴりぴりとした昂揚感《こうようかん》、知的勃起《ぼっき》状態のさらなる高まりを意識しながら曲がった角ではムッシュー・ルムレの果物屋に並んだ色の微妙に異なる四種類のグレープフルーツがひときわ色彩豊かに今朝は輝き、芳《かぐわ》しいカヴァイヨン産メロンが山と積まれた横で汁びたしになっている見本の一玉は切り開かれて熟れ具合を見せているところが気取りのない女陰のよう、さらに初めて造られた双胴船《カタマラン》さながら不安定かつ独創的な自転車推進式の屋台で（イタリア人移民《エミグレ》の）マダム・ベルティが販売する自家製シャーベットとアイスクリームは一週間おきに二キロちょっとの道のりを喘《あえ》ぎながら運んでくる種類が多くても決まって三種類の有名なアイスクリーム（および、そういわれるのは照れくさい話だけれども私のちょっとした提案から大きく発展して大ヒット作となった素晴らしく爽やかな味のニワトコのシャーベット——うまいことを考える知り合い《モン・ナングレ・アンジェニュー》のイギリス人と恥ずかしいことを彼女がいうものだから私はほかの客たちから賞賛と嫉妬《しっと》の眼で見られているのです）、つづいて古道具市場に足を踏み入れれば店構えというほどのこともない露店の単純素朴、いかにも間に合わせ的なところが珍品発見のチャンスのほぼないことを物語って目利《めき》きには気楽な印象を与え、さらに混雑のさなかへ向かうと、無言のうちに漂う強欲および相互搾取《さくしゅ》の空気が帰り道の遥《はる》か彼方《かなた》に立ちのぼる陽炎《かげろう》さながら眼に見えるのではないかと思われるほどの雰囲気をいっそう盛り上げているのが、ぞろぞろと歩いている夏休みの恰好《かっこう》をしたお人好《ひとよ》しの観光客たち、そのうちの一団に耳をそばだて眼を大きく見開きながら近づいていったときには才覚ではなく感覚を頼りに生きていた動物たちと隣り合わせの時代に逆もどりしたような気が一瞬、強烈にしたもので――野イチゴを集め、捕まえて殺した獣を食べ、手ずから割った薪《まき》と起こした火で調理ができそうな――そんな、いってみれば完全な興奮状態にあったところが、聞こえてきた英語はイギリス英語ではなくアメリカ英語だったものだから、そのまま骨董品《アンティキテ》通りのいちばん端へと足を向けるべく前を通りすぎた香草《ハーブ》屋の毛深い主人が扱う品物のなかには用途が料理の世界を若干はずれたものもあるという噂《うわさ》（いつだったか愚兄にこっそりと打ち明けられた話によれば大麻は「たいしたことない、いっときやたら助平になって、あとは翌朝自分の電話番号が思い出せなくなるだけ」なのだとか）はともかくとして、骨董品屋ばかりが並ぶ一角めざしながら私が胸の内に抱いていた、あのような失望感の直後に訪れることの少なくないのがよい知らせ、それこそ薄汚いポーツマスを発《た》って以来手にすべく努力してきたものであり、そのためにこそ数百マイルの道のりを辿りながら追跡と監視とをつづけてきたことから、眼にするや深く心揺さぶられるほどの満足感を覚えずにいられなかったのが、のぼる朝陽のごとく眼前にあらわれた彼女の姿、青白い太っちょの夫がしかたなしに不機嫌につきあうかたわらで燦然《さんぜん》と、眩《まぶ》しく、浴びる陽光以上にその髪は輝きを放ち、金メッキの楕円形《だえんけい》の掛け時計を手押し車にもどしながら見せたのは礼儀をわきまえた苦笑い、無視された恰好の露店の主人がなす術《すべ》もないままただ痘痕《あばた》だらけの荒れ果てた月面のごとき表情を断固崩すまいとしているあいだに、体を起こし、こちらへ歩きだそうとする彼女の機先を制して、私は距離を縮めにかかった――市場のほかの人間が現実から遠のき、虚構の世界で真実は私と彼女とわが目的のみとなるなか、歩み寄り、明朗快活に、こう呼びかけたのでした――

「これはまた――なんという奇遇！」

朝食

「……それから見に行ったのがケルナヴァルの例の、キリストの弟子たちの仕事道具をテーマにした作品群、あれは複製でしか見たことがなかったので、あれを見て、それからロワール川まで下って、シノンの近くにいろいろと問題になった彫刻公園があるでしょう、ガイドブックに載っていた閉園時間がまちがっていたものだから、一日お城見物で時間をつぶして、またもどらなければならなかったのだけど、でもそれだけの価値はあったわ、ねえ、あなた。で、翌二日間は、ただのんびりと過ごしたのが、ヒューにとっては、ちょうどいい息抜きだったんじゃないかしら、お兄さんの作品を見てまわるという仕事から解放されて――もちろん彼も私と同じ、大ファンなんですけど――それから車でさらに下って越えた中央山塊《マシフ》はほんとにすばらしかった、でももう残り三日しかないから、あとはアルルの小さな美術館、お兄さんが住んでらしたあの家にある作品を見に行って、マルセイユで車を返して、飛行機で帰る予定なんですけど、それがヒューにとってはあまりうれしくない、大の飛行機恐怖症なんです、彼。でしょう、あなた」

同意を求められた哀れな夫はちょうどパン切れ《タルティーヌ》を口に入れたばかり、おかげで聞きたくもない返事を聞く代わりに追従笑《ついしよう》いならぬおどけた首肯の仕草を見るだけですんだのはありがたい。中庭で朝食をとっていたときのことで朝のその時間、われわれはまだプラタナスの木陰――ひと晩滞在する予定の彼らに、どうせなら朝早く来て楽しむべきだと告げた眺めがすばらしいのは、岩肌とオリーヴ畑とブドウ畑から成るコンパクトな起伏図さながらの景色の彼方《かなた》五マイルほど離れた丘の上の村ゴルドが朝陽にきらめくときであります。

「いや、お見事ですね、仕事も遊びも同時に無駄なくというその徹底ぶり」悪戯《いたずら》っぽく、私は指摘してみせました。「といっても、むろんのこと、そうでなければ新婚旅行としての意味がない、仕事とお楽しみを兼ねたものでなければ、ねえ？」

「そこをうまくとらえて見せたのがデュシャンのガラスの大作〈彼女の独身者たちによって裸にされた花嫁、さえも〉ではないかしら――独身者を機械的に描いてはいるけれども、全体の比喩《ひゆ》としてあるのはやはり男女の交わりの世界でしょう。私的空間の崩壊は芸術作品の商品価値にばかり重きを置く因習の終焉《しゆうえん》のみならず、資本主義世界における男女関係の危機にも通じるものだということをデュシャンはいおうとしているんだと思うんです、まちがいなく。博士論文にデュシャンも考えたんですよ、私。カリフォルニアで前衛芸術史を教える話もあったくらい。前にお話ししましたよね、たしか。お兄さんは、デュシャンについてはなにか?」

「ヒウェル君、このイチジクのジャム《コンフイテユール》はそこのブリオッシュにつけて食べるとうまいよ。イチジクはこうして食べるのがいちばんと私は思っているんだ、特にD・H・ロレンスが女性の性器になぞらえるような、はしたないまねをして以来——いやいや、おふたりは新婚旅行中、こんな老いぼれの口から下卑た話は聞きたくもないにちがいない。イタリアの友人たちにいわせるならイチジクと相性抜群なのはパルマ・ハム。いうまでもなくこれは庭で採れたものでして。ローラ、コーヒーをもう少しいかがかな? 残念《ドマージュ》。いや、バーソロミューなら、デュシャンはそのままチェスに没頭しているべきだったと、そう考えていたんじゃないですかね。よしましょう、つまらない昔話は。時間ならあとでいくらでもある。正式なインタヴューに応じるとお約束したのだから応じますよ、正式なインタヴューに。そりゃもちろん、いつだって、ヒウェル君に異存がなければの話になるわけだが——」

「ぼくなら本があるし、そこにプールもある。夕暮れどきまで時間をつぶすくらい問題ないですよ」といってローラをちらと見やる〝ウェールズ人ヒウェル〟の視線に口にするもおぞましい新夫の新妻に対する流し目的なものがちらと含まれているのをこの私が見逃すわけはありません。

「――そのあとで、ご馳走《ちそう》しますよ、ちゃんと」とかまわずつづけました。「お昼は軽く。かわいそうなこちらのふたりには仕事がありますからね、地味で退屈な仕事が。それに、きみに満腹のままプールに入って溺《おぼ》れてもらっても困る、だろう、ヒウェル君。その代わり夕食には、もっと食べ応《ごた》えのあるものを用意しますので。そして明日の朝、軽い朝食をとってから、出発していただく」

「そんなに気を遣っていただいて――」

「ただしその前にひとつふたつ、お話ししておいたほうがいいだろうな、ルールという呼びかたはしたくないが、実際のところ、そうかもしれない。まず注意してほしいのが、プールの左側の浅いところ――階段の端が尖《とが》っているから手や足を切らないよう心してくれたまえ。きみを医者《メデイサン》に運びこんでチフスの予防注射、なんていうことをやっていると貴重なインタヴューの時間がなくなってしまうからね。それから一見溺死《できし》しているかのようなハチにも気をつけるように。まだ刺す力を持ったやつが多いんだ。実際問題、アングロ＝サクソン系の白人新教徒《WASP》なる頭文字は、〝死んだふりして刺す力《アビリティ・トゥ・スティング・ホワイル・アピアリング・トゥ・ビー・デッド》〟をもじったものといえなくもない。なに、これはひとりごと。いずれにせよ、実に便利な網みたいな道具があって、浮いた木の葉をすくうのにも、あれはちょうどいい。こんなことまでいってはなんだけれども、泳いだ人は足を拭《ふ》いてから家に入ること——ローラはそれでたぶん気づくのではないかと思うが、扉のすぐ内側のキリムの模様、絨毯《じゅうたん》の勉強をしたことのある人間でなければ、あの珍しさや価値は真に理解できるものではない。物置小屋にたしか予備のゴム草履があったと思ったが、きみに合うのがあるかどうかとなると、いまひとつ自信がないね、ヒウェル君、どうもばかでかい足をしているようだから。もしなにか飲みたくなったら、いいかね、私の家はきみの家《ミ・カーサ・エス・ス・カーサ》——つまり、どうぞご自由に、ということだが、お茶を入れるときだけは注意が必要、ガス台の自動点火スイッチが気まぐれなんだ。最後に、これがもっとも重要、もし散歩で丘を下るのではなく上がって村のほうへ行くつもりなら、途中の二叉《ふたまた》でなにがあっても上の道へは行かないよう、これは一見(いや実際、そうなんだが)村への近道、歩きにくいうえ途中でまたちょっと下りが始まって、ヒウェル君、きみみたいにやや太り気味、一ポンドか二ポンド余計かなというような人間は特に苦労して稼いだ高度が台無しじゃないかとがっくりきてしまうような下の道を行くより楽に見えるのはたしかなんだが、それでもぜったいに上へは行かないよう、というのも、その先の土地の所有者である兄弟というのが、このうえなく愛すべき連中であるにもかかわらず散弾銃を手に領地をうろついているときだけが例外でね。何年か前に悲惨な誤解が生じた相手はイギリス人の隣人で、うちのプールへよく泳ぎに来ていたのはいいんだが、ここだけの話《アントル・ヌ》、こちらから正式に招待したわけでもないのにという場合も少なくなかった。ゆえに、いいかね、丘を越えるのではなく巻くようにして行くんだよ。さて、そんなところかな。昼食は一時ごろの予定。食べ終わったら、いや私だって新婚旅行中のおふたりにたっぷり睡眠が必要なのは承知のうえだ、二時間ほど昼寝をするといいですよ、ローラ、そのあいだにヒウェル君と私で夕食の材料の買い出しに行ってくるとして、インタヴューのつづきはそれからということにしましょう」

洞察力《クー・ドイユ》――偶然ではない、これもまたフランス語。

うるさいヒウェルがそこで席をはずし荷ほどきやなにやらで家のなかをどすどす歩きまわっているあいだに、こちらは手早く片づけをすませ、ローラは束《つか》の間《ま》の日光浴を楽しんだ。正しい朝食のありかたにおける問題点をひとつ挙げるとするなら、爽快《そうかい》感と満足感のバランスをいかにとるか、ということになるでしょう。朝食の習慣は文化によって実にまちまち、国によってこれほどとらえかたの異なる問題というのも珍しい。夜明けと同時に起きだして揚げ菓子のチュロをコーヒーに浸し火酒をあおり辛《つら》い仕事場へと向かうメキシコ人労働者、立ったままカフェのカウンターでボウル入りのカフェ＝オ＝レを飲みながら場合によってはクロワッサンなどかじるフランス人、薫製《くんせい》ニシンにケジャリー［豆と米の煮込み］、マーマレード付きトーストにマトン・チョップまで平らげた大食漢のヴィクトリア朝イギリス人、同じ南半球の空のもと遠く離れたアルゼンチンの大草原《パンパ》に暮らす短気な牧童《ガウチョ》たちと妙に相通じるところがあって（想像するに岩と砂から成る火星さながらの赤茶けた大地から）のぼる朝陽はステーキと卵とケチャップで祝う習慣のオーストラリア人牧畜業者たち、二百個の牡蠣《かき》を胃袋に収めてから一日の仕事つまり女を口説いたり図書館にこもったりに精を出したカサノヴァ（このふたつの分野に知られざる関連性があるとしたら、おそらく目録作成の本質的部分に関わるものではなかったか）、信じがたいスープを口にする日本人、騎乗で夜明けを迎えるモンゴル人の御神酒《おみき》——跨《また》がった馬の頸静脈《けいじょうみゃく》を切って血を吸い英気を養うという独創的にして凄《すさ》まじい朝食を考え出した大草原《ステップ》や砂漠や峠の遊牧民たち。愚兄がふだんから大の好物としていたのは「フライ＝アップ」もしくは——その味を覚えたダブリン時代へのオマージュとして本人が固執していた呼びかたに従うならば——FIBつまり純アイルランド式朝食《フル・アイリッシュ・ブレックファスト》でありました。私も愚兄につきあってよくいっしょに食べた場所はあちこちの気の滅入《めい》るようなカフェにかぎったことではない、埃《ほこり》だらけにもかかわらず明るさはじゅうぶんというスタジオやアトリエにもかならず（たいていガス式、たいがい違法の）料理用こんろ《ストーヴ》が据え付けてあって、ベーコンと卵とソーセージとパンの組み合わせで（頼りがいのある黒ソーセージは入手困難なことが多いので随意《ア・ヴォロンテ》）朝食を用意しながら彼が材料を発音するのを聞いているとベーコンエッグソーセージフライドスライス、とさながらひとつの単語のよう。愚兄の主張によれば「このフライパン料理がきちんとできる」人間の身についた〝時間と材料の使いかた〟という基本的技術は他の料理をつくるさいにも不可欠、従って「FIBに比べれば仔《こ》牛《うし》のオルロフ風ジャガイモのスフレなど朝飯前」ということになる。個人的好みとしては選りすぐりの果物をひとつふたつ、それにコーヒーといったところでしょうか――動物性脂肪やシリアルは早朝の食事としてはあまりに重たすぎるし爽《さわ》やかさに欠ける。ときにはクロワッサンが食卓にのぼることもないではありませんが、近くに満足できる質の高いパン屋《ブーランジュリー》があるか否《いな》かしだいですね。プロヴァンスのわが家では腰を上げてちょいと町へ買い物に出ることが朝食前からできるかどうかの問題であって、そこまでする気になることはふだんはまずない。本日のクロワッサンおよびタルティーヌは太っちょヒウェルに譲歩した結果であります。

「始めましょうか？」と声をかけ、ローラを驚かせてしまいました。はっと体を起こした拍子にバギー・ショーツが黄金色《こがねいろ》に陽焼けした両膝《りょうひざ》に滑るように覆《おお》いかぶさった。

「気持ちいいですね、ここ。仕事なんかしたくない感じ。なにもできなくなっちゃうんじゃないかしら、もし私がこんなところに住んだりしたら」

「慣れてしまえば、どうってことないですよ」

気温の上昇で活気づいたヤモリが、するりとパティオのテーブルの上へあらわれた。ラフィアヤシで編んだ凝ったつくりの大きなショルダーバッグから、ローラは何冊ものノートや取材道具を取りだしました。

「それじゃウィノットさん、よろしければ、まずあなたとB・Wのだいたいの生い立ちから……」

「B・W?」

「ごめんなさい、お兄さんのこと——ノートではそう書いているんです。というのは、もちろん実際に伝記を書きはじめる段になったら、どちらかに決めなければならないわけですけど……バリーと呼ぶのはちょっと慣れ慣れしすぎる感じだし、ウィノットだとパブリック・スクールの生徒みたいでしょう。ですから、決めるのは実際に書きはじめるときにしよう、と」

「私は最初から最後までタークィンでお願いしたいですね。タークィン・タークィニブス。タークィンのなかのタークィン。ご存じかもしれないが、洗礼名はロドニーです。タークィンは自分で閃《ひらめ》いた名前、シェイクスピア作品中のカリスマ的悪漢に触発されてね。はは。なんというつまらない女でしょう、ルークリースというのは——貞淑ぶって泣き叫ぶばかり。私たちふたりの、だいたいの生い立ちですか。いいや、それは気が進まないな。具体的に質問していただければ、具体的にお答えいたしますが」

わが対談者を全面的に信頼してよさそうだと思ったのは、一瞬ひるみながらも国境紛争地帯から首都内乱制圧のため呼びもどされた精鋭連隊さながら、即座に立ち直る様子が確認できたからでした。注意をふりむけもしないのに蟬《せみ》の声がふいに気になりだしたのは閾下《いきか》にあったものが突如大きく浮上して思いもかけず意識の領域に飛びこんでくるという、これはよくある現象で、ひとつも気にならない無意識の奥底からロケットで打ち上げられたかのごときそれはもはや無視できず苛々《いらいら》させられるばかり。

「わかりました」といって、ローラは魅力的な仕草で手早く書類を整理し直している。

「ではまず、ご兄弟がどんな教育を受けられたかについて、お聞かせください」

思慮深いタークィンがしたのは、落ち着き払ってまずしばし遠くを見つめることでした。

「わが幼少期の成長ぶりを客観的に辿《たど》るということは、できればしたくないですね。その点において、伝記作家の責務と対象となる人物が実際に生きた人生には相容《あいい》れない部分があるといってよい。第一ですよ、出身校や受けた賞やクリーニング屋に出した洗濯物の詳細をいちいち並べたてるような気の滅入る作業をしたところで——それらが本人の抱いた主観の、いったいなにをわれわれに伝えてくれるというのでしょう。ひょっとしたら、そう、洗濯物の中身は少しは主人公の主観性を物語っているかもしれない、退屈なあれやこれやの記録より——本人の奇癖や予測不能な個性などを。われらがヒーローはほんとうに一週間も下着を替えなかったのが次の学期に入って日に二度も取り替えるようになったのだろうか。いったいなんの目的で取っておいた刺繍《ししゅう》入りのドレス・シャツに、この領収書——妙に美しい手書きの文字を眼にして想像力豊かなわれらが歴史学者の感傷的な頭に思い浮かぶのはほかでもない、カウンターの向こうで頬を染める恥ずかしがり屋の美しい娘に恋する落ちぶれた大芸術家ふうの男が毎週決まって姿をあらわし洗濯物の入った袋を差しだすのは束の間の触れ合いが知らぬ間に彼の生き甲斐《がい》になっていたのではないかという可能性でしょうが——ここに記されているこの〝落ちない汚れ〟(伝記の題名はこれでいく?)はついていたというのか? いずれ、なにに焦点を当てることもなんの見解を述べることもせず、ただ単に記録文書を羅列することによって人生を描く作家が出てくるかもしれない——出生証明書、学校の成績表、運転免許証、生命保険約款《やっかん》、延滞本に関する図書館からの催促状、クリーニング屋の明細、家財保険目録、買い物リスト、まっさらな処方箋《しょほうせん》、未使用のガソリン引換券、偽名記入済みにして未提出のパスポート申請書、最後に病院や介護サービス会社への支払い関係書類がずらりと並び、時代の最先端をいく葬儀屋からの眼の玉の飛びでるような請求書で華々しく人生は幕を閉じる。こういった構成で語れば充実した人生の発展ぶりを装《よそお》って慰めとすることもできるのでは。こんなことをやったのか！　いや、こんな大金まで払って！　それに引き替え私たちの人生の、なんと退屈で、無難で、ありがたいほどに、遥《はる》かに、ましなことか！

「ご質問に〝答える〟ならばですね、私は家庭教師によって育てられた——いわば独学ですべてを学んだようなものです。愚兄が転々としたパブリック・スクールは察するところ教育機関の霊廟《れいびょう》としてその名声をもはや失いつつあるせいで自分は文化一般にまったく興味が持てないのだと彼自身考えていただけでなく、結局ああやってつまらない平等主義を装うに至り——〝芸術をやっている奴《やつ》はひとり残らず労働者階級さ〟などというナンセンスまで口にしている。いまにおわかりかと思いますが、私自身はそのような気取りとは無縁、すっきりしたものです。そんなわけでバーソロミューのことは父もしまいには匙《さじ》を投げてしまったというか、諦《あきら》めざるをえなかったのでしょう。思うに私のこの秘めたる才能は疑いようもなく将来性が大いに感じられるとされていたことにパパは勇気づけられて、愚兄のことは大目に見ていたのではないか。功成り名を遂げる人間は一家族一代からひとり出ればじゅうぶん、と——いずれにせよ、そのつもりでスレイド美術学校に行かせたところが、そこも退学になるという稀《まれ》に見る芸当を愚兄はやってのけた。私自身についてお話しするなら、なんの教科を学び、なんの試験に受かり、どれだけの家庭教師を謙虚な気持ちにさせ、ローブ古典叢《そう》書《しょ》のどれとどれを難なく読破したか、といった固有名詞の羅列には意味も重要性もないということがいえると思いますね。特定の質感になにかを感じたり、特定の色彩にどこまでも執着したり、詩の数行、あるいは特定の建築物にふと心惹《こころひ》かれたり——真に重大な変化とは、そういうことと関わりがあるものではないですか？　四階の寝室の窓の向かいで軒の下の壁に落ちる影が刻々と姿を変えてゆくパリの四季の移ろい。われわれの内的生活、真の生活がワーテルローの戦いの勝ち負けによって、いったいどれだけ左右されるというのか、生ガキにタバスコソースを垂らすべきか否かの問題ならば、まだしも」

すでにヒウェルは家のなかでがさごそやり終え——このときとばかりに私の家財を

調べまわるというウェールズ人ならではの才を発揮していたにちがいないが――プールを縦に泳いでセイウチさながら派手に唸《うな》ったり水しぶきをあげたり息を吐きだしたりしている。

「ヒューは、ケンブリッジで水泳の選手だったんです」

「いかにも」

ローラがちらと見やると、新婚の夫はそこでなにやら複雑なかたちの水中自転をやってのけるさいに跳ね散らかした水の量がこれまた驚異的。泳ぎ終えたときにはおそらくプール内の水は残りわずかで大半が外へあふれ出てしまったあとであろうと結論づけざるをえなかった。

「お兄さんがスレイドを退学になった理由はご存じですか？　すみません、こんなこと伺って。でも、あまりにもいろいろな説があるもので」

「こちらこそ申し訳ないが、いわせていただきたいな。膝から上の肌をそんなふうに直射日光にさらしているとよくないですよ。自転車乗りたちが炎症を起こして一番ひどい目に合うのがそこなんだから。三十センチからそこいら左、影がすでに抜け目なく移動したところへ――そう、それでいい。たしか悪ふざけの度がすぎたかなにかでしょう。いや、教会の屋根の鉛板をはがして溶かしてしまったんだったか。でなければ単に行儀が悪くてつまみ出されただけ。細かいところまでは残念ながら覚えていませんね。当時、私はヴァレリーに夢中で、つづけざまに見た夢が実生活よりもリアル──リルケやプルーストの一節、レオパルディの詩、リヒテンベルクの格言、冬至を迎える二日前にトテナム・コート・ロードのドミニオン劇場前で食べた袋入りの熱い焼き栗《ぐり》──〝記憶〟を辿れば浮かびあがってくるのはそうしたものばかりだ。当時の兄の生活で覚えていることといえば夏の午後の散歩、教会の鐘の音がテムズを越えてランベスへと響きわたり青いタグボートのエンジン音にやがてはかき消された、それだけ」

ローラがついたのは苦心の、共同制作者であるがゆえの溜息《ためいき》──ボイトの台本で作曲したヴェルディの口からも似たような声が洩《も》れたにちがいありません。

「お父様のお仕事には浮き沈みがありましたよね。おふたりに、その影響は？　子供心にも、はっきりと気づかれていました？」

「人の世の無常、はかなさを思わせたにしても、それは考えてみればどれもそう悪いことではない。われわれはみな放浪の旅人、生まれついての宿なし」

「お兄さんが芸術に関心を持たれた、その兆《きざ》しとして覚えていらっしゃるのは？」

「世代別に誰にでも、脳裏に焼きついている瞬間があるといいます──戦争、スポーツの名勝負、忌《い》むべき暗殺事件、月面着陸。同様に個々の人生にも記念すべき時というものがある――思春期の性体験、自動車事故、身内の不幸。ある時期、特定の世代の人々にとっては生まれて初めてカラーテレビを見た瞬間。内的生活に対するこの類《たぐい》の野蛮な植民地化をおもしろくないと感じるのは私にかぎったことではない、真の芸術家の大半が、おそらくそうだと思いますね。興味をそそられるのは記憶にはない部分――不在、省略、空虚、否定、欠如、疑念、無。私が芸術を天職と意識した瞬間もまた然《しか》り、というのも鼻を高々と上げた象と説得力のない象使いという、兄が紙粘土《パピエ＝マシエ》でつくった模型を取りあげ三輪車で前へ後ろへと轢《ひ》いてみせたのがそのときだったもので」

「いつのことですか？」

「さあ――よくは覚えていません。三時四十五分ごろだったかな。お茶の時間の前であったことはたしかです。それで発覚した。わざととりちがえているんですよ、あなたの質問を、論点をはっきりさせるためにね」

「反応は？」

「〝両極端〟。思ったとおりでした。大いなる怒りと悲しみ。しばし面目を失ったような状態でしたね。といって、子供時代に問題のなかった芸術家などいやしない。アイスティーのお代わりを入れましょうか？　いいですか？　家には乳母がいていつも私にやさしかったんですが、その後まもなく解雇され、少々寂しくなってしまった」

「お兄さんが芸術家としての道を歩みはじめたのを見て、ご両親は？」

「これはまた――あなたが書いているのは兄の伝記だと誰もが思うにちがいない。両親がなにを考えていたかは、どうもよくわからないんですが、思うに兄の作品についてはみなと同じように、ちょっとした冗談と受け止めていたのではないでしょうかね。母はいちおう女優として芸術のなんたるかを理解していたので、むろん私のほうがその面では遥かに優れていると見ていた。この精神性を、高く評価していたと思います、しかるに大いなる苦悩の末そのあたりは隠し、お気に入りはバーソロミューの作品であるふうを装っていたことはいうまでもありません――そういう意味では、実に繊細で思いやりのある母だった。父はというと、いつでも〝よくやった、おまえたち〟、そればかりでした。どちらが、なにをしたときでも」

「子供時代に知的影響を受けたものとしては、ほかには？　外国暮らしには感化されました？」

「神が人類を創造したのは物語を愛するがゆえであると、ユダヤの神秘主義者たちは信じている。ご存じでしたか？　内的生活を語るさいにわれわれが使う言葉のなんと粗雑なことでしょう。感化、影響、発展。人間の魂のはずが、まるでふたつの大国に挟まれた争い好きなバルカン半島の小国扱いだ。パリはギュスターヴ・カイユボットが作品にとらえた光の感触。ストックホルムは人間の足にまだ汚されていない処女雪原。ダブリンは麦芽のにおいと後悔、そして湿り気を含んだ大鋸屑《おがくず》の印象」

「くわしくはお話しいただけないみたいですけど、でも、たとえば家庭教師のなかで特によく覚えていらっしゃる人がいるとか？　つまりその、お兄さんが成長期に受けた影響について、伝記作家として知っておいたほうがいいようなことが、なにかあるのではないでしょうか」

「遠慮して遠回しに聞いてきましたね、なぜ私のフランス語が完璧《かんぺき》なのかについて。エティエンヌという切れ者のフランス人青年が数年にわたり休みのたびにわが家に来て、ロンドンやノーフォークにいっしょに滞在していたんです。この子は天才ではないかと即座に見抜いた彼のおかげで私は独自の道を歩み、自分自身を大切にすることができた。バーソロミューのことは傍から見ても異常なほどちやほやしてましたね――〝この子はミケランジェロ以来の大彫刻家になるぞ〟とかなんとかいって」

「そのエティエンヌさんはいまどこに？」

「ああ、よかった、その質問になら、すぐに答えられる。ペール・ラシェーズ墓地、あの家族全員で入る十九世紀式の胸の悪くなるような建物みたいにでかい墓のなかですよ。われわれが思っていたより、ずっと優雅な家の生まれだったらしい。口達者に見えて意外なところでフランス人というのは控えめだったりするんですね――たぶん、あなたもご存じのとおり。名字は忘れてしまったが、探せばどこかに残っているはず――ギャニェール、だったかな、たしか」

「なんでお亡《な》くなりに?」

「ハチに刺されたんですよ――かわいそうに、当時から彼はアレルギー体質だった、いまみたいに流行《はや》りだす、ずっと以前から。おまけに運の悪いことに解毒剤《げどくざい》を切らしていましてね。いや打ったつもりだったのかもしれないが……というのも注射跡は残っていたもので。ただ体内からは検出されなかった。まるで注射器から解毒剤が抜かれ、代わりになにかが入れられていたかのような――水か食塩水かなにかが。彼はそれをどこへでも持ち歩いていたんです。私たち家族はその場にはいなかった――ちょうど彼ひとりで王立植物園《キュー・ガーデンズ》へ出かけた日のことだったもので。かかった時間はおそらく三十分。死ぬのにですよ、キュー・ガーデンズまでの所要時間じゃない。いつも自分でいってましたよ、〝マルハナバチ《バンブル・ビー》〟なんて生き物を――聞こえるようでしょう、彼の発音が――命取りと恐れて暮らさなきゃいけないなんて、なんてばかげた人生なんだ、とね」

「ほかに使用人で親しくしていらした人は？」

彼女のその言葉を聞いてふと瞼《まぶた》に浮かんだのは、線路に倒れこんだときの――電車に轢かれる直前のミッターグの顔です。私を見上げたときの表情は驚愕《きょうがく》そのもの、あいった状況でなければ戯《おど》けているようにすら見えたかもしれない。

「いいえ、特には。使用人というと、前にお話ししたアイルランド人女中がいて、それから地下鉄ディストリクト線に轢かれて死んだピクルス好きのノルウェー人コック――兄に紙粘土を使った彫刻を教えたのは彼でした。思うに兄にそれをやらせておけば、もっと私の相手ができるとなによりもまず考えたからでしょうね。彼がよくつくってくれたグラヴラックスという鮭《さけ》の塩漬けは、われわれにはまったくどうでもよいことですが、そもそもどこの料理であるかの起源をめぐってスカンジナヴィア諸国では論争が絶えない。ちなみにグラヴは〝埋められた〟という意味で語源学的には英語の〝墓《グレイヴ》〟と親戚《しんせき》同士。塩と砂糖と香草のディルを使って漬けこむ方法は応用範囲が広く、特におもしろいのがサバを使ったグラヴァド・マクレルですが、大事なのは新鮮なサバを使うこと、もともと脂肪分の多い魚なので足が早いんですね、そういう理由もあってほかの魚とちがいロンドン市内では日曜にしか売ってはいけないことに法律で決められていた。レシピを教えてさしあげますよ。サバにはスグリのソースもよく合う」

「お兄さんがこの家へいらしたことは？　アルルですから、遠くはありませんよね。逆にあちらへ遊びに行かれたことは？　ここはいつお買いになったんです？」

時間が気になりはじめていました。眼の端で確認するとヒウェルはデッキチェアを広げシートを重みで大きく脹《ふく》らませながらも、ありがたいことに静かにひたすらじっと横になっているのは皮膚ガンを発生させたいからにちがいない。

「そろそろ昼食の支度にとりかからなければ――野菜を刻んだり、いろいろとね。のんびり料理をしながらでも、おしゃべりはできる。そんなのはあまりに平和で家庭的すぎて、あなたのような積極的攻撃的な女性には耐えられないというのなら話は別ですが」

ローラのしかめっ面《つら》は異存のないしるし。サン＝トゥスタッシュでもいちばん体が大きくてのんびりした猫のバルザックが、キッチンに入ってきました。まだ一日はこれからです。

バーベキュー

放火は数ある暴力的犯罪のなかでも、もっとも原始的なものであるといえるかもしれません。壮大な公共建築物のそばを通りかかったり美しく整えられた屋敷の室内が一階の窓からふと垣間見《かいまみ》えた瞬間（ピアノの譜面台にはポピュラー音楽の楽譜、凝った装飾の書棚に手入れの行き届いた立派な暖炉）火をつけてやりたいという単純素朴な衝動を覚えたことのない人など、いないのでは？　ローマ皇帝ネロは愛人にそそのかされて実の母親の殺害を思いたったりおのれの劣悪な歌をむりやり民衆に聴かせるなど、なにかと参考になる愉快な悪行を数多くはたらいた暴君として有名でありますが、究極のそれはやはりローマ市街に火を放ったこと。一六六六年のロンドン、一八七一年のシカゴ、といった歴史に残る大火にしても、どれだけがつまらない偶然、というのは、うっかり鍋《なべ》をひっくりかえしたり、やかんを火にかけたまま忘れたなどの原因によるものではなく、純粋に動物的な衝動を抑えきれなくなったがための放火によるものであるか知れません。

この同じ衝動、基本的欲求が、思うにバーベキュー人気を支えているのではないでしょうか(「バーベキュー」の語源学的説明については回り道する価値あり《ヴォ・ル・デトゥール》——もとの言葉はハイチの「バルバカード」で、これは地面からなにかを持ちあげて支えるべく木の枝を組んだ、つまりベッドのようなものを意味する。使用目的として考えられるのは拷問《ごうもん》もしくは食人行為。ハイチの生命の女神「マイス」からは「とうもろこし《メイズ》」なる言葉も派生しており、例として思い浮かぶのはそれくらいだけれども、この国の言葉が本質を保ちつつ姿かたちだけ変えて他の言語に変態を遂げてゆくさまは誘惑もしくは懲罰目的で変幻自在に活躍するギリシャ神に似ていなくもない)。いやむしろ、火を放つという行為は人間の心の奥底から生まれた必然をいまなお祝うべく有意義にも郊外でおこなわれているのがチャコールやら液体燃料をつかったこの儀式——遡《さかのぼ》れば辿《たど》りつくのは人類の過去そのものであり、絵を描くという神秘の行為や狩猟、焚《た》き火、殺したばかりのマンモスの肉を前にした部族あげての宴に連なるかたわらで欠かせないのが、買い物リスト作成やスーパーマーケットへの買い出し、バーベキューそのもの、そして刃物を手に男が果たすべき役割は昔ながらの表現を用いるなら「切り分け《カーヴィング》」、ということになるのであります。

私の流儀によればバーベキューはやはり本式の設備を使ってやりたいところ、望ましいのは煉瓦《れんが》づくりで換気のための炉筒も備わったグリルでしょう。そのような設備がサン＝トゥスタッシュにはある。私がみずから、この繊細な手でつくりあげたのです。場所は（オリーヴ林と丘の上の村ゴルドを望む）広い中庭とプールをはさんだキッチンの反対側で、ささやかな一角ながら、こちらは眼下に一面のブドウ畑とその向こうにはなだらかな裾野《すその》から徐々にせりあがるリュベロン山といった具合にさらに広大な景色が見渡せる。

その晩、インタヴューで長い一日を終えたのちに私が用意したのもバーベキューでありました。ローラの賞賛の眼差《まなざ》しを浴びながら（地元の修理工にとってはいい小遣い稼ぎとなっている）炭を並べ、うまい具合に差しこんだ電池式の着火装置と形は似ていても使うさいの心理状態がまるで異なる器具といえば悲惨なワンルームの安アパートでカップ一杯の湯を沸かすのに用いるあの鉄棒突っ込み式の電熱湯沸かしだ。

「煉瓦積みの作業はなんてことはないが、あまりやりたくないですね、材料の化学的なにおいが耐えがたい」と私は語気を強めました。

「ロンドンではバーベキューなんてやる機会ないわ。まずやろうとも思わないし、おまけに空気は汚い、鳩《はと》はいる、となりのラジカセはうるさい――意味ないですよね。天気も不安定だし。ダービーの実家にしたって――庭に設備はあるんですけど、ぜんぜん使ってません。ヒューにいわせると、手順に不安があるとか」

「慣れている人間にとっては、どうということないですよ」さりげなく私は切りかえしてみせました。「炭に確実に火がまわるのに約七分半、その後四十分もすれば材料をのせられる。アペリティフはいかがです？ それとも光栄な事情聴取のつづきといきますか」

「ひとつ疑問に思っていることがあるので、最後にそれだけ——なぜここへ来て、話してくださるようになったんです？ 何度かお願いして、三度実際にお会いして、これまでいくらでも機会はあったはずなのに。なぜいまになって……いいのかしら、こんなことうかがって」

「動機というものをわれわれは明らかにしすぎやしませんかね。余計なことはいいたくないな、私としては。ネロやカリギュラやティベリウスにいちいち理由を訊《き》いていたら、どうなっていたと思います？ おのれを中心にまわりつづけるわれわれは太陽系の惑星のようなもの」

一瞬の沈黙。愛《いと》しい人が示した反応はポーカーのプレーヤー呼ぶところの「テル」——体の一部の動きで緊張し努力すればするほど嘘《うそ》をいっていることがばれてしまうという、あれでした。彼女の「テル」がもっとも凡庸、ありきたりなかたちであったのには心動かされましたね——うつむいている。倒錯の愛ゆえ、これは私にはぞくりとするほど、火山噴火さながら肩を大きくひきつらせるのを見るよりも遥《はる》かに、新鮮だった。

「わかりました――では前の質問にもどって、ここに家を買われた理由を」

「バーベキューの基本はいたって単純」私は説明に入りました。「歴史は古い――実に、『イーリアス』にもバーベキューは登場している。トロイア人が〝銀白〟の羊を屠《ほふ》って肉を細かく切り分け、串《くし》に刺してよく火が通るまで炙《あぶ》り焼きにしているが、これは手順からして明らかにシシカバブ、トルコの誇るこれにより西側の即席料理は大いなる発展を遂げることとなった。ちなみに歴史上トロイアが位置していた現在のトルコという国は物価が安くて休暇を過ごすにはもってこい、というのはおたくのご主人の稼ぎが思っていたほどではなかった場合の話ですが。炭をピラミッド型に組むにあたっては燃え崩れて広がったさい全体に厚みが約五センチとなるよう高さを考慮して――そうなるのは、炭の表面が灰に覆《おお》われ白っぽくなってからです。時間にして約四十分。こんな簡単なことはない。いっぽうで忘れてならない、細心の注意を払わねばならないのが扱う材料により性質の異なる点――まずデリケートなのが魚で（炙り焼き、できれば遠火にしたほうがいい場合も）肉はそれほどではないにせよステーキは肉汁が逃げず外側も焦《こ》げすぎずの厚さに切るのが肝心――数字でいえば二・五ないし七センチといったところでしょうか。チキンは寝かせず（クラポディーヌ風《アン・クラポディーヌ》、つまり骨を抜きカエルのように開いて）、仔羊肉《こひつじ》も切り開いたものを用意、野菜は串刺し、ほかにもいろいろな材料の串焼き《ブロシェット》やスズキのグリルなど。素材の多様性を生かすことの重要性について学ぶのに料理はちょうどいい、石を扱うさいにまず忘れてならないのがそれだと兄はいつもいっていた。ひとこと付け加えるならバーベキューに最適なのは秋か、あるいは真夏から晩夏にかけて、つまりちょうどいまごろの季節でしょう――炎がはぜ、煙がおどり、星がきらめく――すべてが哀調に満ちて去りゆく夏が数ある夏の思い出のひとつになると同時に都会へもどれば待ちかまえている現実、家庭、結婚生活。初めてこの地を訪れたのは兄を訪ねたときのこと、気に入ったので、家を買うことにしたわけです、両親の死後」

赤く熾《おこ》りはじめた炭の下から、手際《てぎわ》よく私は着火装置を抜きました。

「退屈で厄介でどうしてもいやというのでなければ、ちょっとプールサイドへ行って、ご主人を呼んできたらどうです？　日暮れ時の一杯《サンダウナー》をやる時間だ。飲みながらでも話はできる。彼も気にはしないでしょう」

「ええ」

苛立《いらだ》ちの色が垣間見えた気がしたのは、これ見よがしに私がすべてを取り仕切っているからでしょうか。まあいい、さてシャンパンだ。鮮やかな手つきでコルク栓を抜いているあいだに(申し訳ないが具体的な商標名は、明かすわけにはまいりません──注文が殺到して値が上がると困るので)、プールサイドから滴《しずく》を垂らしつつやって来たヒウェルはタオルを首にかけ、濡《ぬ》れた臑毛《すねげ》は第二次性徴そのものである。

「ちょっと上がって、着替えてきますよ」そういう姿は二重の意味でしょぼくれて見えました。

「もちろん」

あとからもどってきた彼女は、忘れん坊の夫の知的とはいいがたい真っ黒なサングラスを手にしている。シャンパンのグラスを無言で手渡したのは親密な間柄なればこそ。バーベキューはいまやいい感じで盛んに煙を上げています。

「いや実はなんとも抜け目ない男でしてね、私は」

「といいますと?」

「ロンドンの自宅には本物の暖炉がある。一九五六年制定の大気清浄法には大賛成だし、稀《まれ》にみる成果を上げているとは思うが、市内で家庭用暖房に炭の使用を禁じるという法律でしょう、あれは。洗練された都会生活を冬のイギリスで送るのに薪《まき》のはぜる音を聞かずして幾晩も過ごすなど、私にはおよそ考えられない。社会的には大いに役立つことがわかっていても個人的には従う気になれない、そういう法律がなかにはあるでしょう」

「私の場合、よくそう感じるのは車の制限速度だわ」

「フランスで知的生活を送るための大原則は左側優先《プリオリテ・ア・ラ・ゴーシュ》――そういったのは誰でしたっけ。私かもしれない。スタッフト・オリーヴはいかがです？」

「あ――あの、けっこうです、どうも」

「ここへ来た経緯について、先ほどあなたはたずねられた。お互い正直にいくとするならそれは巧みな誘導尋問、つまり両親の死について話してほしいということですね。人生における偶然性や運や奇禍と全面的に折り合うことは人間的に不可能であるとフロイトがなにかに書いている。若いころはその言葉が慰めに思えたものですが、人事に果たす悪意の役割を偉大なる彼は軽んじていたのではあるまいかという感は常日頃から否《いな》めなかった。というより私がここを買ったのは十五年前、結果的には両親が亡《な》くなったからでありまして――不動産等の遺産相続人は私ひとり、という事実からして私が彼らのお気に入りだったことは火を見るより明らかだと思うのですが、兄弟のもうひとりのことを周囲がとやかくいわなかったわけではありません、といっても当時からすでに彼は妙な塊やらキャンバスにつけた染《し》みやらのおかげで裕福な暮らしをしていてそもそも遺産など必要としてはいなかった。受け継いだものを一部ノーフォークのコテージの改装にあてたのは、いうまでもなくその事件によりひどい損傷を受けたからですが、残りを使ってこの不動産を購入したときの売り主であるベルギー人は定年後ここに移住して暮らしていたのが祖国へもどっていったのは村人たちにいわせるなら妻のほうに下った天罰、オリーヴ油アレルギーになってしまったことが大きな理由であるらしい。それでもまだ余裕があったのでプールをつくり、残りは賢明な投資をしたおかげでささやかな年金により日々やりくりしながら、こうして必要最低限の暮らしをしているわけです。

「両親を非業《ひごう》の死に――という言葉遣いは適切ではないですね、おそらく――至らしめた事件が起きたのは田舎のコテージでのこと、実はそう、あなたが一度楽しげに訪ねてこられた（と少なくとも私には見えた）あそこですよ。直前に両親が一週間ほど留守にしていた理由は父が仕事、母はまた頭をもたげた旅願望を満たすためだった。あらゆる情熱のうちでもっとも御しがたいのは知識欲であると詩人のジョン・ダンがなにかに書いていたが。母に会ったことがなかったからでしょう、会っていれば落ち着きのなさもそれに匹敵するものであることに気づかなかったはずはない。ともかく、出かけるさい、検屍官《けんしかん》の言葉を借りるなら〝不可解な〟ことに彼らはキッチンのガス栓をすべて開けたままにしていった、という状況自体はどうということなかったところが、たまたま紛れもなく疑いようのないガス漏れが起きていたボイラーのあった階段下の小部屋をいま私がなにに利用しているかというと、誰が見てもささやかそのもののワイン貯蔵庫——覚えていらっしゃるでしょう、あのチョコレートのような香りと味が心地よいシャトー・ラ・ラグーンの一九七〇年ものをあなたが訪ねていらしたさい私はそこから持ちだしている。父にガス漏れについてなにやらいわれた私が死因審問にも説明したとおり——なんというか〝泣き崩れて〟しまったのは残念ですが、検屍官は実にやさしくてね、どこまでも手厳しくなれることで知られる人たちなのに——配管工に連絡して（彼、パークスさんも審問で証言しています）修理を依頼したのが翌週、つまり両親の帰宅予定後に日にちを指定してしまった理由としては、急ぐ必要があるとは思わなかったのと私自身ロンドンへもどっていくつか火急の用事をすまさねばならなかったせいもある。この私も鍵《かぎ》を持っていて、なかへ入るのは自由、両親より一日早く出かけたとはいえ、いつ家にもどってきて同じ運命を辿ったとしてもおかしくなかったのは事実です。〝その意味では、あなたは非常に運がよかった〟と検屍官にいわれて——残念ながらまたそこでも、なんというか、泣き崩れてしまった。ともかく帰宅して父は家に入り、不幸の連続を構成する要素として必要不可欠ながら大破局の直接的原因にはなりえないこの最後の場面で、廊下を進み、最初の電球がうまく点灯しないことに気づいて、いつもどおり母をすぐあとに従えたかたちでさらに奥へ行き、つけようとしたのがボイラーの横、ガスが充満した一角のすぐ脇《わき》の廊下の電球。悲劇だったのはこの電球のスイッチの具合が悪く火花が散ってしまったことで結果、露骨に表現するなら——ドカーン」

「お気の毒に」

「ええ。とつぜんの嵐《あらし》に両親を奪われた孤児の心境ですよ、まさに。バーソロミューも動揺してはいましたが、いうまでもなく彼は元来あの調子でたくましい。コテージの修復に力を発揮し、安い材料の仕入れその他で助言もしてくれた。ちょうどいい機会なのでやめてしまった草葺《くさぶ》き屋根、ノーフォークの住民なら誰でも知っているとおり、あれをつづけていますと保険がべらぼうに高くてね。ああ、幸運な花婿《はなむこ》が天蓋《てんがい》からおでましだ」

のろくさとヒウェルが重そうな足取りで階段を降りてきたのは、実際にはこの科白《せりふ》が終わる三、四行前からのこと。派手な仕草でまずはグラスにシャンパンを注ぎ、腕を大きくふって(天気のいい日には外に出してある)籐《とう》の椅子《いす》へと促してやりました。

「いいところだなあ——いつからここに?」聞きかたが神経の細やかなヒウェルらし

い。ローラと私が一瞬眼を合わせたのは同じく笑みをこらえながらのことでありました。

「両親の死を日々《クオティディアンリー》の話題にせよといわれてもね。ましてやそれが倍《バイ》となると——つまりは日に二度ということでしょうか。そこのところがいつもはっきりしないんだが、バイ・マンスリー、バイ・アニュアリーというのは隔月、隔年の意味なのか、月に二度、年に二度の意味なのか、どっちなんでしょう。ローラ、どうです、シャンパン《ブー》をもう少し」

「あの、ウィノットさん、ヒューは別に悪気があって……」

「ええ、ぼくはただ——」

「途中で断念した企画の話はしましたっけ、ローラ。当時まだ気づいていなかったのがノーフォークで論じた例の事実、未完成品は完成品に勝る（なぜなら、より暗示的にして喚起的、この時代に体験するすべてと受ける印象において真の共鳴を果たしているからでありますが）、という論理でいくなら結論として実現していない、着手してもいない作品は当然それらよりさらに優れていることになる。〝不在、暗闇《くらやみ》、死／そんな実体のないものから、僕は甦《よみがえ》ったのだ〟。こううたったジョン・ダンがみずから気づいていなかったことはいうまでもない、作家にはありがちなことです。私が思いついた作品というのは、小説として最初はふつうに始まり、ありきたりなつまらない背景描写に登場人物の設定もごくふつうながら、その人物像がしだいにずれて曖昧《あいまい》になるというのが地理的状況においても同じように起こってゆく。主人公はまっとうな執事で密《ひそ》かに夜驚症に苦しめられていたのが姿を変えたかと思うとどうやらそれは領主の長男でもみあげをのばし、自慢はアロハシャツのコレクションと高級車ジャガーを運転してプールに飛びこんだときの話を聞くや父親はこうたずねる——〝かわいそうに、やつは溺《おぼ》れたのか？〟。村祭の描写では晴れ着自慢にお化けペポカボチャ、教区牧師の気遣いという毎年お決まりのシーンがフィンランドの夏至祭の様相を呈しはじめ、子供たちもその日ばかりは寝床へ追いやられることなく困惑したフクロウが暮れることのない薄明の空にはばたいていたはずが、またもやいつのまにかイギリスは海辺の町の誰からともなく集まり始まったストリート・パーティーに変化を遂げたかと思うと、そこに前例のない大雪の降り積もった景色がオランダ絵画となって聞こえるヤシの木々のあいだの人々のざわめき、白く凍《い》てついた車やバイクが並ぶはふいに閑散とした都会的な街路。登場人物たちの性格もしだいに変化を遂げていき——疲れきった立派な村医者が自分の将来に不安を抱きはじめる、というか、もはや自信が持てないのはかねてより直視することを恐れてきたその理由、とりわけ自分が医者に向いていているか否かの問題で、人物造形も克明かつ完璧《かんぺき》、内面的、知覚的、深く掘りさげられていたのが徐々に方向転換して、ごつごつと風刺漫画的になればもはや珍しくもない〝男性更年期〟もしくは中年特有の職業的不安《アングスト》を訴えるお馴染《なじ》みの人物像、と同時に本人の受け答えもすさみはじめ少しずつぶっきらぼうになり会話はいまや檄文《げきぶん》、格言、決めの一言の連続で診療所もこれと同時にいつのまにかサフォーク州からウェールズのカーディフ市内へと移転している理由がよくわからない。いっぽう村の牛乳配達人は昔ながらの典型的女好き、紋切り型としかいいようのない表現で描かれていたのがしだいに、ポルノ雑誌でとある記事をたまたま熟読したことから抱いたタントラ教の性の奥義《おうぎ》に対する興味が高じて東洋の知恵全般に傾倒し熱中し、やがては仏教徒となりチベットの秘儀にも深く惹《ひ》かれるかたわらで牛乳配達時間の正確さおよびその熱心な仕事ぶりが業界の伝説となってゆく。といった具合。作品のスタイルだけが一貫して変わることなく、激しく、力強く、揺るぎないその混沌《こんとん》と万物流転《るてん》の世界でくりひろげられる物語――といっても、もはや作品自体、物語なのか否か定かでなくなってくるのは語りの基本となる推進力、意外性、展開というものがほとんど忘れ去られたかのように感じられはじめるからです。軽い気持ちで取り入れた技法により効果を上げていた滑稽《こっけい》かつちぐはぐ、巧妙でつかみどころのない雰囲気が濃厚になり、徐々にプロットも登場人物も崩壊し、確実なものはなにひとつなくなり、いっそう厄介な作品となり、根底に流れる感情および不安だけが強く前面に押しだされると同時に曖昧さが増して、読者はやがて驚き呆《あき》れ、なにが起こっているのか、自分がどうなってしまったのか理解不能に陥りながらも巻措《お》く能《あた》わず、見る間に登場人物はそっくり入れ替わりプロット、構成、話の流れ、個そのものも崩壊して最後、本を閉じたところで確信するに至るのは彼ら自身こそがこれまで見てきた際限なく暴力的な夢の主役であり、その意味するところは癒《いや》しようのない自分たちの不安以外のなにものでもないということだけ」

ふいにとぎれた会話を補うがごとく断続的に聞こえる蟬《せみ》の声。三人を照らしだすのは炎と星明かりだけでした。修理工《ガラジスト》の甥《おい》は兵役の休暇で帰省中、悪名高き騒音バイクの音がゴルド―カヴァイヨン街道から響いてくる。炙《あぶ》り焼きのスズキから汁が一滴、白っぽくなった炭の表面に垂れてはぜた。細長いクリスタルのグラスからシャンパンの泡のはじけるかすかな軽やかな音が聞こえてくるのは気のせいばかりではありません。

「いやこれは」と私はいいました。「実に気持ちがいい」

オムレツ

早朝がプロヴァンスでは私のお気に入りです。空気がかすかに活気を帯び、微風の吹きはじめる一歩手前、キッチンや中庭、プール脇《わき》で露に濡《ぬ》れた植物や夜明けには必ずといっていいほど広がる紺碧《こんぺき》の透き通った空を眼にすれば爽《さわ》やかな気分になれないはずがない。

その日の朝、静かに階下へと降りていったのは感動的な六時五分前のことでありました。どこか凛《りん》とした空気の漂うキッチン（床はタイル張りです、言い忘れたかもしれませんが。これが季節を問わず素足にひんやりとした感触）。やかんを火にかけ、立ったままぱらぱらとめくる染《し》みだらけのペーパーバックはルブール著『プロヴァンスの料理人《ラ・キュイジニエール・プロヴァンサル》』（一八九五年）の重版。お湯が沸いたところで細心の注意を払い気を遣いホイッスルが鳴りだす前にコンロからやかんを下ろして、ポットにトワイニングのイングリッシュ・ブレックファスト・ティーをたっぷりと淹《い》れ、大きな魔法瓶に移しかえる。そのまま玄関に向かい、途中、果物鉢の前で足をとめて桃とオレンジを一個ずつポケットに――このどれもがいまや快適で当たり前の儀式さながらとなった背景には、かならずこうして支度をしたうえで晩夏から初秋にかけての、こうと決めた朝にはキノコ狩りに出かけてきたという事実がある。

車は――今回は私のつましいフォルクスワーゲン、つまりサン＝トゥスタッシュに年中置いてある愛車のことで、これまで触れてきた種々のレンタカーは最後の一台をアヴィニョンの営業所にすでに返却済み――音が聞こえないよう新婚夫婦の寝室からは百メートル近く離れた場所にとめてありました。エンジンは一発でかかり、未舗装路を揺られながら通りまで出ると、スピードを上げてリュベロン山のほうへと向かった。助手席には籐《とう》の籠《かご》と、（使ったためしも必要になったこともほとんどない）シャーロック・ホームズ風虫眼鏡、それにアンリ・ロマニュシ著『地元で採れるキノコ《シャンピニョン・ド・ノ・ペイ》』（使用頻度および必要性については右に同じ――とはいえ、家にもどればアンドレ・マルシャン著『北部と南部のキノコ《シャンピニョン・デュ・ノール・エ・デュ・ミディ》』も全六巻揃《そろ》えてある）。

さて、これから先、私がどこかとりすました態度で地理的詳細のみ決して明らかにしようとしない点に注意深い読者ならば気づかれることでしょう。お許しいただきたい。われわれアマチュアの菌学者、特に料理好きのキノコ通はお気に入りの場所の保護には必死になるもの――こちらにはかならずセープ［イグチタケ］の生えるブナの木立ち、刈り込まれたあの道端の草むらにはヒトヨタケ、向こうにはみごとな*Langermannia gigantea* 通称「巨大な埃玉《ジャイアント・パフボール》」の生えるイラクサの茂み、そしてまた大量の牛糞《ぎゅうふん》が肥やしとなって胸の悪くなるような味ながらいまや人気の幻覚剤*Psilocybe semilanceata*、英語ではまことに的確な「自由の帽子《リバティ・キャップ》」なる名で呼ばれるキノコが顔を出す場所、といった具合にね（ちなみにこれと時おり混同されるのが北東シベリアはコリヤーク族のシャーマンが使う幻覚性キノコ*Amanita muscaria* つまりベニテングタケで、余計な毒素の取り除かれたトナカイもしくは嘘《うそ》ではない、人間の尿を媒体として摂取可能なこのキノコは、お馴染《なじ》み赤い傘に白い水玉模様の図柄で描かれたのをちょうどいい椅子《いす》代わりに、よくこびとやら妖精《ようせい》がちょこんとすわっていたりする。シャーマンがこのキノコを「ワパグ」と呼ぶのはここに宿り精霊界の秘密を人間たちに教えてくれるという不思議な存在にちなんでのことであります）。われわれキノコ狩り愛好家は用心深い秘密主義者、これはもう抜きがたい習慣なので、今回も採集場所は「南フランスのとある地域の一角」という表現にとどめておきたい。用心するに越したことはない証拠に車でまずすれ違ったムッシュー・ロベールは地元の学校の先生、大のキノコ好きで知られる彼が特に情熱を注いでいるのはカヴァイヨンの市場はマダム・コッティソンの屋台でばったり顔を合わせたさい本人からこっそり聞いたところによるとセープであるらしい。シトロエンの大衆車ドゥーシュヴォーを飛ばして彼が向かっていたのは、興味深いこと気になることに私とは正反対の方向でありました。すれ違うさいには、互いに身構えつつも片手をあげて同志の挨拶《あいさつ》を忘れなかった。おもしろいのは同じ目的で出かけるにしてもプロヴァンスとノーフォークではそのありかたが大きく異なる点でありましょう。ひとつには服装――重ね着し毛糸の帽子をかぶったイングランド東部地方の秋の自分と麻のシャツに身を包んだ南《メリディヨナル》フランスの分身とはどう考えても結びつかない。イギリスでは自発的に自滅の危機に身をさらすべく奇怪な行動をとる変わり者の私が、フランスでは知的快楽主義者《オム・モワイヤン・サンシュエル》として大地の恵みとおのれの快楽を理性的かつ最大限に利用する途上で倹約をも心がけていることになる。プロヴァンスの空気（冷たい強風《ミストラル》の吹いていないとき、というのはむろん吹けばキノコ狩りなど実行するはおろか考えること自体不可能となるからでありますが）にのって漂ってくるのは野生のハーブやガリッグ［石灰質の乾燥地帯］のにおい、けれどもノーフォークでは深い森の静けさに包まれる前、日によってはかすかに潮の香の鼻をつくように感じられることもある。ヨーロッパ各地でのキノコ狩り体験を引き合いにだし比較検討、斬新《ざんしん》な比喩《ひゆ》やら興味深い事実やらで埋め尽くされた一段落をここで想像されたし。

車をとめたのはピクニック地として法律で定められた家から十キロほどの小高い丘(険しい丘ではありません)でした。籠とナイフだけ手にすると残りの道具は車に置いて——今回はいつものキノコ探しとはちがって特別、クック船長の探検航海よりバウンティ号のブライ船長のそれに近いものがあるので——力強くのぼりはじめると、息が切れ、また朝が早いだけに白くなるのがもう二、三週間もすれば当たり前となりだすにちがいありません(これがノーフォークなら、おそらくとっくに白くなっていることでしょう)。かすかな踏み跡が曲がりくねって上へとつづく岩だらけの斜面はところどころ針葉樹に覆《おお》われた先にあるブナやナラの林が道端からは直接は見えないようになっている。秋になればこのあたりは狩猟《ラ・シャス》の人気スポット、主に殺戮《さつりく》対象となる鳴《めい》禽《きん》類の肉料理としての物足りなさにがっかりしなかったためしはありません。いまのところあたりに人影はなく、遠く丘の上に見えるのは——。

歩いてかかった時間は二十分ほどでした。キノコ狩りには活動と黙想とがほどよく混ざり合っていて——新鮮な空気を吸いながら有意義に早朝を過ごし、歩きながらふいにかがみこんだり、しゃがんだりするいっぽう、知性を駆使しての現物確認や軍の戦略用語——つまりは婉曲語法《えんきょくごほう》のはずが置き換える前よりよほど血なまぐさく感じられることの多い気がする例の用語のひとつでいうところの「目標捕捉《ほそく》」といった作業もある。トルストイの『アンナ・カレーニナ』にその様子が陽気な作り話さながら描かれていますが、実際には不安な思いでひたすら行動するしかなく、かならずや採って帰るぞ見つけるぞという固い決意を抱きながらもどこか退屈で落ち着かない気分を免れないあたりはハンターや精神科医にはお馴染みのものでしょう。あまり下ばかり向いて歩いていると顔を上げた瞬間めまいに襲われてからわれに返ることになりかねない。愉快なことに、この日は最初に調べた二本の木の根元にいきなり立派なセープの凝集塊を発見——ムッシュー・ロベールなら大当たりとなるであろう量をはるかに越えています。キノコ愛好家の喜びを私は実感、腹のなかで思いきりほくそ笑まずにいられなかった。別の機会に別の目的で来ていたならば、すばやい発見、これにて任務完了と大喜びしたことでしょう（ピエールおよびジャン＝リュックへのお裾分《すそわ》けすら考えたかもしれません）。しかし今日はちがう。先を急がねば。セープの脇に群生しているのは *Entoloma sinuatum*、「黄金の丘の偉大なる毒殺者《ル・グラン・ダンプワゾヌール・ド・ラ・コート・ドール》」の異名を持つハラタケ類のこの毒キノコをイギリスで見かけることはめったにありません。これも無視して先へ。

探していたキノコは、ほぼ予想どおりの場所に生えていました。

「おやおや、朝寝坊さんたち」眠そうな無防備な顔、気怠《けだる》い足取りでキッチンへと下りてくる新婚夫婦に向かって私はいいました。「いま何時だとお思いかな?」配水管を流れる派手な水音や床の軋《きし》みを耳にしていたので、そろそろだろうと思っていたところでした。ヒウェルのお眼覚め。話しているあいだにもやかんの湯が沸きはじめた。気のせいか、それとも実際にひと晩にしていくらか太るという芸当をヒウェルはやってのけたのだろうか。ローラは白いTシャツに黒と白の市松模様のゆったりしたパンツ、栗色《くりいろ》のスリッパを履いた姿がどこか近東の人のようです。

「十時十七分」断固とした口調でローラは言い返しました。「そんなこといわれても……ゆうべのすばらしいご馳走《ちそう》とお酒がいけないんだわ。コーヒーを淹れてらっしゃるの? そうよね。うれしい。ああ、死んだみたいによく寝ちゃった」

「私はなにをおいても紅茶党。コーヒーは空《す》きっ腹に飲むと神経が高ぶりすぎてしまう。ご存じのとおり、バルザックが体調を崩したのは日に四十杯だか五十杯、文字通り体に悪い濃いブラックコーヒーを飲んだからだった。というと批評家ハズリットは中国の緑茶好きが高じて胃を悪くしているじゃないかという反論があるかもしれませんが。答えようがないな、それには。ジェームズ・ジョイスの胃潰瘍《いかいよう》悪化の原因はスイス産白ワイン、かなりの量の亜硫酸が含まれていることを彼は知らなかった」

「ベッドの寝心地、最高でしたよ」大胆にもこう口を挟んだのは文学的素養のないヒウェルです。私はいたわりの笑みを彼に向け、コーヒーポットのプランジャーを押しこみました。

「さあ、そこにすわって楽にして。ちょっと早起きをしましてね、野生のキノコを採ってきたんです、おふたりに素晴らしいオムレツをご馳走してさしあげようと思って。食べ終わったらローラと私はまた少しおしゃべり。まだ知りたいことが二、三はあるでしょうからね。それから出発していただく。次なる目的地はアルル、でしたね？」

「ええ、ほら、あの家にはお兄さんの遺品がずいぶんと残されているでしょう、素描などもそっくりそのまま。保管室のそれが見られるよう、許可はもうとってあるんです。けど、その前にひとつ問題が——残念ながらオムレツはいただけないわ、ヒュウルは卵がだめなので」

思わず漏れでた狼狽《ろうばい》の呻《うめ》き声。

「そ、そ、そんな、ばかな。卵が食べられないなんて。そんな人間がこの世にいるわけが——。いたって健康的な食べ物ではないですか。卵なくしては伝統的フランス料理は成り立たない。善良なるヨーロッパの人間なら誰だって食べる。コレステロールについては未だ未知数。いわゆる栄養学なんてものはただ大げさに、これ見よがしに

──」

「申し訳ない、ダイエットは関係なくて」と説明するヒウェルの口調は相手の苛立《いらだ》ちもかまわずわざと恥ずかしそうにすまして自己主張しつつアレルギーやら食べられないものやらを打ち明ける人間のそれそのものです。「食べると、偏頭痛がするんですよ」

「耐えられないほどの？　いや、しかしだね、知ってのとおり偏頭痛というのは、あれのごく近い親戚《しんせき》というか、親分格の癲癇《てんかん》が芸術の分野でも政治の分野でも重要な位置を占めてきたのは現存する歴史文献を一からひもといてもわかることで──ジュリアス・シーザー、ドストエフスキー、いくらでも挙げられる。ヒウェル君、いや、私はきみがうらやましいよ。みずから進んでその重荷を背負い、卵を食べるさいには明確な意識のもと幻視幻覚すべて承知のうえで意図的に体験できるシャーマンのトランス状態、神がかり状態、無限の世界に向けて大胆にも──ではパンにのせてキノコトーストはどうだね？」

「いただきます」

「こんな機会はめったにない、残念至極というところなんだがね、むろん」と速やかに立ち直った私の引き際《ぎわ》のよさは派手にタイヤを軋ませ到着した現場を引きあげる警官さながらでありました。そしてコンロに向かい、忙しく仕度をはじめた。「卵の化学変化という二重の魔法にどれだけのヨーロッパ料理が支えられていることか。みなさんご存じなのが名料理長エスコフィエの言葉——〝フランスを代表する料《ケス・ク・セ・ラ・キュイジーヌ・クラシッ》理といえば？《ク・ド・ラ・フランス》バター、バター、バターしかない《セ・デュ・ブール、デュ・ブール、エ・アンコール・デュ・ブール》〟。こう付け加えてもいいかもしれませんね——〝それから卵も《エ・トシー・レ・ズフ》〟と。卵だけの料理もたくさんある——フランスの目玉焼き《ウフ・シュル・ル・プラ》、イタリアの目玉焼き《ウオヴァ・アル・ブツロ》、英語圏の目玉焼き《フライド・エッグ》、炒り卵《スクランブルド・エッグ》、それに国別にさまざまな解釈および料理法があるオムレツはイタリアがフリッタータ、スペインではトルティーリャ、両方とも私にいわせるなら焼きすぎゴムのようにかたくなりすぎですが、デンマークのエッグケーキ、中国の芙蓉蟹《フーヨーハイ》もあれば、バスク地方の伝統料理はピペラード、そしていうまでもなくフランスの正統派オムレツは兄の大好物で——事実、最後にいっしょに食べたのも、このオムレツだった」

ローラ「聞かせてください。ヒューは気にしないと思うわ」

ガスの火を、私は少しだけ弱めました。

「秋のノーフォークに漂って感じられることのあるもの悲しさ、孤立感。その年の活力が失《う》せ、木の葉が枯れ、おのが心も沈みこむは天候悪化前の気圧計のごとし。エトセトラ。コテージ滞在が、そうあることではないんですが、一昼夜だけ兄とかちあいましてね。翌朝の朝食は私がつくり、今日と同じものですが（ちなみに後かたづけもバーソロミューは得意でないものだから私がして）、その後、車でロンドンへもどって、次の日ここへ来た。彼が死んだときにはこちらにいたわけで、当然のことながら電話はない、よって訃報《ふほう》は最後から二番目の妻からの電報で知った。さあ、どうぞ——塩味はわざと控えめにしてありますからね、も少しきついほうがいいといわれたところで、なに気にはしません、というのもこちらは自他共に認める薄味好き、とはいえ汗をかけばそれだけ塩分が必要になるのはもちろん承知のうえでヒウェル君はそれを実感されるにちがいない。夫君のトーストには胡椒《こしょう》をきかせてあります、食べやすいようにね。オムレツは途中でわかると思いますが黄身が固まりかけたばかりで、まだとろりとした状態。コツは具を入れすぎないこと——大匙《おおさじ》一杯ていどに抑えておくのがいい。これはほかの芸術分野にも相通じるものがある、というのは形／中身の対比論にしばし触れることができればの話でありますが。強火でバターを溶かし、泡が消えるのを待つ。火を弱めず、真ん中が固まりかけたところで具を入れる。さあ、食べて食べて」

Amanita phalloides は菌学の専門用語でいうなら偶発種——発生は決して多くないが稀《まれ》でもない。近くでにおいを嗅《か》ぐと甘い、かすかに胸の悪くなるようなアンモニ

ア臭がするものの、味はナッツに似て口当たりがよく美味、アンズタケ（*Cantharellus cibarius*）よりもササクレヒトヨタケ（*Coprinus comatus*）に近いといわれている。この風味が菌学を志す者にとっては大事、なぜならば毒キノコの圧倒的大部分が毒性を持つその証拠に悪臭を放っていたり、ひどい味であったりするからです。というわけで*Amanita phalloides* つまりタマゴテングタケの美味なるは自然界のジョーク、というのもこれは実はこのうえなく恐ろしい毒キノコだからで――数ある毒キノコのなかで実際問題もっとも毒性が強いとなれば与えられて当然の名前が「死の（キノコ）傘」（ですが、必殺キノコの呼び名として個人的に気に入っているのはこれの親戚*Amanita virosa* の「死の天使」）。*A. phalloides* による中毒死はイギリスよりも大陸ヨーロッパでのほうが数が多く、死亡率がいちばん高いことで有名なのはドイツ人――しかるにこの「死の傘」中毒により末期症状に陥りながらも助かった最初の例はイギリス人夫婦であり、一九七三年にガーンジー島で*A. phalloides* を食べてしまったもののロンドンは有名なキングズカレッジ病院の医師がその場で考案した血液濾過《ろか》法により一命をとりとめたという事実には愛国者ならば注目してよいでしょう。フランスで「死の傘」中毒になった場合の伝統的治療法、というより、おそらく〝治療法〟と表記すべきそのやりかたはというと、ウサギの脳味噌《のうみそ》の細切れを生で大量に食べること。

ウサギはこのキノコでは中毒にならないという事実に基づいた民間療法であります。

A. phalloides がよく見られるのは落葉樹林、特にブナやナラの樹下に生えることが多い。これといって印象的な特徴はない代わりに食用キノコのどれとも似ているわけではないので誤って採って食べる危険性もない（色形でもっともよく似ている*Amanita citrina* すなわちコタマゴテングタケ、通称「死の傘もどき」は分類上食用キノコとされることがあるけれども、あまり熱心な支持者はいない、その理由は明らかですね。有毒成分を認めてきちんと毒キノコ扱いしているのは日本人だけです）。傘は直径六ないし十二センチのものが凸状から徐々に開いてゆくといった具合で、色はあまり感じのよくない緑がかったオリーヴ色。柄は白く長さは八ないし十五センチの上部にはつば、基部にはたいてい大きな袋状のつぼがついている。毒キノコ《トードストゥール》の季節は——食用キノコ《マッシュルーム》と毒キノコ《トードストゥール》の区別に科学的根拠はないので、この言葉を私は単にファウラーが語法書『純正英語《キングズ・イングリッシュ》』第三章で論じているところの「洒落た置き換え《エレガント・ヴァリエーション》」の一例として使っているにすぎないのでありますが——七月から十一月にかけてであり、イギリスでは諸事万端の例に漏れず北へ行くほど数は少なくなる。

「死の傘」の犠牲者でもっとも有名なのはローマ皇帝クラウディウス一世でしょう。誘惑に抗しきれず彼が口にしてしまったのは *Amanita caesarea* つまりほかはほとんど恐ろしい毒キノコばかりという*Amanita*（テングタケ）科でも例外的に美味なる「シーザーのキノコ」の料理（これも自然界第一級のジョークだ——悪漢一族のなかの内気なお姫様）だった。ところがこのときの*Amanita caesarea*は純粋にそれそのものではなく、まずまちがいない、彼の妻アグリッピナにより必殺の同類が混ぜてあり——彼が食べたつもりでいたキノコの身内で彼を毒殺した犯人は彼の身内だったわけですね。「昏睡《こんすい》状態に陥ったものの胃の中身をぜんぶ吐き出したため、ふたたび毒を盛られた」という歴史家スエトニウスの記述が中毒症状に対する無知をはからずも露呈している点は大目に見るしかありません。現実の*Amanita phalloides*中毒では発症後たいてい小康状態がおとずれ、いっとき治ったかに見える——つまり退院を許され異常なしの健康証明書をもらって帰宅した数日後に死亡する場合が多い。典型的症状としてはまず激しい嘔吐《おうと》、下痢、腹痛、のみならず、ひどい不安感に襲われたり汗をかいたり体が震えたりが摂取後六ないし八時間後に始まって四十八時間はつづく。こうなった時点で細胞組織はすでに大半が破壊された状態。主な毒素には二種類あって、キノコ中毒がなぜ特異か、ゆえに（死んでしまえば至って簡単になる）適切な処置がきわめて困難であるかというと、ひとつにはこれらの毒素と結合、再結合した体内の化学成分はもはや識別不可能という問題がしばしば生じるからでありますの（*A. pha-*

lloides 中毒の場合、それでなくても、いうまでもなく、解毒剤《げどくざい》などありません)。*A. phalloides* に含まれるその二種類の毒性化合物はというと、アマトキシン類およびファロトキシン類で比べようもなく恐ろしいのはどうやら前者のほうであるらしい――ファロトキシン類は調理する過程もしくは消化によりたいてい分解されてしまうのですね。毒素の主役はα-アマトキシン、これが肝臓細胞のRNAに作用してタンパク質合成を阻害し、結果それらの細胞がすべて死滅したところで今度はβ-アマトキシンによる腎臓《じんぞう》の尿細管への攻撃が始まるのは(尿に混じって排泄《はいせつ》という本来の目的が果たされず)血管への再吸収がくりかえされるという悪循環から――言い換えるならば体のほうも毒素の攻撃への荷担を余儀なくされるわけであります。その結果あらわれるのが激しい下痢や吐き気、腹痛といった症状で、前述のとおり、その後いったん治ったかに見えた直後にいきなり死亡、となる。死因がまずたいてい解剖により明らかになる理由は、これほど完璧《かんぺき》な肝臓破壊を引き起こす毒素などそうありはしないからです。キノコ一本で健康だった大人がころりといってしまう。死亡率を数字であらわすのはむずかしく致死量も当然ながら正確には把握できないわけですが、*A. phalloides* 中毒で死に至る確率はゆうに九十パーセントを超えるものと見てまちがいない。

「死因審問には行かれたんですか?」とローラから質問がありました。

「両親のときと同じ検屍官《けんしかん》でした。遠いところをわざわざ感謝しますといわれて——マルセイユから飛んだんですが、好きじゃないな、あの空港は、正直いって。バーソロミューはどうやら自分から誤って毒物を口にしてしまったらしい——私が帰った日、月曜日に胃がおかしくなって、火曜の朝医者に行き、いったんは楽になったものの、その後たぶん金曜あたりに突然、息絶えた」

「キノコについての知識は？　よく自分でキノコ狩りにいらしてたのかしら」

「私がいけないんです。キノコのことなら彼よりずっとくわしい。そんなキノコをまちがえて採ってくるはずがない」

「ああ、おいしかった」早食いヒウェルの口にした形容詞を一度たりとも使わずに仕上げようとしているのが、このわが美食学的歴史的心理的自伝的人類学的哲学的労作であることに、いずれみなさん、お気づきでしょう。

「ありがとう。クロワッサンとジャム《コンフィテュール》も好きなだけ食べたまえ。今日のドライブは厄介かもしれない。リュベロン周辺の道は風が強いうえ、派手な雷だの土砂降りだのに見舞われることも少なくないからね」

オムレツを三分の二ほど食べ終えたローラのペースが落ちはじめました。結婚したばかりの夫にちらと投げかけた視線の意味するところは明らかに——早く行って仕度なさいよ、おでぶさん。席を立ったヒウェルはトーストで汚れた唇をわがリネンのナプキンの一枚で拭《ぬぐ》いつつ世辞やら謝罪の言葉やらをもそもそ述べると、重そうな足取りで二階へと上がっていった。

「なんの話をなさったんですか？　最後に、お兄さんとは」

「ジョン・ダンの詩に、ローラ、こういう一行がある。私たちふたりの出会いをふりかえるたびに、よく思うんですが――〝初めて君と巡り会った不思議な運命の出会いにかけて〟、哀歌《エレジー》より。いや――バーソロミューとの最後の会話についてだった。話したのは現代社会で文化を担《にな》うもっとも重要な存在ともいうべき芸術家と殺人者のちがいについてです。どんな芸術も、その根底にある衝動はある意味では世間に不滅のインパクトを与えたい、自我の足跡を残したいという欲望にほかならないというのが私の意見。システィナ礼拝堂の壁画はたしかに多くを物語ってはいるが、いわんとしていることのひとつは単純明快、ミケランジェロがここにいたというものだ。芸術の果たす、これが基本的役割であるがゆえに若者は公園のベンチに頭文字を刻み、ヘンリー・ムアはあちこちに退屈きわまりない物体を残し、レオナルドにせよほかの誰にせよ――いや、ちなみにレオナルドの場合もう少し欲を出せば不朽の存在になりえたものを剝《は》がれやすいフレスコ画だの組立不可能な空飛ぶ機械だの設計に無駄な時間を費やしている。しかるに自分自身のなにかを残したいという芸術家の欲望は、これすなわち犬が木におしっこをひっかけるようなものでしかありません。殺人者のほうが現実にも現代の美学にもよほどうまい具合に適応している、というのは、そこになにか残す代わりに――絵画だの書物だの下手なサインだの、ひとつ形に仕上げたなにかではなく、彼が残すのは同じく完成された究極のもの、すなわち不在。そこにいた誰かが、いまはいない。おのれが生きた証《あかし》として、これ以上のものがあるでしょうか。ひとりの人間の命を奪い、無と置き換えたあとに、残るは消えゆくかすかな思い出だけ。石を拾いあげ、池に向かって投げながらも決して波立たぬよう――やってのけたなら、これはもう、なにをも、そう、たとえば兄の作品をも凌《しの》ぐといえるのではあるまいか。

「第二に、芸術家が突き放したような態度で抽象作品やら顔の見えない人工物ばかりつくるのは無理な自己主張にとりつかれているからだ、と私はいった。第一の欲望がなにかを残すことなら、次は縄張りを広げること――分不相応な注目を集めようと躍起になっている。これは一般的には〝エゴ〟と呼ばれるものですが、用語としてはありきたりすぎて説明にならないほど激しい誇大妄想的願望、欲望、人間的欠陥を後ろ楯《だて》としてできあがった数多くの作品のなかにマティスの切り絵もファベルジェのイースター・エッグも含まれる。挫折《ざせつ》した画家ヒトラー、挫折した詩人、毛沢東《もうたくとう》――その生涯は前半も後半も同じひとつの衝動のあらわれにすぎない、が、こうしたつまらない認識に慣れすぎた私たちの眼に見えなくなっているのが、その真に意味するところ、つまり誇大妄想患者すなわち挫折した芸術家なのではなく、芸術家すなわち臆病《おくびょう》な誇大妄想患者が自己発散の場としているのは安易な幻想の世界であって、容赦のない現実世界ではないということです――カンディンスキーがスターリンのなりそこないなら、クレーはバルビーのできそこない《マンケ》。なぜ人は無政府主義者バクーニンについてもっと真剣に論じようとしないのか。破壊への情熱は創造へのそれにひけをとるものではない――同じように画期的かつ自己断定的。芸術家が真珠貝なら殺人者はまさに真珠そのもの。

「つづいて取りあげたのが、その結果として、芸術家なら誰しも自覚している点、つまり創作や世間に向けて注いだ労力に見合っただけの反応が返ってくることは決してない、ということです。内的な、孤独な、血のにじむような努力により作品を生みだした作家はこの世の注目を、愛を、手にしたかのごとく感じる。けれども世間にしてみれば知ったこっちゃない――忙しすぎる世の中としては、たまにうなずくなり興味を示すだけで精いっぱい。お世辞をいう一部の人々、贈り物をするパトロン、賞の受賞やら、いっときの注目やら——どれもみな意図されたほどには意味をなさない、作家の基本的欲求に応《こた》えるかたちになっていないのは、彼の求めているものがごく単純な無条件の敬愛にほかならないからです。全宇宙に向かって芸術家いわく、欲しいのは永久《とわ》の愛なんだ——それのどこが悪い。けれども宇宙は答えてもくれない。宇宙とは光合成であり宇宙空間の塵雲《ちりぐも》でありバスの時刻表であり刑務所内暴動でありπ《パイ》でありe（自然対数）であり雲の発生であり……。有史以来この世に生きた芸術家で報われたと感じた者はひとりとしていない。その結果が——激しい怒り、憤《いきどお》り、失望。イェーツの詩で田舎に館《やかた》を建てたのは誰か。〝失意に荒れ狂った人間〟ではなかったか。まさにそのとおり。そしてですよ、この失意の表現において、象徴として、勝っているのはどちらでしょう、芸術家か、それとも殺人者か。答えるまでもない。

「加えて疑う余地のない事実がもうひとつ——過去においては祈りや托鉢《たくはつ》であった時代の特性が今世紀においては殺人以外のなにものでもない点を、誰が否定できるでしょう。二十世紀を特徴づける行いは人間による別の人間殺しではないと胸に手を当てて誓える人間がいますか。五千万人が一度に死んだ第二次大戦のみならず第一次大戦を含めた国同士の争いや内戦、人為的な飢餓、社会的な殺人、夫殺し妻殺し、他人殺し、怨恨殺人、人種差別による殺人、絶えず起きている殺人、いまここにこうしてすわっているあいだにも殺されてゆく人間を見捨てているという意味でわれわれみなが犯している殺人。例を挙げればきりがない。どの殺人もすべての殺人を内包している——他人の命を奪うという行為ひとつひとつが今世紀という名の小宇宙であり、新たな死としてその数を増やしている。これに対抗できるような作品が、いや最初から比較の対象になりうるような作品が、芸術の世界にひとつでもありますか？

「そしてまた直視すべきは、紛れもない自然な行いとしての殺人、いっぽうの芸術の不自然さです。絵画や音楽、書物——これらがみなあまりにも恣《し》意的かつ複雑な作り話やら絵空事であるのに対し、人の命を奪うという行為は至って単純、理由は相手に存在していてほしくないからにほかならない。世界史をふりかえってみると、この点が認識されていた時代も時としてなくはなかった。たとえば自然な行いとしての殺人が奨励され賞賛され、殺人者が育成され養われていった——よく理解されていた戦時中。戦時中にかぎったことではありません。ナポレオン法典下ではミストラルが七日以上吹き荒れた場合にがみがみとうるさい配偶者を殺したところで、極刑に値する罪にはならなかった。ということはつまり、血湧き肉躍ることに配偶者殺しは時として積極的に寛恕《かんじょ》、とまではいかないまでも理解され許され正当化され特別扱いされうると考えて差し支《つか》えない——換言するなら、殺人はある意味では自然なものであるという認識でしょう、これは。孔子のいったとおり、人殺しは状況いかんでは許されてよい——許されざるは不合理。そしてですよ、おのれの衝動に従って行動する以上に合理的なことがありますか？　人殺し以上に真に人間的な行為がどこにあるでしょう。勝手な解釈で孤軍奮闘する聖職者気取りの芸術家活動など論外である点はまちがいないだけでなく、永遠だの客観性だの作為だのをめざすこと自体、ごく当たり前の人間性を否定するものといえなくもない。シーザーの活躍したローマつまり人間性が大きく花開き自己表現の自由も認められていた時代を特徴づける行為もまた、殺人だった——アウグストゥス毒殺の犯人である妻リヴィアは甥《おい》のゲルマニクスも自分の姉妹も邪魔者はひとり残らず殺害しているし、ティベリウスも似たり寄ったり、カリギュラは強姦《ごうかん》人殺しのしたい放題、クラウディウスも妻の小アグリッピナに毒殺されている。これが人間性の偽らざる姿。

「というだけでなく、いまの文化では行為と思考のちがいが愚かしいほどに強調されすぎている。キリストはまちがってはいなかった——みだらな思いで他人の妻を見る者は誰でもすでに心のなかでその女を犯したのである。殺そうと思いたった時点で殺したも同然——一度でも殺意を抱いたことのある者は実際それをやりかけた、ほぼやったのであって、大脳生理学的観点からすれば夢に見たことも外界での出来事同様

〝現実〟であるとする科学者たちの言葉どおり、たぶん、殺意を抱いたことのある人間は実際に殺人を犯したのです。この点が認識されていた歴史上の独裁政治下においては例外なく反乱の陰謀を実際に企てた人間のみならず単に思いついた、あるいはそのように見えた人間までもがひとり残らず殺害されている。謀反《むほん》にかぎらず謀反の意志も、その可能性も消し去らねばならない点を独裁者はみな心得ている。望みや期待のみならず、その思いつきや幻想すらも打ち砕かねばならないことを。そこまで人間の心の奥底に迫った芸術作品などひとつとしてありはしません。それでなくても人は自分の親を殺すものと決まっている。あまりに当たり前すぎて誰も認めたがらないだけだ。子は両親より長生きし、両親を越える。親殺しは子にとって単純このうえない喜び。そうならないのは子が親に殺された場合だけ。どうだい――と私はバーソロミューにいいました――理由はこれでじゅうぶんかな?」

ヒウェルがキッチンの入口に立って、どれくらいそうしていたのでしょう、いまや見慣れた新婚旅行用のスーツケースを肉付きのいい赤らんだ両の手から提げている。床におろせば爆発しかねないかのごとく、強《こわ》ばった恰好《かっこう》で。なにやらもったいぶった口調で彼はいいました。

「そろそろ時間だよ」

「で、お兄さんは？」

「ただひとこと――〝なんの理由だ〟と」

その後は凡庸な別れのやりとり。送別だの辞去の挨拶《あいさつ》だのにはドラマがあるものと期待してそのとおりになることは、考えてみれば、決してないですね。人間というのは（これも考えてみれば）場違いな、というか誤った感情を抱きがちなもので、結果、人生を液体にたとえるならいくら注いでも移し替えても容器が妙なデザインだったり色や形が変だったりサイズがまちがっていたりときりがない。すべての人間に分け隔てなく与えられた天分の極めつきは、ちぐはぐな感情でしょう。愚兄の葬儀ではノーフォーク特有の突風にのってとぎれとぎれに絶えず聞こえてくるのが以前は教区牧師の館であった建物の庭からのサッカー中継――牧師が町の市場近くのフラットへ移った現在、元牧師館に住んでいるのは州都ノリッジで働くゴルフ狂の事務弁護士と非行少年予備軍の十代の息子たちなのです。墓場の脇《わき》に立つ私は（愚兄が有名人であったことから仕方なしにか、ついうっかりか、牧師が棺による埋葬を許可した墓地は公式には〝満員〟のため受け付けは遺灰のみとされていたことから、この埋葬はのちに議論の的となり買うはめになったのが善良なる堅実なノーフォーク住民の怨恨《ルサンチマン》だった）真新しい黒のスーツをエレガントに身にまとい（新しい服が必要となる話にはなんであれ注意すべし、というソローの箴言《しんげん》を承知のうえで敢《あ》えて新調したのです——逆にそうした機会は最大限に利用すべし！）、バーソロミューの棺に落とすべく黒いラン一輪を手に、多種多様な機嫌とりやら有力者やらジャーナリストやら元妻らが自分もひと摑《つか》みの土をと競い合う前で、聞こえてくるサッカー中継の男性アナウンサーの声が一段と高くヒステリックな興奮状態の低能《アバラーチク》ぶりで山場を迎え薄のろチームが間抜けチームのおかげで去年の雪辱を果たしたのは、二日前にあらかじめウィカム生花店に注文しておいた花がきれいに爪の手入れをした私の指先からはらりと落ちたときのことだった。

ローラおよびヒウェルとの別れは規模／深度においてそこまで大がかりでも奥深くもない代わりに、よりイギリス人的な不満の残るものでありました。貧弱なフィアットのレンタカーの後部席にヒウェルが荷物を積みこむ横で、向かい合ったままのローラと私は互いにダンスを申しこむ直前さながら。手を差し出すべきか出さざるべきか。先に近づいてきて無神経に私の手をとり案の定大げさに力いっぱい握るや如才なくさっさと助手席に乗りこんでしまったのはヒウェルだった。ローラと私は同時に前へ一歩踏みだし同じように時間を気にしつつ、鼻が擦れ合うすれすれのところで交わした接吻《せっぷん》で触れ合った体のもっとも内なる部分といっても互いの唇まで——彼女のそれが乾いていたのは意外でした。

「いろいろと、ありがとうございました」

「礼には及びません」

そして車に乗りこみ、座席やミラーの位置を調整してからシートベルトを締めるまでの動きのてきぱきとして淀《よど》みないこと。エンジンをかけると、彼女は窓を開けてもう一度いいました。

「ほんとうに、どうも」

私は無言でただ手を上げ、祝福と別れの意味をこめてしばしそうしているあいだに彼女は車をうまくバックさせ、門を出て村へと向かいはじめたとたん夫のほうは気持ちの悪くなりそうな前屈《まえかが》みで地図をのぞきこんでいる。門の脇に立って手を上げたまま、砂埃《すなぼこり》を上げながら車が走り去るのを私はいつまでも見つめていました。じき車は計画段階で熱い論争を巻き起こしている自治体のゴミ処分場予定地脇を通過することでしょう。わかりますか、ビスケットを半分食べてどこかに置き忘れたまま思い出せないような、なにか中途半端《はんぱ》で、すっきりしない、この隔靴掻痒《かっかそうよう》の感。もうひとつ、なにか汚れ仕事、不潔な、汚物処理のような仕事を自分はしたはずなのに、まだ手を洗っていなくて、それがなんであったか容易には思い出せず、必死でふりかえってみても、なぜ汚れている気がするのか、いまひとつはっきりしない、ただその汚れだけが尾を引いているようで気になるこの感覚。踵《きびす》をかえして歩きはじめた私が家にもどったのは、殺害された夫婦の車が角を曲がり街道へ出て、たゆたう砂煙のなかに姿を消したあとのことでした。

解説

小梨直

四季折々の考え抜かれたメニューとともに紹介される世界各地の食卓からの美味、異味、珍味。登場する食材は数知れず、レシピも多彩で、料理好きにはこたえられない小説である。

そしてまた料理以外の蘊蓄《うんちく》の量や幅広さにも圧倒される。分野は古代ギリシャ、ローマから、フランス史、イギリス史、食物史に至るまで多岐にわたり、さりげなくちりばめられた引用は、文学では定番の聖書およびシェイクスピアをはじめ、ダンテ、ロレンス、ユイスマンス、ヴィヨン、ジョン・ダン、イエーツ、オーデン、キーツ、芸術作品ではミケランジェロ、ターナー、デュシャン、等々。鮮やかな場面転換ならぬ話題転換で、日常生活といつのまにか同列に論じられるそれらの面白さや奥深さ、意表をついた分析や指摘に、ヨーロッパ好きは大いに知識欲をそそられ、唸《うな》り、また随所でにやりとさせられることだろう。フランス語表現が心地よく、ブルターニュあたりの独特の描写が新鮮かもしれない。

問題は、もったいぶってそれを語る男の正体である。博識で、多弁で、気取り屋。イギリス人でありながら大のフランス好きで、独善的で、どこかひょうきん。そして思考回路がやや常人とは異なるただの美食家、食通かと思いきや、しだいに明らかになる、その倒錯の美学、奇妙な人生哲学。フランスを南へと旅しながらつづけられる新婚夫婦相手の謎《なぞ》めいた尾行、変装、回想、目的地プロヴァンスでの彼らとの偶然を装《よそお》った出会い、自慢の別荘での歓待、結末での別れは、すなわち……。

原題は *The Debt to Pleasure*。訳しにくい厄介なタイトルだが、敢《あ》えて日本語にするなら「快楽にとらわれて」ということになるだろうか。一九九六年にイギリスで出版され、凝った言葉遣い、文体の、独創的かつおかしな〝料理小説〟として絶賛され、ブッカー賞と並ぶ権威ある賞、ウィットブレッド処女長篇小説賞などいくつかの賞を受賞、二十数か国語に翻訳された。

書評でこぞって使われた言葉はdazzling（眩惑的《げんわく》）、stunning（驚異的）、cunning（巧妙）、stylish（粋《いき》）、それにfunny（笑える）といったものだった。注目を集めた巧みな語り口は（主人公の異常心理という共通点もあって）ナボコフ張りと評され、「みごとな書き手の出現」と英米出版界を色めきたたせている。その著者ジョン・ランチェスターの気になる略歴はというと――一九六二年、ドイツのハンブルクに生まれ（父親は南アフリカ出身のイギリス人、母親はアイルランド人）、カルカッタ、ラングーン、ブルネイ、香港《ホンコン》など父親の仕事の都合でアジア各地を転々としながら少年時代を過ごし、イギリスの寄宿学校を経てオックスフォード大学セント・ジョンズ・カレッジへ。

卒業後はペンギン・クラシックスなどの編集者として働きはじめ、のちには『サンデー・コレスポンデント』紙、『デイリー・テレグラフ』紙でそれぞれサッカー記事、死亡記事を担当、三年間にわたり『オブザーヴァー』紙にレストラン批評を連載、書評紙『ロンドン・レヴュー・オヴ・ブックス』の編集委員も務めているというから、いずれの時点においても小説家としてのデビュー作である本書執筆に向け「仕込み」に余念がなかったというべきかもしれない。ちなみに料理に興味を持ちはじめたきっかけは大学院時代の友人たちとの共同生活で、それまでは無知もいいところ――「スパゲッティ・ボロネーゼ」に挑戦しようと母親に電話で聞いてまとめたレシピは、びっしり細かな文字でA4用紙二枚以上の長さに及んだとか。

そのレシピからしてすでに「ひとつのセンテンスに百二十一語という、現代の小説ではあまりお目にかかれないスタイル」（『ニューヨーク・タイムズ』紙の書評）を用いつつ「英語学博士号に挑戦できそうな語彙《ごい》」を駆使した、読むのに「辞書と集中できる環境が必要」な（いずれも本書に対する英語圏の読者の反応）、哲学論文的エキセントリックなミートソースの作り方であったかどうかは知らないが、本書『最後の晩餐《ばんさん》の作り方』の着想を得たのはちょうどこのころで、一九九〇年に書きはじめ、脱稿までに五年を要したという。

この小説で偏執狂的主人公タークィンとともに衝撃的デビューを飾ったあとの執筆活動は、みずから編集者を務め書評も手がけてきたランチェスターだけに、さぞやりにくいものだったにちがいない。けれども二〇〇〇年には二作目*Mr Phillips*を発表（『フィリップス氏の普通の一日』高儀進訳、白水社刊）。こちらはリストラされてスーツ姿のまま街を彷徨《さまよ》い歩く中年会計士の一日を、これまた豊富な語彙と多彩な表現を用いて描いた神経症的ロンドン考現学ともいうべき作品で、異色の作家の面目躍如たる独特の語り口が、ふたたび読者の高い支持を得ている。また二〇〇二年に上梓《じょうし》した三作目の

Fragrant Harbor では、一転してオーソドックスな語りの手法を用い、自身が滞在経験を持つ香港を舞台に、激動の二十世紀を生きたイギリス人実業家と彼をとりまく人間模様を大河小説ふうに描きだすことを試みている。

ダブリンの街がそっくり崩壊しても、これを読めば再現できるというだけの情報を『ユリシーズ』には盛りこみたかった——そう語ったジェイムズ・ジョイスの小説家としての野心にあこがれるというランチェスター。現在は鋭い切り口を武器に新聞、雑誌等で幅広い評論活動を展開しているようだが、作家としてのその野心を忘れたわけではあるまい。次はなにを題材に、どんな濃密な言葉の世界へと読者を誘《いざな》ってくれることだろうか。新作が心待ちにされる。

作中の引用句の訳で借用もしくは参考にさせていただいた文献は以下のとおりである。

『聖書』新共同訳（日本聖書協会）
『美味礼讃《らいさん》』ブリア＝サヴァラン著／関根秀雄・戸部松実訳（岩波文庫）
『ジョン・ダン全詩集』湯浅信之訳（名古屋大学出版会）

『フランス名句辞典』田辺保編（大修館書店）

また最後に、これも付け加えておくべきだろう――エピグラフに掲げられたラッセルの手紙にある「ドイツ人技師」とは、「言語の有意味性」を問いつづけた哲学者ウィトゲンシュタインのことである。

（二〇〇六年五月）

この作品は平成十三年三月新潮社より刊行された。

Title : THE DEBT TO PLEASURE
Author : John Lanchester

最後《さいご》の晩餐《ばんさん》の作《つく》り方《かた》

新潮文庫　　ラ－17－1

Published 2006 in Japan
by Shinchosha Company

平成十八年七月一日発行

訳者　小《こ》梨《なし》直《なお》

発行者　佐藤隆信

発行所　株式会社新潮社

郵便番号　一六二―八七一一
東京都新宿区矢来町七一
電話　編集部(〇三)三二六六―五四四〇
　　　読者係(〇三)三二六六―五一一一
http://www.shinchosha.co.jp

価格はカバーに表示してあります。

乱丁・落丁本は、ご面倒ですが小社読者係宛ご送付ください。送料小社負担にてお取替えいたします。

印刷・株式会社精興社　製本・株式会社大進堂

ISBN4-10-216051-5 C0197